Željko Toprek

TRAVARIJEV TESTAMENT

DRUŠTVO ŽIVIH PESNIKA

Daleko smo mi od mira, naročito – nirvane, Jučer ziMa, danas ljeTo, pa ti bud' _ pametan, sretoh otoječ psa na ulici, uvidjeh koliko je sretan, na osnovu onog – koji je od rođenja na lancu. Nikad dalje od dva metra, oko kolibe. Moj narode sa brda – Balkana, zato vam je tuga, jad i čemer. Šta si mislio, imati roba, radovati se slobodi – sebi i svojoj djeci??? Dok to ne otkloneš – ostaješ – đeee i jesi. I sve kad poredaš jednog dana – vjetrić nas i tada odnese – odakle smo došli, nebitno koje je doba – godine, prošli smo care, prošli. Bije me u kralježnicu - breme koje nosim – gledam zlo očima, ne mogu pomoći. Jeste jeste, da odem vlasniku - odvezati kerče, zbo bi me – vilama. Taman polago – kravi i juncu, njoj zadnjo tele, njemu prvi život, osvanuše na vješalima, prije toga – zaklani. Pogani, jašta nego, moj lijepi Bogo, samo nas pati. Kad ne trebamo više srati, nećemo se vaćati – ni viljuške. Kruške karamanke. U globalu, tako je, što više posta, to veselija ta jebena „Bosna" - nije skin'o opanke, nakačio zlatnu iglu na kravatu, zastupa – entitet.

EPP.

Na njega ste – izgleda zaboravili, samo da ne ćutite 'nevnik, za to vrijeme odete kupiti otpad po rijekama, ulicama, šumama, selima, ma to bi bila cijela planeta, sjajna, a ne vak' _ zatroljana – prolivom, prolivom. Joj, kakav je onda pakao, kad je ovo – vama _ raj? Kraj bunara kanta, mog'o bi' vako domraka, al' neću, odo u roman, pišemo ga nas trojica, objavljujemo – sa mjesnim uredom – Kalaura. Ko se primakne blizu mišu, još ako je slijep, vidjeće po noći. Sreća, pa su se naše zeme, tamo u Rastuši, razišli oko ključa, nema posjeta, vidi svevišnji – đe zadrijet treba, moramo vam objasniti – zaboravite na turizam – sa pećinom iz našeg rodnog kraja. Tako da – ne stojim samo ja iza ove spike, nego mlllogi. Nije snaga u slanini i peki – već u zrnu graška. Džaba nam bajke, pričale – bake i majke, dok smo bili mali, de ti mili smaži, tri bataka, još ako je kokodaka bia na koncetratu, raduj se raduj, samo ne zdravlju. Kravlju sisu proguta burek, sa njom vaginu i rep, na kraju se pobiberi šupak. Ostoj'o previše, igranka za pob't' – mirise... počni ti Linjak

Hm, h, hm -Počinjem ovu priču... dugo nam je trebalo _ da odaberemo temu. Onda smo tako bauljali u okruženju gdje živimo, pa smo odlučili - samo sebe peglati – kroz par naraštaja... nastavi Đilas - Toprek nek' kucka, on je na to navik'o, preko Timocoma...

Ne vrijedi, preovladavaju pjevanja - o suzama i stradanjima, trebao bi' i ja, kobiva, po tome. Isto - za primjer kad se uzme, trošio Bog uzalud trud – da me stvori, dabome da neću. Jednom sam rođen, ne tako davno - kao ovaj što ovo piše, ko zna kad ću opet imati priliku dumati _ k'o sličan čovjek.

Ne, neću se više rađati, počeću svoj završetak, iz kojeg ću izvući početak, sutra će biti druga godina, danas je još 2016, iza Isusa, uskoro će mu rođendan, smrti se plaši svinja, pas od komšinice za keks, zatvori vrata, leži na leđima, vrti se u krug, sjede u krilo i ljubi... isto to sve može - da sprovede u djelo - prase. Zna i ono šta se sprema, ali kaj da učini? Mora se predati dželatu. Osjetiti Hrista možeš samo, ako ne iješ mesa, brat koga smo ubili – je bio iz te priče, ljubav prema svakome, pa i prema onom što krade iz firme, možda njegov potomak nam donese spas, i niko drugi.

Tajo nam je – dok sam bio mali, vlačio eksere iz preduzeća, radila se građevina, pravili dom, u kojem trebamo biti sretni i zadovoljni, jer smo do crijepa - sve ukrali, stizao pijesak u vrećama, iz Virovitice, do Doboja, vlakom jednim dijelom, drugim – vozom, pa kad siđe sa njega, il' taksijem, il' busom – do Rastuše, tu sam odrastao kao dijete u nesretnom braku svojih roditelja, sve zbog toga – što su u njemu bili - nisu mogli zajedno minute, ćale otiš'o da pije, mati u kukanje, i to se dovuče do tuče, onda kad se on narolja – prebije je, da joj se iz glave puši. Sad sve kontam, i njega razumijem, i nju, velika je sramota i danas dani - u tom našem Tesliću, ako ti na primjer pukne brak, pa ti na kičmu sjedu tračare sa svojim temama, umalo me ista nije – upecala. Ne dam se ja, jer od ovih momenata znam da sam rođen - za pisanje, tog da nije, moje srce bi bilo korisno, ali samo mrtvoj duši. Još neprobuđenoj, dakle postojim. Svjestan sam svega, sad lagano, svakim danom, kolege će nastaviti, ako padnem, daklem, povjeravamo vam testament. Daklem i to, potlje ću vam reći – koji sam, ako se svetrojca ne odlučimo na to prije. Neću da me sahranjuju, spalite tijelo utrobe moje, bacite sa mosta gradskog, u *river*. Neka nosi Usora istinu, voljeli se dvoje mladih, imali po šesn'est godina. Nisu se oni baš nešto štimali, privlačila ih nevidljiva nit, koja spoji različite, pa se ti svađaše i svađaše, al' mene – donesoše na svijet. Idemo dalje, današnji način reprodukcije, tačnije seks, je shvaćen kao lični status, pa si jebač ili nisi. Ako si preskočio i preko šesn'est žena, mora da si nerast bio, u prošlom životu, pravio ranjenike – striktno. Te koje ti oplodiš, idu za šarenu slaninu. Moja će isto do tada, da bude sama krtina, samo bilja, samo bilja. He, ali onda ti dopadne život kao moj, živiš u gradiću, u kom nema nijedno vegetarijansko jelo na jelovniku, jer je 2016 ta, priprema se gril, što bi rekli naši kad dođu iz inozemstva, na njemu sedam kila ćevapa, krava samljevena, do vimena, vagina, isto, đeš nju bacat, pa si bio volina u još prošlijem, pravio junice – za pljeskavice, roštiljske kobasice, isto sedam kila. Ramo Ramo, jes bio mrcina - Milina od sveviŠnjeg, na balkonu inox. Izglancan od svih hrđa, ne može mu ništa, na primjer rat, pa ti naleti na straćaru trista drogiranih budala, sve od goreg oca, i od jadnije majke. Pilo se brale, na vučije, stavi najstariji pred nas neku mini, od trideset litara, neja izić', dok ne stučemo. Reko kad može tajo, i ja ću, pa sam se tako prilikom ratnih sukoba navuko na liću, dvjesta godina sam se sa iste – skid'o. Ja propasti od naoko proste rečenice, ako nema pečenice za Božić, poseri se na njega, na stolu prekrštena glava gice, posrašmo se poslije, tačno na grob, božijeg sina, istina je ta, jedna i jedina, ako si čovjek koji može sagledati sve ovo i sa ove strane, onda ideš u vegane, niko te ne pita, samo odjednom ne možeš grickati za guzcu krmka, nisam valjda toliko retardiran bio, pa ni to vidio nisam?

Da, baš toliko Budo, Bolest je mašina koju treba zajašt. Onda ja i naš tatko ukrademo sa gradilišta tačke i miješalicu, ne daj Bože, ako kažem - stari - marišemo. Jer smo mi – najpošteniji u selu, niko drugi ne valja, ko ni meni danas, u ovom gradu, parkiro se lola na po pješačkog prelaza, otiš'o se u crkvu, moliti svetcima, sad kad bi zatezo, ja bi to morao zgaziti, da ne postoji, ali onda bi bio isti k'o Hitler, pametan, no prenagal, u disciplini koja objašnjava zašto je kriv. Ili nije. Bili smo mali - Budo, nevini nevini. Desilo se to sve, toliko stradanja i stradanja posle, nema više Adolfa, šta se sad dešava? Krava se klopa, Amerika stasala na istim, kad su stigle na tlo došljaka, veće se bio zametnuo – domorodac. Svi bi nekima nametali svoje, i tako mesna industrija prevuče sa Iketove priče, na kojekakve postove, pa se može kad je rođendan - na još jedan dan paganstva, osijeci badnjak što veći, zakolji šareno, nemoj ove god'ne bijelo. Ono bude po trbuvu premasno, ostav ga za ugodnu. Da se na primjer više duvalo, manje bi nesreće na vidiku sijalo, al' ni trava nije za svakoga. Ovako nam je pojam sreća, prezauzeta imenica, tu tu, i jebi se tamo, smotaj se u klupko pod jabuku, tu tu - čekaj da ti roman spa'ne _ sa nebesa. Takva ti je ta moja besa, obećao sam tvorcu stadiona, sa čijih se tribina čuje himna, svih naroda i narodnosti na planeti Zemlji, idemo u proizvodnju bilja, kako koga Bog uzima, neka bude shvaćeno za tog - kao novo rađanje. Osvaneš kao mladunče ljudotinje, sprema se sukob pijanih budala, prilikom raspada Jugoslavije. Nije valjala, i to je definitivno, jer kad se sjetim svega, sad mi bude žao tolikih godina - provedenih, uzalud. Danas kad slijedim vjerno sebe, nikog ne diram, niko me i ne sluša. I ne treba, u tom je poenta, svi bi da na sebe skrenemo pažnju. Tako te isto ta negativa – dovede u pisce, sjediš negdje drogiran od svega, samo da ti je - da na vječni počinak – kreneš. Eh, da, dočekao sam taj momenat kad mi je svejedno, dalje kako bude, vidim jasno, svako ima svoju ulogu, kako će bit' tom' liku koga uzmemo za uniformu, zavisi od igre. Ako se na primjer igramo žmire, biće veselo, ako rata, može biti krvavo. Onda sam tako prohod'o - sa godinu i mjesec, taman kupljenje poćućaka, živimo sa druge strane Šljivaaa, moj taki veli – da tamo niko ne valja. Što? - nemam pojma, još prikupljamo dokaze, Nisu oni znali ništa, - Ramo. Stari u ćuzi zbog ubistva ćuke, ja pišem poeziju. Da, jer to tako ide, moj fizički potomak nema veze – sa dušom koja ovo vidi, njihova ima svoj svijet, družimo se dok ne odrastu, kad izđikaju, nema kukanja, neka idu za idejom koja ih privlači, i mali Hićo je bio drag, svojoj majci. Isto k'o i Mariji Isus. Ne trebamo ganjati čistoću te spike, takvi se rađamo, onda najbolje da odmah poslije ispadanja iz mamine vagine – isti momenat – umiremo. Preskočimo življenje na ovom svijetu. Postalo monotono, došle na vlast drogiranije budale, nisu robom, pa ni lošom. Nego – daj sve meni, eto ti, nosi, i nikad ništa ne vraćaj, nanosaj se tuđeg, gledam kroz prozor naše nove kuće, ništa rosfraj, jer u toj državi toga ne bješe, nego dva puta dva – šipke, štukane elektro aparatom - od Mitra iz Šljiva, samo je on dobar, jer mu da alata, kao - povjerljivijeg nema u selu, naročito prijeka, kad popije, pa da se ovaj ne svađa, komšije su, da mu – teke da teše gredu planjkačem, marno rastić, šumar na dopustu, kad se vrati, cijena drveća svejedno bude – upola niža. Pa sam i ja krenuo putevima _ đedova.

Ubila neimaština, nije to pohlepa, pokušaću vam do kraja, ne uzdajte se prije godine, dočarati kako to izgleda. Kad radiš u Minchenu cijeli radni vijek, ne znaš dvadeset riječi – Njemačkog. To je onaj prijelaz koji je zgazio generacije ispred. Danas meni može biti dobro i u Celju, pa i U Čačku, u Nišu, u Herceg- Novom, da ne pričam ljepote, od mog rodnog sela, otišlo sve jako - do pedeset baba i đedova. Ako budem živ poslije završetka Testamenta – idem tamo – dočekati starost. Pozivam sve koji misle da sam itke u pravu – neka se priključe, podijelićemo ono što mi – ostane od taje, koliko je moga dijela, dajem svima na znanje – volim vas. Da nisam svjestan toga, džaba mi, pa vama ne smijem i da hoću, išta zamjeriti, nego ću lagano okolišati oko problema, na kraju ćete sami osjetiti draž, da mi je samo sjesti za tastaturu, tad pripadam samo tom Bogu, i samo sam sa njim u braku, ostalo je družba, i služba, rad red i disciplina, moždanih vijuga, niko se ne lati toga, progledajmo, progledajmo – pogledajmo šta je to - što nas zove sebi, ako nije neka prilika, ti se udaj za malog, zbog dobrih kola, onda isponova razred. Nijedan nisam prop'o, jer da jesam, dobio bi' i ja s' majkom – po koju ćaušku dnevno, čisto da se ne zaboravi, jerbo je stariji, i to je u cijelom naselju – bilo normalno, sad sad se neko – sa nekim potuče, stari je važio od tih momačkih dana za bekriju, koja sve polupa oko sebe, rakija ga najbolje radila. Onaj ko je duvao marihuanu, nosio minđuvu u uvetu, za njega je bio – smrtni neprijatelj, i to broj jedan. Da mi se ćaki nije zvao Pero, niko ne bi ni slutio, da sam ja iz Osevce, tamo žive Muslimani, to sve treba pobiti. Zašto, ni to nisam znao, još uvijek prevrćem diplome psihijatrije, ima li za takve slučajeve – objašnjenje... Vele najviše, izgorele žice koje spajaju dušu sa tijelom, možgina iscurio, ostala budaletna. Pa et, taki se vratio sa drugom suprugom, iz Samerike, otišli do Vrtače, njive na granici bitke, u kojoj se iskoljemo do zadnjeg... šta ostane? Ništa za žaliti. Poslati poruku mira i slobode, od tog dvoga, nikom ništa ne treba, kad nestane vazduha, vode i hrane, ko ga šiša, pjesma do upadanja u oganj.

Tehnažu moliću, kad povorka krene, neka ne bude više, od dvije osobe, čisto da se zove povorka, djeco moja, moji unučadi, i svi ostali koje poznajem i ne, nikog nisam mrzio, sa takvim sam iskustvom prisegao, prije nego gore otpoćeh. Htio sam da se nađe - koji lajk i za mene, onda kad sam uvidjeo da je to samo bilo da pristanem, danas ne mogu da danem dan, a da nisam kuckao. Bio je električar, tajo koji me nije odgajo, dugo je poslije navraćao u dom, dok je bila sa njim, ostavila nas - kad više nije mogla, i tako sam ja u stvari od Šemse sin, nisam Perin. Zovem se Budimir, Trajković, zvani Isus, zbog brade, čisto da se prilagodi gospoda ništavilu, pa od poda umazana, ne moš proći dvorem. Sanjam da je sve pušteno na slobodu, ja propasti, stada ovaca i svinja - napadaju vukovi, odrodi se do jučer vjeran drug, jer ga više ne jedeš, ne ideš svaki dan do svinjca, štale, obora, logora logora. Boli te kita, što to drugi ne zna. Jer tako ako ga ganjaš da i on prestane izjest mesa, izazoveš paralizu mozga, koja se onda sunovrati u još gore. Hrana je stanje svijesti pomiješana sa gorivom, šnjime idemo – nitro, ako ćopaš kraveću guzu u bureku, onda si dizelaš, truješ i zagađuješ – okolinu, samo zato - da se udebljaš, pa kontaš naveče uz pivu - što bole kosti, možda od nošenja mrcine, kojoj sline vire na svaki oblik - krvi i alkohola.

Polako ćemo... poslije smo samo ja i Pero krali, otac za odgoja, iako Šemsudin bi vrli – 'lektričar, nikad me Pero nije htio otpisati od svoga, jer tek bi tad pukla sramota, i meni je već bilo ok, kad munemo sa njegove građevne, 'iltovku, macolu od šest kila, i dva mosura žice za struju, neka se zna ko o njoj umije bolje, iako mu žena ode za drugoga, jelektričara, nije ga kad drpiše vrijeđao ni bakar. On posebno, njega uvijek moš za nešta iskoristiti, na primjer utur't' od te žice krmetu ringlu u gornju gubicu, da manje rovi. Muslimanske krvi, kod Srbina pere, derem slaninu.

Ma de, to svijet priča izmišljotine, mama se skontala sa Šemsom potlje, taman bješe žetva, pokvari se nama šuko za naelektrisanu peć. Gore se ugrije ringla, natur ženo kau, glavu ću ti oktin't'. Isto da je budala trpt' takvog lolu, ona sebi prvog kvara sa dovodom gorive, skonta Šemsiju, razguli majku ko tepsiju, dok je Pero udnik, skuplje loze – za vezanje snopova. Popova sa dna sela, sti dreka, samo odžu skratiti za glavu... što? Kad je isti k'o i oni, nabavio sebi ovih dana novog audija, razlika samo u boji, on zelenog, ovi crvenog, pa kontam - da ja sebi uzmem šarenog, neću opet bijelog.

Pomalo duvam, otaždbinu čistim od mina. Dinamitaš odmalena, Pero je najviše volio ić' u lov, na divlje pajcaše, od takvog kad peku osušiš, usereš se na dva griza, još so u nju ušla, dobila aromu bijelog luka, kako mu je samo nako šarena, potrbušna? - ako nije od sorte, garant što je bježo od sekcije ljudi koja ubija životinje. Svi to rade - koji bilo kojim dodirom – kolju kravi dijete, pred po njenih očiju, ona svezana na priuzi. Staviš se na njeno mjesto, nikad nećeš laznuti više mlijeka, sira i kajmaka – pogotovo. Otkad sam se mano tih prehrambenih proizvoda, naživio sam se malkice, cice cice. Osjećaj slobode se vraća u tijelo, mir svagdašnji stigao. Napokon u moje grudi, Pero je u tvorza, to što se šorao odmalena sa kim god stigne, ovoga puta spasi mu glavu – jači bi - i od paščeta. Kad je mlađan Pero stas'o, čim se dosino alkohole, počeo tući po selu – keruštine, za jedan dan ubije petn'est, i to mu je bio neki neprevaziđen rekord. Više se nisam čuo sa majkom, bilo je nečega sramota, ne kontam ni to, al' ajd. Mater mi je, neka se javi, ja znadem da ju volim, imala je svoje razloge, to što je otišla sa Šemsom, ništa se bolje nije moglo – desiti, ni za nju, a ni za mene i Peru. On kad je rat naišao, pobjegao za Švabiju, i od tad se nismo čuli, otiš'o svako na svoju stranu, ja na Srpsku, kako sam mogao živjeti u Rastuši, na primjer, a da ne mrzim Osevcu? Nije tako bilo, nego Pero nije mrzio ni lika koji mu je uzeo ženu, sve dok ne popije. Koliko se tih devedesetih saljevalo u ljude rakiješine i pive, dobro nismo svi izginuli. Krali iz ideje, za svakoga isto, na vlast došo Tile preko zadruge, dođosssmo na kraju i do farme, to nam je put za dalje... ako ti smeta - što je pratiš?

I odatle nastupa nova logika, čujem krik iz tuđine, mati mi umrla, čim se Pero oglasio – da je na mjesto novog gradilišta, nadomak Fulde, stigao... njoj otkaza čuka, ostasmo ja i Šemso, da zemlju branimo. Mogao bi biti i njegov, no ime me izdavalo, nadio Petar, sin Milošev, ime – Živko. Pojma nemam zašto se ja ne bi mogao zvati tako, i da živim u Osevci. Paljike nas dijele, idemo na groblje kod tetke, malo svratimo da vidimo – kako oni žive, ali to mi ostade od babe, ona bješe iz Ružev'ća, šteta rano umrla. Mogla me osvijestiti prije dvajest godina – do kraja, pa bi sad odavno – vladao mir i sloboda. Dobro je, da je i danas, šut samo, nismo došli ovdje da se jadamo, nego da popravimo kvar. I tek mi je nekoliko godina, ko zna gdje će nas život odnijeti. Lagano kom, prebacimo u džem, vina za okus't', ostalo izjedi ko grožđe, napij se šire, koja nije išla kroz cijev – od bijele šljive, i ako nije ničim šarana, niti jednom plavom, ma moš se otpisati od Slobodanke, moje mile majke, iz normalnih. Nije Pero htio, kad je birao ženu, da ima ime sumnjive prošlosti, jer ako si legla sa drugim, ma ti si kurvetina, ništa od toga – što ti se tada tako igralo, ako se kome ne sviđa nastup dosadašnjeg testa - u kojem stavljamo na znanje par stvari, neka slobodno istupi, naročito ako mu nismo - niteke, i nikada – bio zanimljiv. Korektor je korektor, ova dvoj'ca su lektori, ja kuckam – šta vas boli kita – koji je na kom zadatku, imate Urketa, nabacite mu neku kintu, obradiće riječi, na cnc u. Stroj priključen na energiju, neću reći koju, da nam neko ne nategne nanu, mislim – opsuje. Regija – oko Litije.

Izbor teme je bio gledan iz raznih ćoškova. Čak sam jedan dosad napis'o, pa obrisaaa0. Dopala mi moja istina, krijem se iza Slobodana, a takvog ni nema – na ovim prostorima. Koristim priliku da bezdan izvedem na mejdan, i od njega sačinim harmoniju. Zvanu - Budi Isus Ramo. U njoj se razliježu zvuci divljine, jedva čekam - da skroz izludim. Čudim se što sam ovakav. Ne, više ne, znam, popala me okolina iz okolca, nisam znao od koje sam fele, gledao sam neki dan mnogi bježe za Zg, moraću i ja zapal't'. Sad me zaboli dupe, dovoljno mi je soli i kruha, samo - da je teka širom otkriljena, dokoljena majka skin'la gaće, Šemso je nateže zguza, bluza raskopčana, sise ispale, koje sam do jučer – dudlo. Nisam im'o pojma tada, da je on neki majstor, ovaj moj na kraju dopisani testamentom njegovim, dunđer, pa et, znaš kakav je neko, ko svaki dan u sebe, salije pet litara vina. To je njihova kristalno jasna nakana, jedan se ubio rakijom, drugog prepržila strast, isto ti je, il bio opčinjen vinjakom, il prekoviše pizdom. To bi reko svaki muškarac, žene isto kao da se ne vole opal't', i to je tako kako izgleda, sramota, ako ko koga jebe, izvan bračne zajednice, ne kontam kako to mogu ako nekog ne volim srcem i dušom, naročito ako tebe nema, pišeš li pišeš, ja bi sa nekim ćela djecu, možeš sa mnom, ali nikad u brak. Ne, više nikad, i to sam se zajebo sa Spomenkom i Irenom. Zaletio se mlad, biću kao Pero, jer sve su žene drolje, oprosti mi Slobodanka. Kad sam vidio zaprave da nismo jedno za drugo, već je bilo – na sreću kasno, dobili smo kćerku i sina, najljepši od svih, ali da njihov život ne bi bio ovdje, i njihovih majki, skrasio sam se najzad - da budem Budo. Neka na miru uživaju, prva čim je otišla, javila se da je trudna zdrugim, a tako i druga, ja kolko likova, od dvije žen'ce - od mojih vratolomija sa kojekakvim vragovima, to je na mušku da izganja - daleko je Zagreb, reset, inače je i jopet – klasičan zajeb. Ma de ba, nisam na tim vodama, i ja i te dame sa kojom imam djecu – živimo punim plućima, ponekad se nađemo na partiji gruvanja, i to je ono što nas drži zajedno, ostalo, svako ganja svoju karijeru, nije ni Beograd blizu, niti Novi Sad. Kad se vidimo, onda je to super. Tako bi trebala u najgoru ruku da izgleda neka zajednica. A ne da listamo jedno drugom, trećem, četvrtom - poruke, zato sam neoženjen, neoženjen, burmu bacio preko astala, oborio usput komad kruva, omakelo se taj dana, bi iz trgovne, vrijedna gospe, 'oće ukuvat pogaču. Meni takva ne treba, ja sam seb' veš odnesem u vešeraj, ako si na primjer iz Teslića, opraće ti maunu neko gaće, idem odavle. E odatle ne kontam žene, i neka vam je tako – kad ste glupe, perete, peglate, pušite, za dvije šamare, šamare. Reprodukcija u nekom našem paralelnom svijetu je otišla drugim putem, ovom prilikom smo ovdje - da i to predstavimo.

Živio sam onda, pa pogriješio, spavao sa drugom, dok sam imao bračnu zajednicu sa onom. To je kod njih na Glibu opušteno, nisu kontali zašto sam sve krio – kad sam stigao. Sad vidim, vučem korijene sa ove paralele, zato se kmačem, da dokažem - zašto je kanabis bolji izbor od ostalih mazanja očiju, pa se živi - da drugi kaže, jesi dobar, za lajk se prodaš. Onda dodaš na to instagram, i lako ti svako danas bude poznat, pokažeš talenat na polju fotografije, imaš aparat kraj novčanika, na njemu si ujedno preko ostalih društvenih mreža, sa cijelim svijetom svezan u jednu vreću, pa ako je na dnevniku rat, eto ga odmah širih razmjera. Ugaaasite ga, za početak, još smo na njemu, nismo ni na zvizak - šta sam htio sve izrecitovati, znam da će se oduljiti, vjerujte – vrijedjeće, samo se upustite u p'oeziju života, ne moraš pisati – čitaj.

Ali ne svaku budaletinu, ono što meni prija – rijetko je da će i tebi. I za to sam misli, svako je na kraju – sam. Odlazi go - ko od majke, u novu jazbinu, jazbinu. Učero cuko Baro, jazavca u rupu, ovaj mu svu njušku sasjeko, Pero ga šio, jer nije smio do veterinara, bio je u krivolovu. Za jazavca ako ubiješ, ideš na doživotnu, doživotnu, nekad za djelo nećeš biti kriv, odgovaraćeš, na kraju skapa Baro. Peri se redale recke, niko mu nije mogao dogovoriti, jednom je ubio šesnest, ali to se ne smije pričati, jer kad malo samo sune račiole, lako će ti zakucati - na vrata.

Perana je derala Miloševa poštena, nikog ne diraj, ali zato ovaj jedva čeka, da ga nego darne, odma plane, e još ako je tek kusno, ne završi se na dobro. Meni je sad ok, jer ja sam znao da će nešto iskrsnuti, od onoliko alkohola. Jedino što sa novom ženom, nije postupao – ko sa mojom majkom, ova ružna, da ružnija ne može, njemu cakana. Kontam, pa i ja sam nekom gadan. I to da bi povrać'o. A to je normalno, normalno, zamuckujem kad me pegla istina, vidim se ko sina božijeg, i to kako me natiču na krst, prst srednji – oćete, njega ćete dobiti – samo ako krenete u moje odaje – silom, možeš me čerečiti kol'ko oćeš, neću odsutati, ja sam novi mesija, poznam ih miljarde, do toga je što smo previše milostivi, ne zanimaju nas vladavine – komunalnim uslugama. Pa slušamo Milutina i Dragutina, a oni znaju jedva – ko dva crkla konja. Ita se petarda, sječe se badnjak ko stožina, jer mi smo srBende, sad ćemo kad stigne tučnica, zaklati milionče svinja, gurica nešto po želudcu, Spomenku i Irenu - nisam čuo mjesecima, nijedna mi ne odvlači pogled, otišao sam predaleko, pa sam dometnuo visak na ćoše, sa kojeg se vidi jasno, propast je alkohol, cigare i kava, nije marihuana. E sad, da bi se ja mogao usaglasiti sa suprugom u neki brak, moram joj tako otvoriti oči, jer ako joj smeta što ja duvam, svađaćemo se – ko dvoje najneotesanijih stvorenja, puknuće se koja šamara, svako svakome, djeca će gledati, i to utubite, oto je sramota, nije reći, ne ide ovo ovako više, meni se piše, ti me ne razumiješ. Da ti lakše prevedem, nijedna me ne može odvući od ovoga što radim kradom, potajno, svakako, utvaram se, u nema šta ne utvaram, samo da neko čuje i za mene. Kad publika pljesak okrene, vidiš da ti je Pero, samo bio – prelazni most, isto k'o i mater, Šemso ne smeta, to što je između njih, nije moja briga, ja ne mogu srediti ni svoj život, kamoli nečiji drugi.

Onda sam došao na ideju da napišem testament, čitaće se kad ja umrem, kad tad budem mlogo popularan, reći ću vam svoje pravo ime, do tad me možete cimati sa – Slobo, Bobo, Budo, Mudo od labuda, Srbenda sa dna kace, ali ona što ljubi i ovce, to sam sve spoznao sa maRom, ona mi je supruga broj jedan, onda – ostale. Napravio Spale isto seb kijer, klanfe donio i on, sa željeznice, više nije na dizel, nego preko munje, sune kraj tebe, trista na sat, ko da nema šinja. U uuu krivinu, 300 na čuku, obožavam tu brzinu, još kad se naroljam - ko svoj

Pero – kruškom, pitanje sekunde, kad ću nekog zgaziti, paziti na semaforu, de ba, pa to u tih par sela – nema, više ni ljudi, sve uteklo, zbog malenog minimalca, predsjednik unije poslodavaca izglasao 407 lumpijera, za svakoga ko oće pošteno rad't', cijeli mjesec, prepec i to, oto je patoka nikakva, valjda će neki litar, i od nje izaći. Odala je Sloba dobro modra prije nego će pod Sulju leći, ali nije trebala preko peći, nisam opušteno ispeko kajgane, od tog dana. Peran je poslije povećao unos derivata, mnogo mnogo više, nego od kad je počeo da pije, pa do tada. Onda kad je vidio – da građev'na domaća propada, oturi se za prvim autobusom, ja ostado zaprave, sa Suljom, da zemlju branim. Da ne zaratiše budale, tako bi bilo, međutim, Šemsudin ode na drugu stranu, ja na treću, pa je selo Rastuša, protiv Osevce i Ruževća, moja baba jedina – bješe Srpkinja, mati joj Ferida, otac Alija, zvali su je dugo Balija, kad je otišla da živi kod tetke - kod koje idosmo na groblje, prođemo kroz mahalu musliMansku, da dođemo do teritorije koju su ovi zapišali. Al' ajd ti to monstrumima koji jedu ovce, svinje, krave, koze – objasni. Neja šanse, moš samo živce pogubiti, istupiti zube da ne moš pregrist krastavac, spremam usjev, i dok polako krčim, na pauzama ovaj roman pišem. Jedan isto pobro - surađuje sa mnom preko gradskih novina, imamo grupu na fejsbuku. Lagano se širimo, onda vidim da smo se i trebali razići. Stići će nas zasluženo, prije rede, dosta je, veli Bog, kupi pogane, pa posla raznorazne nemani, osta samo koji goni slavu pravo. Daš cvaju da preslužiš koljivo, daš cvaju za bacanje vodice, daš na ikone i razne druge fotke, obnes litije ako si u džepu - sa pedesetkom, onda si Srbin, inače si više Mujo. Što on, stvarno mi se ne da ić' ganjat svjedoke, dokazivati jeste, ili nije, onako je baš – kako smo zaradili. Ćutimo, da zaskiči nečije prvo, onda nož u ruke, pravac okolac, vad' jednoga, samo da nije bijeli, hoću kad mi navrne kumalo, da ima šta zapalt, ovo ostalo, nemam dva cenera - na bacanje. Hranu počinjem proizvoditi, učim se saditi i odgajati paprike, paradajzu dušu dajem, pa kad dotaknem vro ove struke, odo u voćare, kalemiću stare sorte, a ne one, koje jeEvropa traži, moš ti iskat od moje mame čkapi, ona će opet dati Šemsi. Šta ti je kad si mlad...

Kome smeta što ja to ovako otvoreno, a lektori i korektori dopuštaju, nek ne čita romane, nego ekla. Peka nema, slanina nema, čvarci nema, kobasica posebno, ćevape ne b' pojeo, kad bi umreo, i tad bi povraćao, ako bi mi neko neki na silu uturio međ' žvalje, bureka, i sa mesom i sa sirom... guzcom ćemo se raspadati, na prkno će rikati – steona prvotelka. Oš mlijeka, sira i kajmaka, pa evo t' onda tako snage. Mukom od krave – htio u zdrave, pa to nema ni u jednoj poprečnoj kraj nas, svi su dalje – evoluirali, ja i ti Ramo to znamo, al' ne mereemo protiv okoline

Kontam na proljeće posaditi par stabala konoplje, pa ako me za to uhapse, i odem zaprave u aps, da se odande svemu mogu smijati, biću u tvorza, a slobodan. Znači, ako nisam za nešto kriv, možeš me vezati do smrti, neću odustati od nakane, mog' ja tebi reći oću, ali ako je u meni neću, onda je ne. Nismo u braku, nikada, nikada, ako živimo zajedno, neka to bude, zadruga zadruga, čega ima, strasti, sviđanja, klinaca palaca, samo da nije svađe, ako do toga dođe, svako sebi, na lađenje, lađenje, negativne – energije, pa i ako je preko šporetne ispod Šemse. Šta b'' ja sad trebao reći - kako moja mater ne valja, a rodila me takvim potezima, to što me nije odgajala do kraja, kakve veze ima? Dovoljno je da otpočneš kup't' šljive za rakije, odma moš'' reć' da si čupav oko krakova. Batakova - isto toliko, koliko roštiljske i ćevapa. Pizda od rodilje, dvanestero teladi, ovoga puta uskločila u pitu, il' si jeo sa sirom il' s mesom, to ti je burek, tako da ne bude više zabune, samo su pite – od biljki sačinjene, obožavam od gljiva, iako su to šampinjoni. Puna šuma smeća, sramota me otići u vrganje, sunčanice, runjice, mliječenice, liš'čarke, a preferiram koze. Pa se toga najedem, đe neć bit zdrav, kad bi sad umro, ne bi mi bilo žao, tijelo je tijelo, hvala ti Slobo, služio si svrsi, sad odlegni, energija ode u drugi potok, rodi se Mirso - Nema veze čiju krv nosiš, da l majmuna, ljudotinje, ili krmeta i koze, ovce, krave, bibe, koke, dodaj za zakusku, sa ražnja pitomni zečevi, baš su takvi bili, prije samog klanja, pokla ih Pera, očas posla, i tu zimu bi opuštano sa ranom, inače se pred sami rat više nije moglo živjeti od žulja, nego samo od krađe, krali smo sve odreda, jebo firmu, nek propadne, ionako je državna, mora poslije bure sunce, mora mora, al' nekad i ne mora. Osta ti Ramo, da Zemlju braniš, ja pobjegoh.

Najviše nas smete sa pravog puta – nestrpljivost, objavljivao bi romane ko stihove na fejsbuku, moram ispričati priču, da se za mene čuje. Nisam više napet, tu je, samo je moje, da se latim tastature, onda kad sve lijepo sklopim u knjigu, ne treba da se za mene ni upali svijeća. Nećete imati gdje, tijelo neće posjedovati groba, osim Zemlje, kojoj pripada kao prah. Niti će se čitati kojekakva opijela, za dvije stoje marona, plata – četiri, ako vaskrsneš, jebo si ježa u leđa, jedna ti je godina do groba – prežunat' zasigurno, bio u braku ili ne. Moraš mjesečno primanje ostaviti za sanduka, znači – zadnji i bez vode, dogovorio sam se sa drugarima, ima ih razni, i Muslimana, i Srba, i

Hrvata, i ostalih naroda i narodnosti, jednakost na svakom polju. Ali to ne možemo sagledati do zadnje krivine, dok ne prestanemo konzumirati za hranu, tuđu patnju. Biljke ne plaču kad im rod skidamo, poslije ih u bašti pustite da umru prirodnim putem, da l' od neke šuge, il' od vjetra, leda, zanima nas sorta – jača. Ali da to ne bude putem prskanja raznoraznim rastvorima, sve što trebamo nalazi se u dvorištu. Pa sam odlučio da ne idem nigdje, sa svog ću balkona da napišem testament, oko sa'rane, i još kojih zajedničkih obreda, tuku ti se oni svaki dan, viču da se vole, kad mole u crkvi, još ako je jedno tamo, drugo vamo, baka je govorila - da to nema veze sa mozgom. Svi smo jednaci pod milim Bogom, al' je ona ipak sjekla, za supe koku, jervo Bigo, drug od Bare, nije mogao bez mesa. Samo je ponekad navraćala, sin Pera spava ko top posle bitke, gleda uvijek da ga ne probudi, jednom joj je psovao majku. Postio je srijedu i utorak, odma' poslije toga – mog'o opet nataketi – mami nanu.

Periii tvoj - Budo - ti je bio samo taka ljudina, ali kad popije ne preza da pregrize i sina jedinka, tako da sam ga se u neku ruku i plašio, kad je najavio na dva tri sata prije polaska – nestanak sa scene odgoja - usvojitelja, ja se privuk'o tvojoj baki, nije prošlo malo, ona zauvijek zaspa. Šta ću ja jadan, poče rat, pa se morado prijaviti u vojsku. Šemso na svoj kazan, ja na svoj, pucali smo jedan na drugoga, nije zbog toga što ti je natezo mamu, nego što smo oboj'ca bili gladni, Nisam dobio poziv u rat, nego ga iskamčio, da ne crknem od zapetljaja crijeva, nisam ni slutio gdje će me dovesti autobus, koji me prekuče vozio na ekskurziju. Sjećam se, Pero jevtu nije pio, išao i ja _ osmi razred, prvi put. Živjeli u lijepoj Jugi, samo tako, kad nisam krao sa našim tajom, kopao sam i kopao, najviše žito u redu, na kraju svakog uzdahnem, ne palim duvan, jer kad bi me slučajno Pera spazio, ost'o bi bez jednog uva, na to je bio prijek, jedva ček'o trenutak, da nekog našiba, inače, kad ga niko ne darne po sedam dana, ni tad mu ne valja, a ni kad ga dira, jer računa se i okolina koja gleda. Hodao sam od nemila do nedraga to jutro, ušo u trgovnu švercera Majkare, komandovao vojskom naše garde, peko rakiju – prodav'o našima, da je - ako ga već ima _ barem neprijatelju. Ja Ramo, prezivam se – pojma o tom - da smijem reći kako. Smakeo sam brlju do plaže, tamo naletim na lika koji mi da dim trave, tačnije, nije to kanabis, nego trina od sijena, puši se i korijen, ako te milicija navata da si posadio, e jebo si opet mačku mater. Pred rat se samo točilo na pipu, saljevalo, i saljevalo, dobro stvarno nismo Budo, izginuli do zadnjeg.

Daklem, odavde neću da pričam ništa protiv uvođenja marihuane u slobodno korištenje, pod ključ rakiju, pivo i vino, cigare gas, ako nije duvan u komadu, kavu neć' da vidim. Ma de ti srči i navlači cigar svaki deset minuta, na straži ispušiš šest, eto ga sat - sa pauzama.

U Šljivama ništa novo, sirotinja ko i sa ove strane šume, gdje živjesmo ja i Pero, Rastuša ti je nekad bila - selo puno bizona. I tako svako u svom oklocu, napravi četu, idemo ratovati protiv Islama, Hrist dama u crnom, pleše sa Muhamedom, jer njih dvojica su gej. Ima li ko šta protiv? Motiv neki da se to pomrači, ili da bude odbojno, joj kad bi svakog čovjeka mog'o vidjeti - šta u sebi duma, bila bi paraliza kukova i kičmene moždina. Skine li se maska, i ostane ono što ne fercera za druge... E odatle krećemo, kad smo sasvim kontra, luda vlada Balkanom, budale se uvatile puške. Šta da očekuješ od države koju vodi lovac? Ništa, nego krvav novac, otaj se razvlači ka bijeloj crti, prvi poteže Josip, nije ja, otkud meni u to vrijeme pare za kifle, kamoli kokain. A i ja sam Ramo, kakvi bona Jole i kompanjone. On' su za to imali plave vozove, da sve to lijepo pokažu narodu - glupi ste ko kurčine. Iza je vrebala ekipa koja bi da to sruši, i trebalo ju je rušiti, samo na normalan način, kad se dvoje raziđu iz braka, većinom se iskolju pofajn. Pa mu ona ne da da viđa djecu, pa joj on zavrne svoju karticu. I tako jedno drugom nabijaju ponos, dok skroz ne iskrvare. Ja bi da me sa'rane dvije naduvane babe, polako nek prospu pepeo u Usoru, znači, otvoriš teglu, poklopac u džep poluvera, neka sipa prema koritu rijeke – ko da sam se razletio u milijarde komadića. Fićo – prijemna, njiva puna oružja, kod nas ostalo više, e sad _ da bi se to dalo unovčiti dobro, treba samo srpske volove, napal't' na muslimanske, pa kad se oni pobodu pravo, oružje je neminovno, kako ćeš drugačije smiriti nered, pa ja promijenih ime u Slobodan, da se ne zna, odakle su bombe. Onda se pustiše rakete u opticaj, pojača Majka sa proizvodnjom. Glasio je poziv – Han Pijesak. Ja nikad ni čuo za njega, kol'ko sam bio gladan. Već po pet dana ne jedem, pa kad se neđe dočepam sopre, i ako je ukop, derem dok se jako ne userem. Kad na prvo kenjanje odem, moš potor't' dulum. Ne biram, oglođem teletu glavu, ko najezda crva, očistim svaki komadićak mesa, da me nije sramota publike koja plješće, slotrio bi cijelu lobanju, ja l momčina može izjest, man't' uz to liću vode sa prahom, najačane špiritom. Pero mi se od kad je otišao, samo jednom javio, i to ne zadugo poslije smještanja u Fuldu, sad je on bio, moj fader, nisam samo njegovo - pastorče. Ja kako ime toga grada zvuči divno, gore je lova, vikao je Pero, jebo ovo, to sve treba pustiti da crkne, slaće on meni – čim prve primi na dlan... Kad si ti u Zagrebu. Ono što je znao udnik, to je fangla i mistrija. Rekao mi je te prilike da je čuo, kako se kod njih ne tjera po

13

cijeli dan, ali ako ti hoćeš, imaju crvene ure, dupla ti se satnica. Biće para za sve, ako mene samo – ne smakne Šemso, em tebi jebo mater, em me možda može ubiti, i to sve zato – što smo bili gladni... cepala nas ipak - neimaština u pojam. Moji umrli od žeđi.

Što nije ni loše, ako se uzme, da se čovjek hoće baš kako treba razbuditi. To nećeš nikad moći, ako nisi osjetio šta je glad, žeđ neću više spominjati...

Usput, ima li ko kavog dobrog dj -a za predložiti? Kad se budu bake naduvavale, 'oć' tad, da se malo nasitni koke, poslije u koga vidim više od bobe, ima da ide poprijeko _ na raport kod Pere. Ali onog na nebu, očita bukvicu, pa ti de opet. Daklem i daklem, ono što je istina, i što nam treba biti, vidi se i drogom, samo se ne može dodirnuti, uvijek ti fali popravka. To sa travom ne mora, skidanje nije uopće teško, ako neko na vas ne vrši pritisak, il' nema maRe niđe. Počupala milicija zasade, pa svratila kod Nenada, taman koto nastavio, tu se razglabalo zadugo u noć – treba te sve narkomančine pobiti. I tako i bi, samo lij im lij, rakiju. Više nisam jeo, ni kad ima, gledao sam samo da sam što više utučen, spoznavao korak po korak - kako je Peri. Da sam na njegovom mjestu bio, pronašao bi eroin. Da bi dotakao neke visine bregova sa kojih se protežu moje antene koje vataju signale ljubavi, od na primjer tebe čitaoče, ne moram biti drogiran, i kanabis nije droga, da l' ga pušio, jeo u kolačima, il' mazo po tabanima, istina je - ovo ne trebam dokazivati – da se duvalo devedesetih – više nego što se lokalo, ne bi bilo rata. To zna i moja baba, ja ne kontam kako vi ne znate? Ali kad dođe marEE na vlast, ode mesna industrija, i sa njom pecaja – u čkapi mamin, odakle je i stigla, rodila đavolica svoga sina, razapeše ipak Isusa. Tebra je bio vege, tako - da samo njemu mogu zahvaliti _ što danas ne jedem meso. Ljubav o kojoj je on pričao, ne poznaje razlike između ljudi i koza. Loza je dobra, kad uš' uvrne manastirka, tad nema odanja pravo, nego samo krivo, lijevo ideš, kad trebaš desno. Zajebano kad se Musliman – nategne na flašu, tvoja baba je to govorila, nije moja, zato je to tako bilo, kad je u pitanju atomski napad, ako je zdesna, upadaš nalijevo, i tako kontra, pogled bacaš za guzom. Za Ružom nis' imao šta bacati, čim smo se spazili, već smo bili goli, naticali se i naticali, u staroj šupi, pored kasarne, počeo sam malo, uz nju jesti, pa sam se nekad volio sa njom vidjeti, ne samo što mi se uz pomisao na nju – diže, nego što će donijeti – domaće 'rane, i nisam više Slobodan – nego Ramo – jebo srbovanje, jebo srbovanje. Posebno kad je pasulj - sa ušima od krmače, dosadio i nama gladnim Muslimanima, ja Ramo – što, baš ti smeta – moja sopstvena izdaja?! Vadio sam na vrijeme, tad pogotovo nisam bio spreman za brak, jedino ako bi mi njen ćale prepiso traktor, sa njim bi mogao zaraditi prvi kubik letve, za zajednička doma. Samo ako se izvučem iz bitke, protiv zadnjeg zvaničnog karača – tvoje majke.

Tako sam jednog popodneva, poslije prcanja sa Ružom – sreo usput do stražare, ženu sa djetetom, naramak do zuba, oda valjda od ambulante, djevojčica se pre'ladila. Isti slučaj, ko da ja nisam ni – ničiji. Šuška je mati njena, kad se okrenu, ugledah nešto na putu, vratim se. Lična karta, žena, i ujedno majka bebe u povoju, otkorača žurnim korakom, ko da nema čedo u naramku. Prezimena nikad čuo, niti ga upamtih kao da sam ga zabilježio navijek, nego ako nekad naletim na njega, znaću da sam poznavao nekog ko se tako preziva. Ja ko biba pred presjecalo, samo mučem. Otrčao sam za njom u vojnim cokulama, svaka me kost boljela poslije ružine guze. Seks je bio nevjerovatan, a i ja se jako svuko - sa litara

Zvala se Vidana, kćer u naručju Jana, za muža – Krstana, sve mi je to rekla u par riječi, zahvaljivala se pet puta, ako nije i šesti bio – Hvala vojniče, stigao sam je na kućnom pragu. Kad sam se vratio u kasarnu, imao sam šta za vidjeti, na sred spavaone, između kreveta, Srbadija peče ovcu. Daklem, u ratu smo svi bili zbog toga, jer smo bili gladni. Saborci nisu bili pravi, nego glineni, neću da neko može poslije – od ovog igrokaza - nas kroz zezanciju – napraviti seriju, može, ali da to bude – animirani film, po koji crtež Balkana, nisam ni znao da mu ne pripada, Slovenija. Za mene ti je i tada čitav svijet na Zemlji, bio jedno, spojeno to malo lopte – ničime – sa ostatkom svemira. Odjednom zima, niđe veze, napali mi njihove linije, jer te su bile naše, pa se ganjamo, neđe prevagne tamo, neđe vamo, pred samo padanje, ja pakujem kofere, idem doma, a tamo me čeka gore, otac tvoj Pero se vratio iz Njemačke, nešto mu nisu produžili papire, naišo Mirko sa majkom, ovaj ga odgulio, jer je Mire bacio maram'cu, baš nije treb'o, palim tranzistor – da se javim nekom, ali nemam ni vibera, niti rupovke - da more dobact – dvajest kilometara, svi smo u ratu, jer smo gladni, samo se tamo, ima šta klopati, i tako ti ja naleti na prebačaj _ u drugu dimenziju.

Beg sam Osman. Pa sam mislio da ovo uvoda – još malo raspregnemo, skinemo kapute, opustimo se u udobnim foteljama, nije

15

prikaz 3d. Ali je udobno, već se ima i fejsbuk, i nije neki krš u garaži, pa se onda smisliš, jbt, jesam život ofulo, ja sam pisac. Ali to svakome može doći, kad se dobro naduva, pitanje je veliko, da l' bi' ja ikad išta našvrljo - da mi nije te vijuge, spojke sa Bogom, za malo rape, u to vrijeme kako su bitke napredovale, taman kad ja nestado, napadoše napadoše, uvatiše druga KoBca, osijekoše mu jaja, onda naši njihovog zarobiše, pa jedan od nas poprebija posmrtnim ostatcima ruke, jer ne stanu onako raskriljene – u zemlju – koju lijeni stvor zagrebe. Šta smo mi znali sa nekolko godina, za to – neka se odgovara, i ja sam za... Međutim, vid ti mene barabe, ćopao uši krmeće, sad bi da nije kriv. De ti tada reci da bi duvao, ma de, ne bi te razapeli, nego kitu nabili u ždrijelo, to je tako izgledalo, na optkopanom truplu – JastrijePa, pao, nikome ni dužan ni kriv, čak isposnik nije jeo ni meso, otiš'o za otadžbinu koja bez mesne industrije – ne mere prnt, na tom se natovarila Omernika, pa poslije drugog dnevnika – šou, bizmis, kanistera zgorivom, litra dizela, brat bratu, deset njemački' marona. Jadna li nam majka, sa komadantom Majkarom, al' et, peče se i dalje rakija rakija, vrati se i ja sa Ruže, kad ona reče - da je, ostala trudna. Kud da je vodim, kud da me vodi, nego svako sebi – do porođaja, valjda će se nemiri smiriti, poslije ćemo nastaviti živjeti, svako za sebe, pa dok dijete ne izdika, pomagaćemo se, ako nam se kad kresne, nađemo momenat.

Sve smo ti šupe – ja i Ruža, skinuli zbaglama, ostala jedna mala, e u njoj me prevarilo. He, nije, nego to Bogec uključi nitro - strast, pa se mi navadimo na te discipline, i ako je prećerano, nije zgoda za srpskog vojnika, ni ne sluti otaj vinovnik ovog našeg zajedničkog klipa, neće ipak biti niki film, samo će ostati priča, kresali se dvoje mladih, on bio u zarobljeništvu, ostala mu na drugoj strani – đevojka u kraju do kasarne, trbu do zubi.

O moj Osmane Osmane, sad si beg – šta te boli briga za tim, stari umro, vid' šta je ostalo od zemlje, imaš atare i atare, i posao sa lugom, grabovina kad se ukida, pita se tebe, i sve ode, za Austrougare, baš me zabole, što se on' svađaju, od para ću naparaviti konaka, nadodat ga staroj tvrđavi, u njoj ću imati Hrvata Stojana – da čuva kasu, i dojavljuje naredne poteze, 'oćemo li orat' ove godine, i sa koliko raspolažemo volova, ima Srba, rade za šencu, ma ne gledam ja to tako, to je mene babo Šemso, davno naučio, naučio, sad kad je on umro, stiglo vrijeme da ja zapregnem, pašaluk sa tvrđavom. Odatle ću ispraćati robu, vamo svrćat' zlato, oživljavati posrnulu privredu

16

privredu, BiH i Srbija su jedne neke zajednice, bile vodeće, e sad što su poslije zaratile, to je do nedostatka svijesti, niti si mogao uticati na neke stvari, gore nego u vrijeme Turaka i Austrougara, ako ne vjeruješ u ove što sad traju, jebo ssss' sam sebi mater, ne treba ti Šemso, tako, da sam se ja priklono, žen'ca dobra, ne moram se vraćati u ona govna, Ruži i djetetu će svejedno biti bolje, bez mene, daklem, de sad sredim stvari, vamo drugo dijete na putu, kad se rodi, spade kita, i neće gore, a da ne svrši odma, nemaš kondoma, još tri abortusa kod Bore, on to radi najbolje, men' više dolazilo, da ga skratim za glavu – gleda mi na ženke rodnicu, a i Beg sam, tako nešto mogu sebi priuštiti, naću sebi mlađu, njoj ću možda uturiti, pa kad trebadnem svršiti, stvoriće se odnekud kurtoba, oće malo sutra, ako nisi svratio do kioska, he - isto da se ti moš roditi od iste majke, samo nam nije isti Otac, i što je vremenska razlika, dvije stoje godina, neću reći – koji su harali, ja l' odvali baraba petardu, sad kad ga uhapse zato, reće, sereš Isuse, ja u Muhameda vjerujem kol'ko mogu, nešto me drugo – privlači Hristu, jer to nisu oni, nego ovi što im se ja molim, imaju utrobe dinosaura, lelemudaju po bašči. Hi hi, kako neću napisati nešto tako, Bog me voda od stranice od stranice, vidim joj jasno lice, kad je došla da se javi za posao, kućne pomoćnice, već nam život laufa izvan priče, spavam sa drugima, jer je ponekad doma, ne mogu gledati očima, najradije bi da je nema, ostao bi sam, al' sramota se odma' poslije babine smrti razvesti, nije dovesti sljedeću na naticanje. Ni ne sluti Osme, da na jednom svijetu drugom, cijepaše, pa kad ga zarobe, dadnu mu injjjjekciju, i ovaj doživi preporod, sve otišlo na bolje, upoznao – koja dobro štedi, 'oće ukuvat' pogače, oprat gaće, dvoje djece, more se reći, da je vrijedna, biznis piči, iako je osmanesti vijek, niđe mobitela, zeza, ona ne mora ništa raditi, ima za to posluga na 'šenci.

Glavna radnja uvoda - je baš u to doba, konak nadomak starog grada, već se okolo počele dizati prve kuće. Tako iste - što i men' moj babo napravi, ostavi biznis i bogatstvo – ja da naslijedim lozu. Pričao je dok je neki čudan tamjan pušio kroz brkove, kako će se u budućem nekom životu, baviti strujom, ja ti ni ne znam šta je to, kao da je doživio prosvjetljenje, znao je koje, i šta su mu zadaci. Na sred kućice u četiri vode, ali ipak sa dve etaže, jedna donja za poslugu, gore su moje i od supruga odaje, imam dvije sobe za žene, do tolko je išao i Šeme – viranija. Brak se sklapao sa dvije, istodobno, onda prvo kresneš jednu, pa drugu, nisam htio nikad da mi avantura, preraste u ljubav – zbog koje ću otići od neke supruge, ovo poništiti zaprave, naći nove odaje –

bez furuna, svaka soba po jednu, veličine rebara radijatora predviđenih za tu prostoriju, krov se vidi iznad ložišta, gore šest prozora, okrenuti baš tamo đe treba, tako da dole dima – ne ostane grašak, nema nevremena koje uguši otvor, za šest stotina načina vjetra, sedamsto trocijevaca ljubavi. Odatle se uzidnim kanalima toplota kreće do – malih furija, igraju se djeca bliže, ja im staru preko sopre natežem, ržem dok joj ga zabijam, pa kad svršim, ne vide joj se leđa od sperme. Onda se spremim, idem obići imanje, ona pere guzu kopriv'nim gelom za tijelo, sise trlja tamo – đe su bradavice, skinem se, pa i opet, ne znam šta je trebalo bolje, imali smo odnose, samo take. Međutim, kad ja tu neku drugu vidim, i on se na nju digne, gotovo, sve zaboravljam, natičem se u drugu utičnicu, oć i ja tajo, preko struje, svršavamo oboje, ko da nas je nego skopčo, na dvjesta dvajes'. Na sat pržim, a uz točak, nema kacige, nema veze – neć' ni ja više unajmljivat njihove bicikle, oda beg i pješke. Morao sam to sve držati pod kontrolom, odmah sa ulaza u dvore firanije, sa leve strane 'rvat sa kasom, on ti meni to sve poslaže, pa kad dobro izdrndam suprugu, osedla mi trocikl, danas mi se ne juri, ostaću da obiđem koševine, iza prve krivine – sretoh nju.

Tu se zaustavi' kraj sluškinje, u nje sise jarane - ko jabuke, ni blizu izdudlanim ko u to teke žence, pomislih u sebi, moj lijepi Bože kako bi te im'o, samo za nabijanja poslije one doma, pa kad kod ove više ne može – nju rapsregnem preko prve međe, krčimo ostruge, sve po nama rane, ništa nas ne boli... sjedim kraj trupla, čitam sam sebi – opijelo. Jeste, de ti to men' plati, neću ti ja dragi pišče to džaba čin't'. Dodaj i ti kako Bego - Osman tare sluškinju, svršava u šupak, njen uzani, kad mi kaže još, najradije bi da me nema, ne moš zaustaviti prskanja, svrašavam. Preklopio sam – kad me pogledala, neka tvorče ja ću, jesam jesam jesam je želio, da umalo ne otpusti slugu koja kočija, prisluškuje – šta joj hoću reći, sutra u podne, isto mjesto, doćiću bez njega, sigurno.

Jedva sam čekao susret, tu noć nisam silazio – sa supruge, ali nijednom da se digne, te sam joj lizao, te tekun u pičku stavljao, neja šta nisam, opet ponavljam, ali reakcije nikakve. Sutradan isto vrijeme, neke godine prve devetnestog vijeka, niđe nazvizak droge, jedino što moj stari imade te neke trave, ostade pribran do groba, reko, kako je on to uspio, do smrti mati Srpkinje, ženio se drugom vjerom, iako je na ovoj bio – među vodećima, jako se sve u selu, slušalo njega, nema ko se ne mere prosvijetliti, de ti motaj, pa ćeš vid''t' - Isusa, dok drka, napalio se na Samiru, jašta ćeš nego mu zabran't' da uturi, iako je božiji sin, taj lik je bio poeta, to što je to mogao bez opijata, e to je ono pravo, duneš dva tri dima mare dnevno, svakim danom – napreduješ. Tako je to i moj Šemse činio, nakupio nam mnoga bogatstva, već se moglo

18

opuštano živjeti, bilo i za Srba – 'šence. Al samo bjelce – neograničeno, ostale sorte, tri dana žetve, pa tri dana oranja, i još tri obilaženja, pa vršaja, e onda imaš teke se kad popeti, na neku, osjećalo se u zraku da to doba kombajna na guzni pogon, stiže, trčaće orme oko stožine, niđe trupla konja. Nema gaća, kita do poda, ja kad uturi kobili, osjetih da tlo poče podrhtavati, uhvatio sam je za mali prst desne ruke, moja lijeva, a u desnoj preponi me – nešto žiga, imam osjećaj da je pojebljiva, kako si rekla da se zoveš? Zovem se Merima, tata me daje za odžina sina, iz prvog braka, taj glavno nasljeđuje, samo se čeka, zaposjedanje trona, glavnog u ataru pitona, jedan me proguta pogledom. Nisam ta što misliš, došla sam tražiti poštena posla prije braka, kad se udam neću da ko ti tako švrljam biću mužu vjerna, neću od njega zahtijevati, ni kad mu se ne digne, pa da ja po selu odam za prvom kitom, samo nek je utureno. Vidjela sam ga dva puta na prozorče našeg konaka, samo mi nemamo sluge, al' veli tajo kad se udam, namakaćemo zaostalo, pa kad se isčupamo iz bijede, uzećemo 'šence, za četveročlanu poslugu, nećemo ovako curice skupljati kraj puta, ako si ih što više jebo, onda si prava momčina.

Da, to je tako, dok seks izgubi smisao naspram ostale dobrote od života, pa ne mere ti bit način repodukcije, glavni sportski rekvizit, igrao sam i ja nekad valjda - sa momcima fudbala, vidim Mejro kako ga gutaš, ako ti tako misliš da treba, na poso si primljena, ali ne očekuj da ne slinim, ne silim te, znadem nisi gladna, da si tada teža narkomanka bez šuta, nemoguće, znači - 'oćeš – odlučno krkanski. De bolan, biće ti slađi rad, vidimo se kad god možemo, doma kad smo, samo spavamo, i pravimo se da nismo tu, gru, ja l' opali, ne zaboravi, onom što sam obećana, tom sam i vjerna, to što te ja tako gledam, gledam mnoge, među noge bi došla na pušenje i dudlanje, al' u pičku ne dam, možemo ako hoćeš to, i ono nema veze sa poslom, kad budeš mogao, navratiš da mi grickaš dojke, da vidiš kako su tvrde, danas ne može, evo ti lijeva samo, da je malo lizneš. Ja kad je isturi, moj brale, miriše na smokvu, tek skinutu sa sušenja, ja mislim da ne bi' izlazio do sutra u isto vrijeme, iz nje. Rekli smo, da o tom nema pojma, možeš je lizati, al' da turiš kurac u nju, to ne, ne smije se, a i ja sam vjerna obećanom, da nije oporavak našeg imanja u pitanju, pa da i razmislim. Ne brini za to, ti znaš da je meni stari skoro umro, ostavio i svoje i slobodankino imanje, i ona ti je bila neka malo bogatija sluga sa strane Srba, nije joj bilo stalo do 'šence, ljudi se snašli. Tako da, to ćemo srediti, de ti se man' odže šta priča, i on ima sedam sinova, i tri kćeri, ko rasplodni bik. Pretvorio se u istog - koljući krave za kurbana. Ajvanski ubica.

Ali ti već imaš suprugu, ja bi ti bila druga. To u početku, poslije bi ja sam prešao do tvoje sobe, kraj njenih samo prođem, nema pravo da se buni, il' mere pokupiti stvari, i ona ti je pucala na lovu, ti si mi nekako iskrenija.

Da sa njom mogu ovako razgovarati, bilo bi lijepo i poslije svršavanja, nego kad spadne strast, nejam šta pričat, samo se sazdala u djecu, nemoj pogače ti - da budeš – ko ona. Nema u kući viška kondoma, mada sam prošli put uz plaćanje gareži od graba - dobio dva paketa, prvi puta bi te sa njim, drugi bez njega, samo da osjetiš razliku... dugo smo se gledali na rastanku. Stim danom tako, od sutra ćemo vidjeti, dokle je begovo.

Došao sam kući kasno, jer sam u kraju drkao, boljelo me sve oko – koljena koljena, osjećao nisam uda, večeras će i ona ćeti, jer sam je na dozu – navadio, to je ono – zbog čega smo zajedno, ostalo, zaboravi zaboravi, nikakve zajednice dvoje – nisu nesebične do kraja, uvijek svako drži malu dozu, ostojanja, dok sam ga mlatio desnicom, zaklinjo sam joj se – na vjernost.

Prije nego sam kren'o u boj sa srPske strane, manuo sam šalom partizana - Ruži, stomak već narasto, kontao sam u sebi, da li ću ih ikad više vidjeti... Međutim, nisam ni slutio šta me čeka, biti beg nije mala stvar, pitate se mnogo štošta, moć zlata i dukata, ipak prevladala, dao sam u opticaj da se kuje najvredniji novčić – na tlu Jevrope, nisam mala šala, nego velika guta, još samo da Merimu nategnem, danas idem kod nje, djeca barem sa ovom suprugom su na sigurnom, eno ih gore na spratu konaka, posluga ih poslužuje, sve sam namirio, stoka prije oranja na'ranjena i napojena, žena će predvečer sve pomusti, ali nadzornik sluškinja, srpkinja Mira, moja gospa neće prlja ruke. Nije se i ona za dž, begu dala, mogla je i ona širiti noge mnogima, nije ćela, do Osmanu. Šemso se nije protivio, samo je migao, polako sine – nadoćeš, sad kad sa njom čekaš još jedno, vrijeme ti je naći sebi, drugu mladu, varo sam Slobodanku sa Odžinom ženom. Joj joj, bratu bi čapao đevojke, he, ko zna da l je, a i u javnosti ne važi tako, pa ću ja biti na manjoj sramoti - neka Sulejmana - uživa. Mera mora opravt svoje, tajo joj se uzda. Ne smijem joj obećati - ono što ne mogu ispuniti, sreća vrijeme drugo, pa se moreee dovesti kući još jedna, dok ne imaš harem žena, najebi se kurčeviti. I tako smo se zbližili tog dana, odm'a na meraji, nije prestajala sa još, da nisam sinoć ga onolko puta otreso, pojma nemam bil uspio dotaketi dno. Pun dupke kondom, e sade, ajmo bez njega, stjerali smo pola brijega – uravan.

Kući kad sam se vratio na konak, on uspravan, djeca spavaju, nastavio sam taslačiti suprugu, do ujutru, nisam se budio do podne, jer sam beg, i to sebi – priuštiti mogu, posao sa pepelom od graba - laufa samo tako, prije tri dana – otpremio sam vagon, huknu ćiro – za Beč. Što više isto, sve sam veći, sreći se primaketi preko seksa, to može samo bitanga ko ja, mrsko mi bilo otić' do kioska, aha, jedino da tada u predjelu sopre, nataknem na onu stvar, priglavak, druga su to vremena bila. Njima nisam mogao upravljati, u mnogome sam prihvatao šta mi se ponudi, samo nek ima dovoljno jesti. Ovdje se to ne dovodi pod znake pitanja, uvijek imamo za zaklat, tri krave, držimo ih za ugodne, Muslimani, ne jedemo svinje, tako da od vola – volimo sušeno. Pogani smo, ali ja šutim, neću da budem gori od Srba, trebaju mi za radne snage, ovi naši samo nekaj – mudruju. Utur ti prst u struju – kad je nema. Od konaka u kom krešem suprugu nemilica, do starog dijela grada, ulica duga, ima trista metara, polako ti ja na vidžan kave, uz nju nataknem na klipu ratluk, i odem za poslom, moram sve imati u vidu, jer ako se otkinu veze mi _ sa strune, propade biznis, a nama sa ovih predjela nije nikad vjerovati, kad su zlatne poluge u pitanju. Ma de, nisam ja takav beg, nego onaj – kom se svaka sviđa, nema sa kojom ja ne bi – zabrazdio, naravno kad je dignut. Moram ga neđe utur't', sad da li je Ruža, ova sade supruga, il' Merima, to nema veze sa riječju – koja se zove ljubav. Po tom pitanju – čovjek najviše sebe voli...

Koliko je to istina, pričaćemo sljedeću godinu, dok ne napišemo romančinu, ali pod crtom, ja – kažem – neć' nikve narikače, popove i hodže – da mi zavijaju dok me vjetar nosi do površine vode – ribama, ribama. Može laganica, dj nek spušta ritam do kaldrme, poslije kave i kojekakvih dogovora sa jaranima - idem pregledati bikove, tovim nji' za Instambul, tu sam đe se valuta obrće. Kod kuće stanje harmonije, žena ne može od jebanja na noge, pa sam joj gore ugradio na plafon držače, zavrnuo dvije drvene klipe, da se potpomaže dok je opet sa prangijom stižem. Rekao sam Merimi da je primljena, od ponedjeljka za sudoper, ima da je podapirem, kad god supruga mi – trepne u san.

Nebo je prolazilo iznad kasabe, nije to bio Teslić, a niti Han Pijesak, upao sam sa druge strane linije, i vratio se dvjestotinjak ljeta u - prije. Pa sam od tog jada i bijede – postao beg. Mogu imati – šta god poželim. Međutim, kad je stigao ponedjeljak, ona zadužila kecelju od glavne za sluškinje, samo Merima nije bila Srpkinja. Ali ja na to nisam gledao, to što sam beg, nema veze sa time, da nekog iskorištavam. Nego svakog pošteno platim za njegov trud i rad, pa tako sam mislio i nju, to što sam vam u početku – testament u kom ostavljam ništa iza sebe, najavio brezobrazluka, to je da serija, još bude nezanimljivija, svi će onda – čitati knjige. Moja preporuka, ne čitajte ništa – dok pišete svoje, posebno ako je priča tipa – zaostavština. Toliko će leura podnijeti socijalna služba, il' je brate – ne mora ni biti. Po mom', sve to treba ukinuti, ostaviti besplatno – kupanje na jezeru. Odmah pored prvih brda, prostire se onomad – plaža. Tu smo svi poslije posla, na plivanje, imali smo odore za kupanje, ni blizu kupaći' gaća, zvanih bikini, nego pumaprice, ne vidi se lakat, Srpkinje se – prve skidoše, kad vidješe Muslimanke, više ne daše nikad – Omeru pice, neg samo Dušanu, Jasmina se prva – poturi. Kako je nebo prolazilo, tako su sa njim i dani laufali, nismo se više Mejra i ja pojebali, jednostavno – to je bilo to – rekla mi je kad ju i opet zasvrbi – zvaće me. A i meni nije više bilo – do taslačenja, stigla u polje šljiva, pekmez se dere, isto za Tursku, ja sam više bio da gurnemo u eter, tatinu biljku, međutim, oparili se i ostali begovi, više se mene za sve – ne pita. Muhamed razradio sa Vujadinom biznis, pročulo se da će se od iste, moć' peć' i rakija. Pašće u vodu, kupanje na jezeru, za sve besplatno, pošalješ nekog kretena dva tri puta kad se nadere vatrene vode, poslije samo uvedeš – kasu, fiskalnu, pa kad je svako zbavi, onda istu zabraniš, otpad prodaš drugoj državi – koja hrli za istočnozapadnim integracijama – mi mislimo od pamtivijeka – da zaista ništa ne znamo. Jebo nas ko god stigo. Međutim, to je evolucija htjela, da napravi na primjer, ko mene jednoga, ili ko vas nekoga. Da nije bilo ovako do sada, ni izgledali ne bi isto. Ponosim se krstom, nije da se stidim njega, nego mi dojadila bagra koja maše sa time, Srbin sam, il Musleman, i za njima brat, Hrvat, svat Cigo, obavezan kod svakoga, jer najjeftinije svira. Milina, samo to treba razjasniti, narod se pati – sa nimalo veze, i sa č i m e _ Vime u Kristine, ko lubence, tako se kaže za sise, a one kod djevojke, nisu ko banane, nego loptastog oblika. Na nju nisam ni pomišljao, ona ti je u to vrijeme studirala, mene sramota što mirišem na štalu, kad kraj nje prođem. Jer da nemam bikove, propo bi, i ja i moj begovnjak. Mrak se spustio kad sam se vraćao iz kasabe. Uz ulicu kraj džamije sretoh Kemu, razvalio se jabukovačom, i nju neko prepeko, viko mi je - da su samo Srbi dobri, mi pogani, tražio je pomoći od odže. On rek'o, da je taj dan – dao pare solani, mora i džamija od nečega da živi, barem veli, ne kupimo ko ovi, sa ikona. Bavimo se ko i svaki beg – biznisom. Reko Kemo, de oladi od mene, evo ti dukat, kup' sebi kanabisa neđe, id' se razvali kako dragi Alah zapovijeda, ja sam znao kaj trebam delati, ali kad shvatiš ko si i šta si tako, stigne te to – imaš u oborima – sigurno, brat bratu – trista robova, ako ih prodam na klanje, isto je to, onda najbolje da ćutim. Međutim, ne mogu, hoću da me Kristina voli, ovo dosad što sam poprcao, poprcao, pojeo mesine, zgriješio svojim ponašanjem prema bližnjima – stavljam na stranu, peljaću po noći i danu, samo da se dočekam budućnosti, možda je tamo rat stao, pa ću iz porošlosti donijeti spas – marihuana, nikako rakija, serija sa Espane, cigare i fuka, na zaboravljanje, pa kad me ona poljubi, i mi spičimo zajedno u 2016 tu, tuku se na istom polju gdje Konstantin postavio pikete - cuke. Ne – rek'o mi jedan pajdo što stiže iz te dimenzije, više to niko ne čini, narod nije ni svjestan – dolazim, samo da zaslužim, i da me Kristina podrži. Ma to će svi reći, ti se pišče kolko god premeć'o sa ove na onu stranu – ne možeš zaljubiti.

I ja sam tog uvjerenja bio, dok to veče ne prođo Kemu, donio mi Mire iz Kondona parfema, pa miriše li miriše, cijela mahala, sad kad se pojavim kući, pričaću da trebamo se dizati sa ovih predjela, vidite li kako mirišem, ovdje će ljudi sa šljivom od pekmeza, prijeći na ispijanje čutura, od šljivovice će im popregorijevati glave, kad ona rupi. Krenula kod drugarice, Ramzije, obije poslovnu ekonomiju. Ja se nisam u to najbolje razumio, posao sam vodio – kako mi Bog zapovidi, nisam bio vjernik koji zaliježe u crkvu, pa neću ni u džamiju. K'o da oni znaju – ko sam ja. I da sam se maskirao u njihove, kad su me zarobili, to što smo se šutnuli u dimnezije – otprije, to je do komada, ja sam viko – ne rolajte tol'ki.

Da ne bude testament preveliki, pisaćemo ga da bude jasniji, znači, oko ukopa – nema nike organizacije, spaliite me – preduzeće – za počasne krugove, poslije nek se izaberu dvije bake, al' koje duvaju travu, neka pepeo bace – u Usoru, gdje god da se nađem prilikom smrti – recite – koliko to košta, idem to prvo namaketi, ostalo šta stignem, čuo sam za neke likove u Bugarskoj, a joj, ma ima i domaćih preduzetnika, neka me prodaju djeca – Austrougarima, pod grabov prah, usitnjen na komade, kad založim na ognjište istoimeno drvo, to radim zajedno sa poslugom konaka, onda furunski rabrijator iz ćoška dune toplote, odatle pisanje nastavljam, dotad _ đuskanje.

Zape za mene u mraku, a ja mirišem – ko da sam iz Šariza, isto da parfem moj tadašnji, ne bi iz Kondona, stizala je roba – raznim kanalima. Uvijek ću biti toga mišljenja, da je se slušalo mog ćaleta, cvjetala bi sa nama i Albanija, ma ko hoće u ove spise, samo nek' navrne, ne razdvajam ja ljude, na kojekakve krčevine, pritisnem srce pod gas, kas gonim sutra, ni na jednu mi se ne diže, prošao me seks, sad ga vidim k'o način za reprodukciju, ne vežem se više za žene, samo da namaknem za grobare. Od drugara očekujem dj a, može svakog, samo da je sa svojom miksetom, ako ju je zbavio preko stranke, nek to na početku sprovoda – kaže. Grešni smo svi, e vala ja nisam. Neću da vele, bio sam dobar, kad ni to nisam, ono što sam zgriješio – bješe iz neznanja, sad kad imam priliku bit beg, neć da budem cicija. Što bi to, kad imam okle? - e ajd ti daj dinar sirotinji, kad ga nemaš ni za sebe, kifle nacrtane u pećini, prebijamo za ručak - govečetu košćuru, umlati ga Greban, dračovom plitkom, mi tad nismo ni znali – kako je to bagrem. Da nas je neko pitao, od kojeg drveta bi sredstvo kad izvršismo ubistvo?! - mi bi rekli, to je ono – sa cvatom, njega jedemo u proljeće, cijeli mjesec, kad je on, ljubav ne poznaje granice, svi se puste u polje, tako sam i ja odlučio, otkad sretoh Kristinu u te već mračne sate, nije mi bilo do toga, da mirišem na bika. Sve ću ja to pustiti, nek slobodno hoda, jest da će mi Sulejmana možda bit' nezadovoljna, ako joj takav zalogaj treba, nek sebi vola vata. Ja za nikoga ne koljem – više ni mrava namjerno – ej, otkud ti? - baš si se promijenio, više nisi susjed što se mlad oženio, stigao iz nedođije, odjednom beg, vidi ti kod frajera mirisa, baš si mi sladak, krenula sam kod drugarice, kasnije ćemo u grad, jesi li za neku kafu? Ma de ba, da sam im'o trista žena, i četristo djece, otišo bi za njom... u koliko ćete biti? Već kontam reći supruzii, idem da se nađem sa jednim iz Turske, kobojagi kupiće od mene teladi, ni ne sluti draga u konaku, da ih ja mislim popušćati – uz prve kiše. Dajem sve pazare, da se diže proizvodnja – od mare kolača, to je prilika kad trebam, jer ako se omakne dvjestotinjak godina, mogu samo završiti u ratu, joj kol'ko će ih do tada biti, nisam htio da se sjećam budućnosti. Vjeruj, ubijam se od dosade, sreća mi od starog ostalo sjeme – nekog čudnog bosioka, samo se mora umotat u tijesto, to kad gricneš, budeš fajn, vođe, gdje je Bog rekao doviđenja, sad kako vidim ja, to ti ne smijem reći... znaš da sam još uvijek oženjen? Ne smeta ti to? Nije da mi se ne ide na kafu, nego na tebe u životu, zaista nisam – nikad ni pomislio, sad tek vidim koliko dobro izgledaš. Mada ja vidim da ti i to znaš, oči su ogledalo duše, nemam osjećaj k'o da te poznajem, već znam šta sam ti rekao na sljedećem sastanku. Sve ovo žena dosad što me dodirnulo, nije me ni pecnulo, sad kad te još bolje smijem sagledati, dovoljno je da se zacopam u tebe, ima da preokrenem svijet naopačke. Ko od šale.

E ja sam ti baš to htjela reći, ubaci sa mnom žeton na sreću, i ako ne bude ok, tu sam svejedno neko vrijeme, a i tebi vidim dosadno. Mnogo toga ti ne vidiš, niti ne slutiš odakle stižem, ne smeta ti što sam oženjen - to vidim, nego da li ti smeta – sljedeće? Ako mi se sutra više – sa tobom ne bide, nećeš mi braniti da duvam? Ova moja u kući ne da, iako sam beg, to je sramota, prijaviće me na miliciju, i samo sam ti ja u tom mom braku, donji, dobro je zborio Šemso – očekaj sine. Neće mi smetati, ali da to radiš ponekad i sa mnom, volim ja te priče – mada sam ti se ja pomalo sa društvom navukla na alkohol, imamo mi u školi Janu, došla iz Han Pijeska, ubila se zbog dječka, al' vinjakom, ma nije zbog njega, stari i stara joj slabi, dinara nema da im šalje, jedva zamiče predmet za predmetom, i to u klubu – svira gitaru. Ma koja Jana – ljeba ti, baš iz tog Pijeska? Sa njom ćeš me upoznati – obavezno. Neće ići, već odavno je pod zemljom. E da, volio bi' i ja da imam s' kim pričati na tu temu, otkriću ti tajnu, nemoj je odavati ni drugarici – barem dok se ne zakafendišemo, idemo kod Mirse u budžak, on ima i čaja, kakvog nema niđe – pišem. Kad nema nikog u odajama, žena plane sa pazarom kupovat prnje, djeca se razigraju, umačem pero u tintu, smačem li smačem, pa bio ja u ovom ili onom vijeku ljudskog brojanja sati i minuta, isti sam kako god okreneš, zarobljen sam u nekoj paraleli, a ona odakle sam – još gora. Mislio sam, sad sam post'o beg, ko ga šiša, daj se malo opustim, kad ti naleti, mogao sam neku opet naći - za nataketi, poslije se smirim kolačima iz testamenta kojeg naslijedi, i samo o tebi razmišljaš. Uopšte me ne privlačiš, ne vidim šta bi ga diglo. To je vrlo dobro za početak, nanese vjetar njenih uzdaha za momcima, ko prangija zapet, de reko – odddstup. Kristina, ti si premlada za mene, ja u nekom prošlom životu, već imam jako tol'ku ćerku. Kakve to veze ima, pa i ja sam nečija... gricnula si me za uvo, ti nisi tačna jbt, kako te prije ovdje ne sretoh, odao brezveze – otkad ispado iz vagine koju ne jeba kurac.

Rodila me majka Marija, da me razapnete. Iako sam kao beg, i zovem se Osman, ja sam ti u duši – subotar. Mislim, ne taj što ne radi tim danom, nego onaj što protestuje – da je krst oružje kojim su ubili sina božijeg. De ne benavi, napravi ti meni jednog, takvog... vidimo se na čaju, odo ženi reći, da moram večeras joj namirit - za kupovne – odjeće i obuće. Rastasmo se jako u suzama, meni jedino to malo - zasmeta, sve su žene ljubomorne, oprosti Budimiru Slobodanka, i ti si vomen. Volumen te Šemsin natače, vid đe ja zaglavi, u ničijeg đeda jajima. I to večeras moram na sudar sa Kristinom, a nemam pojma kako ću se izvuć' od one moje, sad da ih dovedem dvije, to sam vidio sa Merimom, da nije dobra priča, gadi ti se i jedna i druga, samo ste tu zbog naticanja pizde, niđe poljubaca. Slopka je zavrnula, zaostavštinu od Pere, na vreme, u vrijeme – do mene i tebe. Đesi Brate – nipočemu? - ona meni – nije ništa. Čak bi je mogo – preko peći – znade se kako samo Šemso – vidi za struju. Suče brke. Nisam išao zbog toga, nego sam htio nastaviti razgovor, bilo je zadivljujuće osjetiti, sreo si sličnu energiju, samo frcaju varnice. Zbog nje bi se u nekoj budućoj epohi, vratio iz Amerike, u Bosnu, il Srbiju, Crnu Goru - volim, isto ko i Ercegovnu, nego mi dole prevrućo, a i daleko na konju. Preko Dobuja šiba za Užice, pokupt još građe od grabe, a on se rasipa, od njega isto neka kozmetika nastaje, ni ne pitam koja je, dok rabota laufa.

Stiglo jutro za zapitati se, ej, ja isiječe dolove šume, samo da mi draga nazuje – od svile gaće, to što joj se iscjedak sperme svuko do koljena, nikave veze nema, ako su kratke, dojadile joj pumparice, najviše sam sa njom proveo dana, izgurao djecu do hodanja, nadošao iz nekog drugog mraka, u kom imam isto bebu. Nisam baš najsigurniji, nisam upamtio – da l' se Ruža porodila, možda je pobacila, ili rekla da je začela bez muškarca, nosi malca za krstana, samo da osvane – sveta neđelja. Jebem ti tamo nju, ovog podneblja psovka, i tada, i onda, i sada, da se nikada više ne ponovi. Psovanje je isto brezveze, neka se niko ne mršti što ja volim tako – opričat na masno, zaigra oko lijevo, neko će se veseliti, zagatani narodnim – običajima. Fala svevišnjim grudima, što me zadojiše tamjanom tamjanom, ja l' čadi, ko da je muška, ako je spoznaš, odma čupaj, da ne uništi rod, jest rodila domaća stabiljka, i to ona – što ne uspava, nego glava čitav dan – stoji – uspravno. Kome su oči na kiti ili pički, šta ću mu ja – kad ga je preuzela reprodukcija – pod svoje. Meni je do – niz džadu, kraj džamije, ma gdje god da se skrasimo, neće biti ko dosad, buvara buvara, očijukaj sa konobaricom, jer nemaš joj hrabrosti reći, da bi sa njom, samo da ne ide doma, a ona iz istog tora, svi sa nekim žive, samo što moraju. Neko zbog malih primanja, neko zbog toga jer su tata i majka – tako rekli. Dosta mi je svega, pa valjda ja znam kako ću da budem sahranjen, ne dam ni odži ni popu – cvonjka, morete kod mene na žur, ali da ne zanovijetate, krstite se i klanjajte slobodno, al' u svoje ime. Nije bila nešto prelijepa, ko i ja, ali je građena, aj zdra'o, kako ne bi' otišao za njom, pa i kad bi znao - da se nećemo, nikad pariti. Usniti s' njom, mogu mislit – neprocjenjivo.

De ti dođi brzo, za suprugu ćeš imat cijeli, ovozemaljski život... i tako sam ja stigao doma, konak ko konak, još se ne loži ognjište, cijela kuća, sistem za grijanje, mog'o bi se ubaciti u neku veću zgradu, al' tog tada još nije bilo, živio je Mirso u jednoj od kula, ni slutio nije – kako će to jednog dana – biti muzej, prodavaće se kojekakve knjižice, kako smo mi živjeli, a niko iskreno da iznese stav balkanskog paćenika, njemu se od malena ne predstavlja prava istina, nego sve nekaj zamuljano, pa misliš da ti je reprodukcija, osnovno zanimanje. Jednog dana će ljudotinja biti nabroj, rodiće nas se taman koliko treba, do tad se evolucija naoružala sa kojekakvim bolestima. Osmane, Osmane, reci komšijama, zašto puštaš živine iz obora, od matere ti ostalo da uzgajaš i svinje, one piče za Srbiju, imam krvi toliko namiješane, da Gavrilo kad digne ruku na princa, bolje će biti da ustroji – domaće izdajnike. Jer da nije njih, stranci nama ne bi vladali – na mnogaja stoljeća. Eh da, treba skinuti jaram drugome koji smo nametnuli, pa će i nas spopasti sloboda. I ako više nisi rob – robovlasnika, jesi braka, i ostalih sličnih pogubljenja. Vjeruješ popu i hodži u čapri, oni ništa ne rade, imaju novu kočiju. Vuku ih konji, ja od dana kad sam sreo Kristinu – u liku osobe koju ću zavoljeti, a da to kad sam kraj džamije zamicao zagrada, nisam mogao ni naslutiti. Gotiviću je više od Alaha. Reče on – ne čini preljube, ja to nisam ni radio, volio nisam nikog – do sebe. E da, tako svoju djecu najviše miluješ, jer to nisu stvari, nego likovi za se, i drago će mi biti - ak' čujem, da kad legnem u teglu, nisu plakali, nego sa ostalima – plesali. Svirao je dječak na tamburi kolo, kad sam na popločane staze lupio – taze novom cipelom, kupio ih u Beču, obračunate mi kamate, na zakašnjele isplate, od bikova prošle ture, turam i njima iste - stiglo je sve na vrijeme, ja sam te dukate dalje turio za buduće dane, rekao sam osobama koje nastaše od moje strasti prema kresanju – volim vas, ali ne da morate biti cijelo dumanje po ovoj vjetrometini, uz mene. Čim stasate u sposobne za rad, razguli u njivu, štijaj i štijaj. Ali prekasno, moji su u konaku jeli meso, morao sam lagano, nije to samo porodicu bac't' niz njivu. Rabija – kćer moja iz braka sa suprugom Rosom, nju sam oćer'o, popašna na 'šencu donijela kuče iz mahale, neko ga bacio, bacio. Ma ne to, to će da bude u budućnosti, mi paščadi volimo, nečije se izgubilo, pa veli Rabija – da bude kod nas, dok mu ne stignu bivši drugari, ako ih dotad zaboravi, može kod nas vječno. I ono ti je tako tumaralo uz basamake, te niz njih, najviše mi se ono motalo oko nogu, djeca počeše izučavat školu, mali Savo, samo kiše, pali se previše graba, pa ga je u zrakinu, isto tolko dima, kerče nazva kasirdžija – Pero, uvijek pomalo, vuko na svoje. Moram i na tom polju, napraviti preorjentir, neću prodavati ovo što pišem, nego namijeniti čitaocima upustva – moga sprovoda, da neko uz babe se ne zaputi – sa namjerom – brisaću suze. Ništa od toga, ima da se ori pjesma, mladih djevojaka, momaka dvjesta u kolu, neja koje nacije nema. Kad ni toga više ne bude, valjda ćemo poslije, postati ljudi.

Kristina mi je tu večer rekla, da studira u Sarajevu, tako joj isto, i drugarica, imaju tamo momke, ovdje bi samo – avanturu. Nisam ni pomislio na seks, poslije smo prošetali pored puta, ulica duga – može nas neko sresti, druga Ramzija – ostala – ima stalnu šemu. Fuuu, al' sam ja ubijen u pojam, meni bilo samo do kresanja, naklepao djece vazda, neka ih, nek su živi i zdravi, pravi evolucija od nas ljude, jašta, ljubav budi sva čula, pa kad uvidi kako je sloboda to što treba, bude prekasno, stisle obaveze. Jesam beg, i imam biznis samo taki, šta je ono što ostane od mene, kad poskidam odore, i odem u snove, to je ono _ ovdje na papiru. Čitaće neko za sto godina, pa se češkat po glavi, jeste, i tada su znali mnogi kuda goniti, preovladavala – nesvijest, šta ti okolina natakne na ramena, to si, budi onaj bez toga, nije laka misija. Mesija reći za nekog, nije teško odrediti, očekaj dok mu tijelo koje je to zborilo – umre, shvatili smo, ali sa zakašnjenjem, poslije dvjesta godina od ljubavi – između mene i Kristine, ganjaće se – atomska bomba, niko ni ne sluti vegetarijanstvo, pa poslije toga mir, muk, prazan džep, prazan stomak, jesam momčina. Imam to teke jajca za izaći, prošetati sa prasetom. Ime mu je Gorki, jednom kad su ga pekli, izgorio, svi koljači nadrljaše, i ja sa njima, eto ti ljubav u rukama, nećeš sa njom dočekati starost... to nisam imao ni u najavi.

Mislio sam, ajd pojebaćemo se, i to je to, međutim, zaplinše me drugi faktori, jest slatka mala, ko med, šećer joj nije ravan, nego, ne diže mi se na nju, ne kontam, šta se dešava, đe tajina trava, odo probat vid''t' tamo – šta me snašlo, kad ono to tamo, vi – draga publiko, pa ćemo još u konak. Kod kuće isti slučaj, funkcionišemo naopako, ali nestala potreba za seksom, između mene i supruge, čak mislim da mi se više ne trza na pomisao – Ruža, šta je u tom životu, pa sam jednog petka – otiš'o do Han Pijeska – preko rupe - zvana mrka, poslije molitve vjernika u džamiji, ja nisam zalazio u te kuće i crkve, osim turistički, čisto da vidim, na kom je levelu ludilo, u stvari, to je prevaziđena fora, još će neko reći da sam sektaš. Sjedi gdje jesi. Ne brinite, za to se tvorac ove priče – potrudio, idemo dalje smjelo, pa ako ne doživimo sljedeći momenat, ko ga šiša, nova dimenzija, smrt dođe ko rađanje, sad sam tamo, sad vamo, pa kad legnem u teglu, biću sa svima, tamo se sretnemo na momenat, samo ja vidim jasno, vi ne, koji ste živi u obliku stvora, što razumije riječ. E al' aj to shvati dušom, ko to iz tebe zbori, vidiš da sam našao način, napisaću testament, za sve buduće živote, eto me opet u sljedećem kao Bajro, kujem tevsije, imam unučad, ako ćemo iskreno, i nemam im za sladoled, nego krpim kraj sa krajem, nisam ko Osman, da sam beg. Odustajem od posla, rušim sa njima načela moralnosti, ne ubij, i gdje god stigneš, tu drvo posadi, može malo povrtaljke.

I tako ja poče novi život, vidjećemo se i sutra naveče, u konaku velim, da sam sa Austrougarima, stigli za mog biznisa, kog ja polako pripremam na raspuštanje, usmjeravam sredstva u traktor i plugove, ali u to vrijeme – koje? Ako nemaš volove il' konje, upao si sigurno, da štijaš treba ti mnogo djece, a i ona – izjedoše – previše. Pa de onda kad dođemo do tih ljutih strojeva, neka ne uprežemo iste, jeste, ali da im to ne radismo, oni se ne prenesoše do danas dani, za koju godinu – svi će biti puštani, to raja sad ne kuži, da ne pričam tada, drugo veče me – izulo iz cipela, cijelo smo pričali o ljubavi, kakvi su to osjećaji, ja nemam pojma, kako je proletjela noć, u zoru bježali sa trga, iznad kojeg se diže kula, na njoj stražar sa puškom, i u vrijeme Tursko, i dok bi Austrijaca, kad odoše, naoružaše se između sebe – domaći, podijelili se usput, priklanjajući se ko navali, a mi mali, kad smo svaki za sebe, u pitanju je mir, za mnom, nikog se ne bojim, osim Boga, kad čovjek malo bolje uvidi - da ga nema, stigne ga muka, moraš sam izgraditi ga. I evo gAAA, probudio sam se i ja, znam ko sam i šta sam, već sam uveliko volio Kristinu, jedino to nisam znao, odatle ću skontati da ja volim pravo, seks je reprodukcija, strast smišljena od strane tvorca, da se ne bi zametnuli, jer dok ovo ne kontamo, nije lako dumati u doba ljudskog stvora, zvanog – mesožder. Teško je ne vidjeti neprijatelja, onog ko ga jedeš, ali se može, do te večeri – sam za sebe sam – peko jagnje, prase čim imam dukata, pa i ne mora viška, odma' je gozba, rakije i vina, ponajviše piva, roštilja se tri kile ćevapa prije, sedam kila kobasice, ko da kravi ništa bilo nije, od telet'ne, joj, sada mi se podriguje, nisam ga jeo poslije toga mnoge godine, ali se osjećao smrtni zadah mladunčeta bika, iz utrobe. Kažem vam, sve se promijenilo, ako volim Kristinu, onda volim i svoju djecu, volim žene svakojake, biznismene, krojače kovače, nema struke koje se stidim, vidim da moram onda voljeti i ovcu, ne mogu je više klopat, ali osta jedna druga – slavilo se vazda, i uvijek, jer to je ono što nam je kobiva - održalo psihu u normali. Pa ti ajd zabrani onom što sutra slavi slavu, il' meni bajram, ovom božić, onom poklade, onom prekade, ovom na pomen rođenja, ovom na – vaskrsnuća. Evo me iz tog doba, sad da vam kažem, de se bona naduvajte, pa da se malo zezamo, pričamo opuštenije, poslije, svako u njivu, u njivu, napust' životinje, to što ostane iza njih govana, turi u oranicu, zasij, da prva bude najplodnija, ostale mogu da se i izjalove, ima da radi svako, ono što voli, a nije zbog para, živim od svoga žulja, il' mozganja, kombinacija trista, te ljubav, te piso bi, te imam ženu i djecu, koljem za bajram ovcu, do jučer bi na drugoj strani, preferiro – prasetinu. Slavio slavu, za časne verige, Petar kad se napije, puca iz puške, oće maunu dok bi Turske, nego bi samo viko - redovno, otkad je otišao za Fuldu, manuo se pizdarija, međutim, nije rakije skroz, ostalo ono u njemu – što je oboljelo od špirita, raznesena duša u rastrojstvo nervno, kad se skroz naroka, iznese ispred kuće puške, više ne ide u lov, ne ubija pse, ali je neki dan – kresnuo četiri srndaća, napunio zamrzivače, iako imaše penziju, on i njegova nova mala, mogli su u po Kardijala, svaki dan na ručak. Mućak, ako je na takvu dozu svijesti – alkohol, međutim, on ga u datom nekom sljedećem momentu, spasi, pa kad je skroz zaglibio sa lićom, vrati se odakle je krenuo, međutim, tamo mene Ruži nema ni na zvizak, džabe obilazio – Han Šljunak, u sljedećem beg, Osman, promijenio vjeru, jer je vidio da mora, pa neko otišao u drugu, neko u treću, i danas ti je njih, na stotine – al' milijardi, ja vjerujem u svašta, nisam ovisan niočemu, osim pisanju i kanabisu, mogu bez tih derivata, ali neću, oć' baš da se izrokam, očistim crijeva od govana – Zemlja ne osta jalova, spasio sam je ja, kakva politika, kurac palac, da izvinu djeca, ako u školi budu morala mene čitati, neka me založe u prvo špore, radije bi da pišu, pa kad se susretnemo na nekom nivou, da se zaljubimo, nema veze koga imamo kraj sebe još, naravno, teško je to meni objasniti kao muškarac ženi, ali bi pokušao, ja sam u jednom životu živjeo petnest godina, sa kujicom – ona imala sinove, kćeri i unuke, nema s' kojim cukom nije bila, niko više ne misli na kotracepciju, ali hoće, pa za sve bude vremena, ako ne na ovoj planeti, he he, kad bi do smrti od sad dumali – koliki je ovaj naš ambijent u kom stvaramo samo mjehurić, nemirnog mora, valova – što bi rekla moja jedna strina Persa, nejam pojma iz kojeg života više – ne bi došli ni do kraja uvoda.

Računajte da smo u drugoj, truck moj, automatik, dvan'est brzina, ide samo na kumulator, pokreće ga volja – moga uma, 'oću l' ja ga okrenuti da nam donese spas, il ofurt po nesvijesti, lako se zezneš, pa odeš za nečastivim, kolješ i ti, i nabijaš na ražanj, imaš zadatak objasniti – zašto ne meso, nego na primjer – povrtaljka, marihuna, a ne alkohol, cigare i kava, u drogu ne diraj, zna se za koga je ona, ako vozim kamion, šta će mi išta, ali kad stanem, može jednom dva puta godišnje, i po dva boba, pa se nađuskaš ko konj dok gazi slamu, da iz nje izleti pšenica, hvala svim životinjama na pomoći, valjali ste nam, vraćamo vas Bogu, odatle smo samo malo čistiji, kreću humaniji potezi, pa za ljubimca, imasmo prase, dok se ne nakotiše divlji, pa vukovi i ostale zvijeri, oružje ćemo koristiti, ako neka podivlja, ostalo šta nas strefi, to je znajte – zbog nečeg dobro, i tako se uči, dan za danom, dok ne zakoračiš na nebo, poslije – nema zamjerke i oprosta, laufa se bez išta, izvinite, sve svoje grijehe znam, jedini su mi – jaje i riba. Kristinu što sam volio, to je preljuba, po nekim osnovama, ali ne žalim, ni sekunda, jer da nije bilo nje, ja ne bi bio svjestan osoba kraj sebe, mislio bi da su to pridodati predmeti, zabranom ijenja mesine, samo napraviš gore, to se lagano uhoda kroz živote, odemo na oranje i uzgajanje svakojakih

30

vrsta paprika i paradajza, daj ajvara, daj krompira, mauna, i pasulja, krastavaca bruka, samo pođubri, što ostade iza Žujke, Pero seb opet – zbavio kera, samo nema Slobodana, da ga voda, nestao u ratu, zarobili ga, niđe tijela - ako je i mrtav.

Mogla bi odmah treća, ali nećemo, idemo još u drugoj, ne valja se popravljati kad ti to ne treba, piše se - do zadnjega izdaha kanabisa, pa kad opusti skroz tijelo iz anestezije, duneš još dva dima – i eto ga miran Balkan. On će bit samo tad takav, kad popuštamo sa priuze – robove, do tad smo – robovlasnici, o kojim' se u istoriji – pozadugo, tako ružno nije pričalo. Danas i tada – juuu – jeeee, još uvijek, zapisivao svako, i eto ga i ja, internet era izjednači sve, sad je lako biti umjetnik, kao što je pisac, čim si dobio jedan lajk imaš publiku, odatle ne sumnjaj u sebe, mada ne trebaš ni prije, samo udri, Kristina mi je bila _ namijenjena karmom. Ne bi spoznao za prave, da i i tada, kad se pitalo begovo, ne pita te se ništa. Tvoje je da se pokažeš u najboljem svjetlu, bog će reći, kad ćemo komad paliti. Slaviti zaklade za prodaju kanabisa, kila – petn'est marona, više nikom nije, zanimljivo duvati, ali se lakše skidaš. Kad si na alkoholu i ostalim opijatima, isto, i još gore i gore, nigdje ne uživaš k'o u džointu, naravno, ako ti ta priča paše, ako ne, onda ništa, od droga, svinji staviti orden oko vrata, a ne, pečenoj joj glavi _ jabuku u usta. Pusta osta đedovina, zbog plate iz robovlasničkog doba, a cijena, iz futuremodernog, skup ljeb, ko čivit, i neka je - kad ga nećeš sam seb ispeći. I tako sam ti ja bio beg Osman, i Slobodan, i Goran, i Ramo, ostao sam tamo – gdje manje buke, Evropa je hrlila za bogatstvom, Istok za siromaštvom, fala bogu, mi jednom na sredini, i to kad treba tuda, do sad je bilo, samo kad je rata, poligon za svjetske sile, malo oće Ruskija, malo Asmerika, ja u kineskim patikama, za sprovoda, čim te zakopaju – nestanu, samo traju taj dan, odijelo isto, crvi te zateknu golog, bilo bi me sramota se još i skint pred Kristinom, nekako to više nije bila - potreba za seksom. Radije bi pričali, i ona duma ko moj stari, pa se u aščinici uz baklavu, oduzešmo od smijeha, poslije smo otišli u dio tvrđave gdje niko ne hoda, nađosmo zapis ispod kamena, Zemlja smo džema, prehladili se od nus proizvoda, prešao u glavne, pa se navukosmo na aperitiv, dobro nismo na biber, jbt, ali kad se nemaš čim stavit u parlizu diskusije, onda daj šta ima, ako ništa, dodaj brion. Bonbon je ok, pa ako me uhapse prije smrti sa njim - više od dva, i dva puta godišnje, nek se zna, da neću platiti nikakve kazne, jer nisam nizašta kriv, osim što sam živ, ostavljam pokretnu imovinu, tri kijera, svinjac, štalu, sve na dva ara - promaje, nemaš s' kime više proburlati kroz salatu, prekasno, ja iza sebe imam prelome i prelome, ne volim ni sebe samoga. Tačnije, tako je bilo, treći dan bez mesa, već

osjetih da štreca, ali reko ako volim Kristinu, moram izdržati, inače –
pade u vodu, svo moje učenje, čerečenje po krstu, na srednjem prstu
nosam opomenu, ej bre, vi ste božijeg sina raspeli – da mene nećete, tip
je - bio vege.

Ne razumijem raspravu dalje, to što sa marom možeš donijeti
dobra u ova nevrem doma, kad još ne znamo ko smo i šta trebamo, to
se ne može kupiti ni karticom banke. Minus dođe do dna, odlučio sam
ići u umjetnike, sijaću sebi povrtaljke, preokrenuću svijet nabolje,
nagovoriću ga da vikendom, slobodno produva, nemoj likera ojačanog
špiritusom, nego ni kave - ni cigara, bacaj sve viška, po dva komada
godišnje, i po dva puta, možeš svega, samo mare više. Opa cupa,
ponavljam razred, osjećam da sam sa prošlim romanom ostao
nedorečen na ovom polju, moram potvrditi gradivo, rolam poznato, da
se više rizla koristi, pa i kad je cigar nikotina u pitanju, mene je na
primjer doveo do duvke, inače sam prije nje, baš bio krkan, rokamo po
kilama janjet'ne, očas posla, kad dođu Turci u posjetu, zakoljem troje,
Austrijcima utučem vola, jer kad lola slavi i rođendan, potegne linije, e
tad si već zglajzo, čim se rokaš svaki vikend kokom, došao si đe ne
treba. Ne mogu reći baš ne treba, možda je nekom to prijeko potrebno,
pa neću da gubim vrijeme na tog, ko me neće na sekund poslušati,
možda je obratno, ne valja kad smo trijezni. He, ja se ove priče ne bi
sjetio nikad, da ne izduva plast, donio Kare iz Zagreba, gore zbavio od
lika – koji šuta zeleniš iz Albanije, jer se kod nas čupaju, kad su u
najboljoj snazi, broj jedan na tržištu mogli biti, mi se opijali
manastirkom, na kapiji jednog, zabranjen ulaz za kućne ljubimce, a nije
– nabact koji euro na ikonu, išćerat đavla za sto mariola, bacat vodu na
zidove, isto ko malter - big bruder pravi burek za ručak, pa i mi, i on je
sa sirom, to su bureci, ostalo su pite... otvor pitaru u doba kad se
preferira još uvijek meso, pa opstani, isto ko sa kamionom, kad se
uveliko vozi, sa planete na planetu, tura, tri svjetlosne godine, imam
mašine, za takve podvige, dajc brekće, radna akcija, svira se gitara,
konačno domovina za sve, ali ne za one koji se ne bave lovom,
predsjednik jedne takve države - bi glavni ubijač Bambija, šta očekuješ
od djece, neg da se izbiju, ne vide se ko osobe, nego kao njima u to
vrijeme, pridodani predmeti. Da je Radan u ovom dijelu priče živ,
desilo bi se svašta...

Voljeti je sasvim nešto drugo, od onog kad se dvoje prcaju, e sad,
kakvi bi bili da smo svi rođeni iz neke idealne šeme, to nemam pojma, i
ne da mi se ići u te njive, ako nije uzorana, more marš u tri čkapi
majkine, ko nema iste za obrađivanje, nek' se meni obrati, samo ori, i

traktor ću ti – kupiti, zubače, tanjirače, tokarske strojeve, ali ako bi da budem pisac, natovari mi sve na vrat, pa i kad je rat, i kad nije. Zbog čega je? Zato što ne znamo, koristiti kondome, ajd ti sad utrefi pse, da se ne prenakote, ali to može, kad se odustane od medicine, i pomoći kojekakve, selekcija jačeg pobjeđuje, nije, nego naučenog, pa i pas naturi na kiosk, onda postade normalno, otići - saaa ovcom na kavu, ja ja, ajd to tad uradi, natakeli bi te i opet ko Isusa, ni danas dani – ne bi bolje proš'o. Zato sam tu, da to prebrodimo lakše, nisam od obijesa, što nemam pametnija posla, postati k'o i svako poznat, uzet' pare, otić na Havaje, ženama samo za njih čekovne, neka šaraju, i mijenjaju cipele, torbe raznorazne, kad bez njih ostanu, ostaće ko i od mene što jeste se zadržalo, bez utrobe vidjeh – zbog čega mi se ne diže, što ne mora značiti, da usput neće, ali za prave još ne kontam, zašto baš ja? Znam zašto, garant zbog toga što je Pero dero – iz sačmare ćukove, za jedno jutro, poslije doručka, trinest, sretni, na nesretnom mjestu, poslije postio dvije trapave zaredom, reko mu pop da je čist, može u raj, ali svake nedjelje, crkva, i tamo na ikonu ostavt, des'tero jaja, dvije kile sirove peke, i sedam suve, naravno kobasice, slanina se šareni, samo zato što je od šarenog, nisam htio ni ove godne - od bijelog, smučila mi se ta sorta, pojeli smo ja i moji, iako se ježimo na krme, sigurno dvan'est takvih, jedne godine tri, da ne šparamo na rani, iako smo Muslimani, pogojili se k'o toveći kunići, do nas baka samo njih fikari, ja joj vičem, volim Kristinu, i ne mogu gledati - šta to radite _ draga gospođo, ona meni, da sam preljubnik, moradoh ćutiti, iako sam beg, neću da budem cicija, ostajem pri starom. Palamarom od kare, na takvu ženu, ne, to više nije inspirisalo tu temu, bio sam drugi neko, onaj što čitav dan miriše cvijeće, fotografiše škljocačom leptire, jedva čeka, da se malo smrači, onda ću se sa Kristinom vidjeti, ona je tu i sljedeću sedmicu, ovim danima poslije vikenda, sjedili smo uz sijeno, poljubila me samo tri puta, mada zadnji poljubac, me razbudi na drugačiji način, više nisam raspoložen da se jebemo, neg' da se parimo kako Bog zapovijeda, ne stidimo se jedno drugoga, dalje nema nazad, kako da odem leć' na suprugu, pored tako nježnog poljupca, ma de ba, otišo bi za njom, kad bi znao da će to biti samo ova, i sljedeća sedmica – života. Pa poslije ne moram nikad više, začakarit' slovo, Osman beg, niđe veze sa poezijom, reklo bi se, pokašaću i to dokazati, da ne mora značiti za svakoga, svi smo do zadnjeg žigosani, otiskom prsta, da ništa drugo, kao – nećemo se dati. Aha, kad te leptiri po stomaku počnu češati, ne moš izdurati, a da je ne vidiš, ne mučiš se time, šta će biti do kraja.

Moram u treću, jer je to vel'k' motor, pa da se ne pati u drugoj, kad sam stavio Kristini, e to bi druga priča, vozi se tura seksa, od Mjeseca do Marsa, na tom putu ja i ona, raspregli spolovila. Nisam ni svršav'o, ovako bi bolje. Jer nismo ćeli djecu, ona samo avanturu, men' daj nek se nešto – dešava, ubi begovina, iako sve imaš, ništa nemaš. Kenjao sam govna od bilja, kida zbilja sranja – diva, ili to bi – do nje, a ona uska, i vlažna, kao sve pičke zajedno, sise ko dinje, mirišu i dalje na ananas, ja to tada nisam znao kako, sijeno smo uglavnom musino – nageli, a jesmo se kresnuli, nije za pričat. Pa kad sam došo kući, do konaka usnulog, svi ko lale, samo suprugica na nogama, njuši mi šlic, od puntalonki, germanske mustre, nisam htio domaće, čoane, jer od njih se – razujedu krakovi, muda crvena, ko da su u suncu tri dana. Sikće, jadna ne bila, ko sikteni miš, a veli se crkveni, i ne za taj navod. Al' et', nek se rimuje, ne mora se uklapati, samo što joj stavi, svrših, i od tog vrhunca mi nimalo ne bi lijepo, ko da ubacuješ u epruvetu sjeme _ za buduća pokoljenja. Onda odeš seb' u trgov'nu, kupiš pola kile seksa, ko kad je potpomognut zaljubljenim pogledom, joj joj, ja prangije. Sutradan ništa, osim pomisao, da mi je sa njom – sad samo da pričam, ovamo samo neke cifre, te treba platiti grabovnu, te treba stoci nabav't' 'rane, niti šta radimo, niti doprinosimo – a i mene više – begluk prošo, već sam u poeziji, i to naveliko, nagovaram vlast, da se uvede pod obavezno, namjesto škola i pijanih učitelja, duvanje za učenike. He he he, pustili bi oni meni, vele, samo da se oni vide – neđe u tome. Rek'o sam im da hoće, pa evo piše u trećoj, srednjim gasom, glasom iz budućnosti, ričemo u štali, kad nje više ne bude, neće biti ni džamije, crkve prije, ona će upast na none, to men reko moj Šemso, nije Pero – od toga mu je, što samo skuplja za neki prilog pare, a on jadničak, ni paragon bloka, i da ga mora imati, audi bi bio žuti. Uopće me to nije zanimalo, prije tog – uopšte, ja sam samo čekao momenat, kad ću ugledati njene plave kose, lokne prekrile rame lijevo, desne malo kraće, više se uvile, kraj lijeve obrve, gledajuć' sa moje strane – ben, sićušan za vidjeti, ali ga moraš primjetiti, ne pojavljuje se bez njega, zubi ko red klavira, red sintisajzera, u to doba pomišljati na partiju tehnaže, isuviše _ suvišno. Otišao sam po podne zaagrada, rek'o – da je barem sretnem u ladu jabuke, jebibašmene, pod njoj nam je suđeno, il' to bi – kruška. Uglavnom, nije karamut, njega se sjećam iz života Slobodana, Petra kad oplete viljamovka, ko da neko vilama iskida – đubre iz štale, na sred njive istrese, i to one koja se čet'ri godne – neće orati, volove nemati, prijeću na konje, kojeeeeee, kad nijednog divljeg nema... Sve je neko povato, al' kad si umjetnik, na primjer pisac, onda ti to ne treba, zvijezda si na šire i u uzduž, nisi više samo – Beg. Imaš

34

trista lica, za miljardu uloga, kad to izredaš, dobijaš nove, nikad ne staje – energija, ona je ta koja – šiba dalje, pa kad umre tijelo, ostaće ovaj testament da svjedoči, kol'ka sam budala bio, naručio seb' za života, na ukop dj a, i dvije babe, poslije spaljivanja – one će iz tegle istrest' pepeo _ u korito rijeke Usore, aliii - moraju pofajn bit – urađenje, trava iz moje bašte, neću da mi se za saranu pale ikakve svijeće, propade biznis i sa lojem, Kare izvini.

Jebemo se drugo veče, ali lagano, počeli u devet, ponoć, nismo stali, ne šapući mi samo da me voliš, jer to od tebe ne tražim, gurni mi ga sad najjače što možeš, svršavaćemo u tri, kad ti svojima, moradneš itati, ne vadi dok i zadnja kap ne iscuri. Reko, nisam iš'o na kiosk, ona meni, ne brini, i da ga sama ranim, ne žalim što te sretoh, momak mi je gay, ja i on ne radimo ove stvari, zato me zagrli nježno oko guze, nemoj me slučajno stiskati, sinoć si me razvalio. Ostao mi tu veče njen grudnjak, u gaćama, žuljalo me do kuće, kad sam ušao na dvore, reko - ja suprugo ne merem više, ne volim te, njen sam cijeli, ni kad bi pristala da ju dovedem u drugu sobu, ne bi mog'o, a znam da i ona nije za bega, od jutros sam – pisac. Pisaću romane...

Osmane, jes se ti to opet nalipo ćaćine sramote? Sigurno će nam biti bolje od te travke, neg' od telet'ne, de ti uzde, pa Turcima vodi tovljenike. Reko, de ti, ja više ne jedem meso, samo povrće, štijaću sebi za povrtaljke, a ti sebi kolji teladi. Ako mi ne daš sa Kristinom, svaki dan ću biti naduvan, samo da te ne gledam, dok sam sa tobom, volim nju, i gotovo, ja se nisam ljepše, godinama osjeć'o, iako sam znao, da u nekom ćošku konaka bega Osmana, djeca plaču, pa ja krenu u 'ajduke, iako ne moram – Našao se pred veče opet sa njom, ona ovaj vikend ide, prođe jevta, prođoše i dvije, samo smo to – pričali, mljeli jedno drugom, do sljedeće njene posjete, naše mahale, ako joj drugarica do tad sa ovim jednim Stipom, u vezi ostane, i on je oženjen, pa ganja više - ko da 'oće bude beg. Pa kad dotle kurcem dopre, prebaci ga tvorac miksa, samo na drkanje. Nemam nikog više, djeca sa mnom ne pričaju, niti ko iz naselja, mogao dovesti drugu, nije ćeo, ostavio brak, e sad će ti mrak pasti na oči, odjednom iza međe pop iskoči, guzi odžu, obojica to vole, ja reko Bole, bi l' mi izdo sobičak, da ne gledam zla očima, onaj tvoj iznad kafane? - tamo ću provoditi dane, gledati kroz daske poda, od konbar'ce sisu, čekati da Kristina dođe, ako raskine druga sa pajdašom svojim, i mi ostadosmo – više nikad ne spojeni. Meni je ta nesigurnost malo smetala. Ona je u stvari htjela samo avanturu, ja nisam bio nizašta, samo da mi više nije dosadno, pa da tako ne bude, odem ganjat' ženske, ko da sam rasplodni bik, umjesto novčanika, kartica za kiosk, i motel. Imao ga Bajro, smrdio na ćevape, tamo se ja i

Kristina ušuljamo - kad više nema nikog da podriguje crvenim lukom, pa pričamo do jutranjih sati, samo što ne svane, mi svojim jazbinama, u kojima moramo biti, jer smo stigli – putem sudbine. E jebem je i takvu, ja l' je lola i smisli, k'o da se radnja samo odvija u paklu, tako su njih dvije – preko Zen'ce otišle. Srce lupa ko motor u trijest devetaka, ferguson je ferguson, neće te ostaviti gladnog, međutim valja guzci drndati na njoj, još ako je lijena, jedva reko čekam ta vremena, samo da se išaltam. Dao mi je Bajran pare za kočiju do Ilidže, veli, dalje se snalazi, potpisao sam, da svoj dio kod kuće – prepuštam njemu, zbog njega sam životinje nabavljao, a i ništa ih drugo ne dočeka u šumi, samo dok vuk oživi. Ne brini, pasa je kod Milanka – puna bašča, majka mu iz Kvržića, to ti je više, Donja Radnja, moji su iz Gornje - vodom, samo ne znam gdje je – ta kasaba u kojoj naletjeh na Kristinu, ko da je Tešanj... Mutno uz Bosnu bješe, baš mutno, stigla jesen, ja pobjego od kuće, što se kaže – razveden. Bio beg, danas niko i ništa, isto ko da sam onda vrijedio – pa to bi isto bilo, k'o da si uzalud živjeo, ako ganjaš samo – da na računu imaš eura, ondašnji' dukata. Naručio sam - da se iskuje najskuplji novac, ima da ga ima – Balkanska Unija, svako za sebe, kad se pjeva – zajedno, i kad se svira, i kad se igra, i kad se duva, gruva se po dva boba, na after se ide s marom, karom ćeš ti tad na neki žur, ali kad kročih na tlo grada sa svjetlima iz lampe, osjećao sam se – ko da imam i ja – čarobnu, u torbi troje gaće, i od ćaće tabakera, pokraj toga – pisaća mašina, kupio je od dilera Bube, kod njega utopio sve – da imam za par dana – ostat' u metropoli. U manjem se gradu odmah sazna ko je koga, ovdje se lako Kristini, držati avanture.

Sve sam živote zaboravio, evo me u novom, osjetih lagano kako išalta zf ov mjenjač, ode priča u četvrtu, radi manje potrošnje goriva, ona uhoda petu, onda se žura. Al' ja o tom tada, nisam im'o pojma, samo adresu - koju mi je jednom izletjela, pa sam i išao do nje, i ne, ko zna šta me – očekuje. Kad tamo, moja Kristina – ko da je sretna, ima dječka sa suživot, ode pojebe se skim hoće, on isto tako, ali sa muškićima, reko, baš je njoj lako, da, pa mi smo na istom, poslije sjedoh u kafani, taman gdje lik crne pute – kuje tepsije, al' je baraba cepa, roka sa krova koruga, umalo me ne strefi u glavu, vau, ja zanata svakakvih, te ovaj pravi mlinove za kafu, poneki za tatinu maru, ja ću se tu uvaliti, ovdje se može proturt kanabis, đeš seljaji dogovorit da je šljiva za pekmeza, isto ko i druga voćka, nije rad rakije, to što se oćeš bac't' u drugi svijet prije smrti, možeš i sa travom, marihuanom, zov'te je kako hoćete, molim da se legalizuje, nije deseti vijek, neg' devet'nesti, od njegove duvke, napravismo kađenje, jeeeee, posti tri četiri jevte, neko nijedne, i eto ga vrli Hrišćanin, doli onaj što klanja ko i ja, samo ja više to ne radim, ne vjerujem nikome, nikome, tako i vi meni nemojte, jer ja samo pišem romane, ništa nije zaprave, e kad bi tako bilo, pa pisci bi se polomili od prangije do prangije, za svako djelo, po nagrada. Zbog toga se ne piše, to ko je uveo, nek se popiša sam sebi na izum. Može što se tiče drugih stvari, ali da moje izražavanje dušom više vrijedi od tvoga, to ne, isto za svakoga..

Ja ja, ko da drugi to ne znaju, ima nas više, reče do prvog komše, sljedeći, kazandžija, šta ću ja kad se gasi kot'o? Reko, motaj, to ti je budućnost, nama koji ne volimo mrdati – ni kurcom. Odo biti slobodan, dosta mi je seljakluka, navrati do druga iz škole, on mi nađe odma da radim u kavani, konobar u motelu, imam štelu za ključ od sobe, iz prve ruke, niko me ne može – otkucati, mogu naletjeti na prc, kad god mi se nadigne, ima u ovom Sarajevu, garant pizde, kad bi u kasabi, nakoj maloj, onda Pero nije baš nadošo od kvasca, pa se oženi Bugarkinjom, ništa se njih dvoje ne razumeeju. Kad su se vratili iz Fulde, dole kod nas u Bosnu, na nju se vala sad najbolje popišaj, i nije to više ista priča ko što jeste, narod se otkrio kaki je, za prave, više se niko ne plaši reći, Tito, na spavanje, imam ja malo od ćaće gandže, bi l' se naduvo sa nama, pa da vidiš kako ne valja ubijat Bambija, i kad odraste. Al jbg, ja sam u drugo doba. Paz'te dobro šta vas može snaći, dobih od gazde, sobu kraj dumena, samo moja, konačno slobodan, slobodan, a nisam Slobodan, nego Osman, do jučer bi beg, danas prema sebi, taka cicija, da sem trave ne dam si ništa, ništa ništa, malo se koja poprca, i to je to, postim godinu, a devedeset devet posto života meso krko, jesam se premlad prvi put oženio, to nikome ne savjetujem, al' kad je tako, onda grcaj, jer valja se igrati te igre, ako poživiš duže, meni još nije do toga, možda tamo kad mi stigne šezdeseta, koliki je svijet, i on pun drugih, koje nisu Kristina. Popišaj se na Ramu. Supruga Sulejmana - još važeća, Ruža, Sabina... samo da nam je – mećanja, tehnaža to ne dozvoljava, taman se zaljubio u tebe _ ne znam koliko – volim pisanje – više od svega, ne svrstavajte to odma' - čuj lika _ voli to više od svoje djece. Ona nisu moja, nego svoja, ja sam im samo – prelazni most, ko i Pero, Šemso, Milutin, Smajo, igra imena _ nema kraja, energija je ta, koja nikad ne završava, jer da jeste, do sada – ne bi nas sigurno bilo, bez nje ne mrda ništa, sa njom pleše kamen, rijeka, pećina – puna slijepih miša, i dobro je što su se Rastušani zavadili oko ključa, šta misliš da turistička neman nagrne, pa prepane nastambu – anđela? U borbi protiv krvoločnih komaraca, za nas, i za bolju budućnost, jer da nije bilo njih u prošlosti, pojeli bi nas koliki su bili. Donosili nas oni, namjesto roda. Kontrola leta kaže, o tom dosta, posta ne prekidaj, po men' možeš - kako oćeš, ušla je na vrata meraje sa pivom, takva djevojka, da sam se šokirao, za njom momčina, jedva dvajes' dvije, ona otprilike godinu mlađa, ja, baš ću ja ovdje išta napisat, kontam, 'oć' kad naletjeti na neku, a da je slobodna? - možda me to privlači tome, odo opet da dunem, da ne bi' brezveze – najebo, a i ovdje je lako, imam vešeraj tetu, ona mi sve opere, ja je za to pošteno platim, ako moram raditi nešto u životu, šta fali i to, samo mi ostavi – vremena za pisanje, konobar sam volio biti, nasred zime, stiže me takva prehlada, gazda mi umalo ne dade otkaz, spado sa bolovanjem – njemu na grbaču, to tada - da ti snosi država koja se od sve priče i koristi, nisi smio spomenuti, dunem još jednom, kad to vidim, reko, de zapisaću, sa djecom se svejedno ne viđam, supruga mi se preudala za Peru. Čuj - kog Peru? - pa onog nekog iz ovog života, ne možeš odjednom šesnest, nataket na isti kurac, pa ni dvije, i jedne mi je vidim bilo – preko glave, zato mi je brak i puk'o, i neka je – fala Bogu. Sa njegovim slomom, rodi se u meni lik Isusa i Muhameda, kojih njih, kad sam ja Osman? - kakve to ima veze, al' ja sam na Budizmu, i to ttterEvada. Kad sam bio Indijanac na tlu današnje Omerike, ubili me za primjer kakvi ne treba biti – moderni došljaci, poklali do zadnjeg selo, troje djece isporili, glave im pržili na žaru, poslije takvim pečenim, igrali bejzbol, stucali ih na kraju stož'nom, sve se znaju – šta su zdravi sinusi, a ne ovi danas. Spusti se u to moje novo mjesto obitavanja, magla, postah nervozan – otkad ne skonta prvu, petu, desetu, ovdje se niko – na nikog ne pali, puši se više hašiš, niko moju ćaćevnu, ni da zapiša, osta ja go, ko od majke rođen, kad u jednom podrumu proba vode sa nečim, umalo ne poletjeh, u daljini klavir, u blizini violina, oko šipke igra, e moj bože, kakva roba, što reko moj drug Aco iz nekog života, zajedno smo ganjali scanie, al' šaltače, ove automatike, daleko lakše, tempomat, to se podrazumijeva, gas u pod, još dok Severina ne bi, ni u pradjedovim jajima. Nemam kud nazad, čim vam vičem supruga, supruga, morate znati dokle nam je ta tvorevina bila došla, fale mi djeca, ali ona više nisu sa mnom, majka im ne da da se sa mnom vide, dok sud ne presudi, il' ne postanu punoljetni, da sam beg ko jučer, odro bi je, ovako, opušteno, idem dalje, sanjaću ih. Ja, lako je to reći, međutim, kad na svojoj koži osjetiš, više nikom nisi zanimljiv, a pišeš. Jeeeee, konačno, samo me malo svi – napustite.

Klik, proguta tu veče od lika i bobu, nejam pojma otkud u to doba – ali je ono – kad se hranimo insektima, konkurencija slijepom mišu, kako god okreneš - ne valja. Ovaj svijet je surov, sve zbog te energije, mala je lukava – baš, kad je tako nešto smislila, onda znaš sa kim imaš posla, nije bog muško – nego srna, Tile joj odguli sina, onda se otaj slavi, Isusa svi zapišavaju, za rođendan mu nagniječe svinju. Da, to nema veze sa njime, niti sa mnom više, završio sam te krugove, danas sam u drugima, ne muči me više ništa, znam gdje idemo, sade - kad bi vam prič'o, vi bi mislili da ja to izmišljam, tad me sigurno - nećete shvatiti ozbiljno.

Ali da ne skrenemo sa teme, kakav ja i Sarajevo, nisam se navik'o, a skin'o se sa begovanja, žena sve opere, opegla, tačnije supruga, valja otić do vešeraja - deset mi puši u selendri, imam koju hoću, na kraju Kristinu, ostavi i zadnju ženu i djecu, dođoh do trga sa više fenjera, kad tamo moja istina, više se nijednoj ne sviđam, nemam u džepu dva dukata, da sebi kupim opanaka, ni pričati - sreća, pa mi supruge ne daju vidjet đecu, kud ću šta ću, do prve plate u kafani, naletim na pajdu što prodaje kokain, otkud on u to doba, stvarno nemam pojma, kupim pet grama, iako nemam pare za stana, spavaću kod gazde u sobičku – na crtu, to sam vam već jendared reko, crko ko laže. Onda se vratim u kraj sa zanatima, oću da se sije koka. Ma de bona, ona u nas u selu nosi jaja, iako je pijeto muško, ubij dvoje na oko, sroko sam to sve uz gitaru, ma jok, neg' uz tehnažu. Ja govorio ajmo posijat za te klipe kanabis, niko ne da, i ja onda kud ću šta ću, vrati ono što si pozobao, stiže me pravda bogova, za svako odojče, koje posla za Konstantinopolj, od crkve se napravi džamija, ista lopovska posla – obadvije nude, samo da je pogače, preko sirotinje, niko neće kuruze.

Uze mene pred jutro od nekog lika – još jedna bona, prebacih se do svoda sa starom jabukom, osiječeni stupci, da mi ne prave prevelik sjen, tikvama. Vratio sam se iz jada droge i alkohola, cigara, kave i kocke, eto me eto me, da početak priče – privodim kraju, još malo četvrta, bile su, a i još će, opasne krivine, nije teret stabilan, mada sam ga svez'o, ko Panto pitu, za tepsiju, kuju i drugi šorom, sve sač do sača, ispod – krompiruša, il' pita sa gljivama... sloboda za sve životinje, nema u kavezu pritvorene...

U zoru sam se probudio, ko da nisam ni spav'o, prva kafa napravljena zanatliji Koletu, pravi poklopce za tegle, još malo da raspregnem uvod, nije da moram, il' što će neko reći, nisi to dobro pišče, kad ja to ni nisam – nego neko ko je do Sarajeva, odgulio za pizdom. Da sam u Zagreb, pa ne bi ' rekao riječ. Međutim, on je tad bio daleko, nije pripadao mom sazvežđu, nisam ni slutio neku dalju budućnost, susret Rame i Bude, dostupnu tadašnjem smrtniku, ali sam osjećao da trebam biti, baš tu. Na vrata su ušetale plave lokne, eh Sarajevo, dao bi te za nju, prvom sviraču trube, za njom uđoše Romi sa orkestrom cijelim. Volim te somino jedna, jesam ti rekla da mi je sudrug gay, to što živim sa njime, ništa nema bolje – za mene i tebe. Daj otkaz istog momenta, idemo na Pale, brati cvijeće, ja sam odatle. Krećemo pješke, tamo ćemo na placu moje babe Živke, zasijati taj bosiok, od tvog ćaće, znam ja ko si ti, Srbine iz Rastuše, nisi digao koplje na Šemsu, i kad ti nateže od brata po ničemu – staru, isto da je i tvoja keva, budalo, nemoj da ti ponavljam, zagrlila me nježno oko struka, kako mogu reći da je nježno, kad ja svoje tijelo u tom trenu, nisam uopšte osjeć'o, otišao bi za njom i dalje, pa ako treba do Ljubljane, e al' gdje u to vrijeme Zagreb, a gdje će nekad biti, na putu bratstva i jedinstva, od Vardara, pa do Triglava, nije to loša zamisao bila, samo nije trebala biti – na silu. Reko sele, pričaš mi o drugaru iz djetinjstva, već se nismo vidjeli godinama, i ja sam na tu priču zaboravio, i nije meni ćaća Pero, ja sam kod njegovih osto, poslije kod Han Šodora zarobljen. On je prebačen poslije za Glib, tako kažu za Budimirrrr, i da je puno, od nečega bolestan.

Stegla me da je osjetim, i drugom, ja kad su onda Cigojle – razvezle. Ponese me ekstaza. Što si se drogirao, ovaj hoštapler sarajevski ti je l' da nasuo nekaj u srču, ko da to ikad radi – neko besplatno? Polako se trijezni, kočija nas čeka vani, beg ne moraš više biti, niti raditi ko rob, pod prijetnjom otkaza, ako se naladiš. Imam sve što nam treba, rekla sam dečku da sam sa tobom, narednih desetak godina, dok ne stigne ekspedicija sa Gliba, ti ćeš nas do njih dovesti. Blizu njene kuće nema nikog, čim sletimo u dvorište, kočijaš zauvijek nestaje, nećemo ga ubiti, ne daj Bože, nego će on šutjeti za navijek vijekova, da smo gore, sve dok ne odvedemo svijet u bolje. Pa draga Kristina, znaš da je to moguće, jedino da se odreknemo mesećeg zalogaja, pogledaj frižider hotela, ćevapi, slanina, kremenadle, vješalice, butke, i pored toga, sedam kila kobasice, de nemoj da izginemo bezveze, ja jeste da se zezam sa pisanjem, al' znaš i to, kakva sam ja seljačina bio, dok tebe nisam sreo? Misliš li - da bi' mogao istrajati u djelu, pa svima dogovoriti gdje griješimo? Je l' ti to meni – govoriš? Cijelo te vrijeme ne kontam, volim i ja tebe blento, no ne znam – da li toliko. Plašim se da nas rulja ne pregazi, vidiš ti odakle sam ja stigao, rat je tamo, a to je budućnost, hoću li moći preokrenuti taku nesvijest, u krug koji vrti sreću vječnu. Nju ne trebamo, osim ako ne žalimo što će nas poslije oplesti neraspoloženje, ostavim li i ostale za sobom, onda sam samo – tvoj. A ti imaš već nekog, kome se vraćaš, sa mnom se osjećaš dobro, to znam, ali šta ako ja ne izdržim, pa budem posesivan tol'ko, ne dam ti da mu se vratiš? Ne želim te izgubiti iz vida kao nekog kome bilo šta zamjerim. Poderi mrki još jednu za cijelu kafanu. Krista je tu. Nikad je tako nisam zvao, osim kad hoću da je zezam. Poslije smo cijeli dan putovali, do podno Romanije, stigosmo predveče, kod njenog babca, on zakopan, ima deset ljeta. Do padanja tijela, samo je Kristina navraćala, što je imala, dijelila sa njom, pomogao joj sudrug, on bi najveća podrška, umirućem starcu sa vaginom. Čak je prodao od majke zlatan sat, ostavio tek toliko, da mu brat ima za upisa na fakultet. Iako se ovaj od njega krio – jer je derperaj za njega – ipak neshvaćena medicina, poslije je – veli Kristina – kad smo spuštali stvari - u memljivu primaću sobicu, malo nado'šo, pa ga je i on bodrio da se istine ne stidi, kakva god da je, sudbina ima nastup – za svakoga. To što se jedno čini normalno, a drugo nenormalno – ne mora da bude uopšte tako, nego obratno. Bacila je maramu na krevet, utonuo na sredini, star sigurno – četerest ljeta, ko zna koliko je puta nečija guz'ca se na njega, oslonula, prdnula – prdnula. Ljubila me lagano, da mi sve bude potaman, i ja sam nju tako, poslije sam joj svukao gaćice do koljena, ona se pregela preko Smedereva, zabijao sam jo malog, sve do Vranja. On bi negdje oko pupka, kita kako koji dan, sve duža i duža, još dragi, još molim te – ne vadi ga, vidi firanije za – dječurliju. Mjesečina obasjala do, niko nas ne čuje, drečimo li drečimo, u naručju strasti, kad smo bili kaduri jedno od drugog se odmaketi, već sam je napunio do vrha, džabe teke gaća i navlačiti, budalo jedna, curi na sve strane. Skinuo sam sa sebe majicu do potkošulje, samo da ju malo potare, reko stavi je sa strane, evo malog nanovo, ja kad sam je onda zaoro, moj lijepi Bože, složi se otoman u kutiju, propadosmo taman đe prdež bio najuporniji, kad se tamo zaglavismo, ućeran joj skroz do jaja, nema kuda, samo se cimamo na milimetre, slast prelazi u prepone - od ušiju na dole, još još još, ne mogu više dušo, srušićemo cijelu kuću. Tu bi prićer'o uvod _ kraju.

II

Od tada - do sada – nisam čuo za Ramu, kažu da je počeo pisati, treba mu moja pomoć, bolestan ko i ja, samo njega više stislo, ja još mogu, općiti kitom. De reko _ virnem. Na sljedeći anđeoski zadatak -

Desila se jedna pjesma, na peronu – stan'ce Prijedor, uđe Esma, putujem za Zagreb, sve je poprimilo ugođaj slobode, pa ti se čini kako ulazi, da tako lomi štiklom... vraćam se sa juga, po ko zna koju turu, šand verzer sam travom, samo to nikom ne govorite. He he he, sve te moje neke nestašluke strpa u prvi plan, mislim, na afere sa ženama, ova mi bi nedostižna. Pod rukom dvije tvrde hartije, između ne vidim šta je, sjela je preko puta, haljina žuta, žute minđuše, lokne boje zlata. Radim kao otpravnik vozova, ponovo vozi olimPik, ne staje u manjim mjestima. U Banjoj Luci, niko nije uš'o, od Doboja cimam sam, valjam ovaj puta, iz 'eRcegov'ne. Taman da bude neprijatnije, jedva sam čekao da sjedne, izvadio sam mobitel, pa je ufotkao. Žutilo se razlilo po displeju. Hoćeš da skinem kaput? Septembar je gazio, nemam pojma što će joj. Bluza preko sisa, taman da se ne vide bradavice, morao sam okidanje ponoviti par puta, nisam se mogao nagledati – ljepote. Ej živote, zaista si savršen, od onake dosade preko Stanara i Dragalovaca, napravila se termolektrana, narod klikti od sreće, dok bude uglja, ima i njih, kad nestane ote rude koja goni vate da se pretoče u zlato, finito, to i nije neka fora, ali kad se više ne plaća struja, ostalo straćište, tri hiljade – trin'esta, još se igramo mobitela i voza, ali to jedno ne ide po šinama, i to drugo nema ekrana, pa sam to neprimjetno izveo, poslije je bilo kasno, već sam je zaveo, tačnije, ona mene, samo ja to još – nisam znao.

Doljuljasmo nekako bez kolosijeka, reko, predajem inače vozačima ovih grdosija - što nas nose kroz vrijeme – emotivno upravljanje ljudima. Naša suština je, da čim sjedete – osjećate se - ko da ste zvijezda. Recite šta treba, ja pišem? Od Sunje do Siska, već smo se balili, rasturili cijeli kupe, samo se eto, nismo kresali. Ovaj mali Ramzes i Buda, što naroljaše ovog uvoda, sama prcaža, al' u snovima, još ako su vlažni, ne treba ni drkanje. Sve nam stalo, u to teke mozga, i polnog organa. Pa kad lola dobije sina ili kćer, smatra iste – za imanje. Još ako mu jedinak završi neki fakultet, e to bude pravo, ponosno stupamo – u okruženje.

To više nije potrebno, ljudi su zahvaljujući poeziji – doživjeli svoj maksimum, od tih nekih dana sa početka dvajes' prvog vijeka poslije rođenja imenjaka, isto se rokalo, samo se šutjelo. Ko veli, pusti ga, kad voli da bude kreten, neka bude. Onda se pročuo muk stiha, odigrala se reorganizacija u posjedu ljudi – prema životinjama. Ako nemaš nikoga, najebo si. Međutim, to je tada tako bilo, išao sam da obiđem grob đedu nekom tamo, živjeo u Cerovici, nisam svrać'o, u ćaćin zavičaj, samo sam načuo od seoskih tračara, Ramu steglo, imao dvoje djece i ženu, otkrio među svima Hrista, umalo ga nisu razapeli, jest, da sijede kose nisu – duvale, pa nam donijele spas, ja sam reko sele, od tih, skide haljinu, ispod grudnjaci spali, pa se objesili napola, preko jedne naramenice, bradavice – ko stršljeni, ja ih se inače po toj lozi – puno bojim. Ništa grickanje i lizanje, samo fotkanje. Pade haljina do koljena, nije mi više nidočega, samo škljocam, zuzam zuzam, slušalice mi u ušima, roka nešto iz tog doba, zvala se tehnaža, do ulaza u Zagreb, nismo progovorili ni riječ, odatle do glavnog kolodvora _ smo pričali o uzgoju tikvica za pite – bureci su sa mesom, i sa sirom. Isto kolje kravu. Reko Esma, javi mi se, bilo mi je drago – što sam te imao priliku fotografisati, Bog mi je rekao - dobijaš iznenada priliku, ne propusti je, ni po cijenu strasti, da si dobra, dobra si. De ne zezaj me, a i ja svejedno imam vezu, nije ko priašnja, ali mislim da mi bolje ne treba, a i kod vas umjetnika, nisi nikad načisto, to mi je ono – što bi mi smetalo kod tebe, vidiš ti kakav ti je djed bio, ma ti si neuhvativ, on ti je isto bježao od supruge – dok nije skontao – kako je svako za sebe, vi to iz tog tvog sela Rastuše znate, i dobro je, međutim, niste mi za vezanje, prva sljedeća koja naleti, gotovo, nisi fotograf, nego si jebač. Ti i to znaš, ne vidim čim bi te ja drugim – mogla zavesti, i moji su odozdo, tačnije baka, iz Tešnja, prabaka neka mi je služila bega i njegove u konaku, prije nego je stigla na pos'o, pojebala se zgazdom.

Za dom spreman, jašta sam, ali za popravni. Znači, slične smo krvi, poklali bi se. Potpuno si u pravu, samo sam primjetio... čim se baviš?--- šišam galave lude, aj vidimo se, ako to nam bude sudbina. I ode ona, ja se lagano dovučem do Botića, tamo ima samac – ja i kolega živimo, dok se ne snađemo za stambeno pitanje, i dan danas ista muka, ima sredstava, al' nema ljudstva, neće se više niko, ni da jebe, dijete ili ne, rijetke su ovakve žene, znao sam to - dok je zamicala. Ostala od Dalibora, bačena jakna preko kreveta, njemu ugrijalo pravo, bez nje otišao vani, moj drugar, preziva se Arsov, njegovi su iz Vinkovaca, vječiti navijač Dinama, on ga samo tako – zove. Šta mi se usput desilo, moraću mu ispričat. Osjećala se jesen, iako još ni ljeto nije bilo pri samom kraju, čudio sam se Esminom kaputu, i men' nekako hladno. Dalibor još nije stigao iz grada, išao i on do svojih. Sjeo sam za pisaći stroj, malo da našvrljam, smotam dva komada, za jevtu, a nije, de non - stop bud' - ubijen ko stoka. To kod nas dvojice – nema, ne jurimo kolima, ne prolazimo kroz crveno, stidimo se naših predaka – koji to jesu. He, ali si onda na strani fašizma, jer svako je nekad bio seljačina, spominjala se istina, sa koljena na koljeno, naša je pisanje. Džaba mi što niko ne čita to što šaram, ja to i radim samo - radi sebe. Fotografija mi je ljubav usput, otpravnik sam isto – što taj posao volim, samo mašem – sretno, zastavica, koša cipe odijelce, ima se za skroman život božije sluge, tako mi je – kako on zapovidi. Idi ne seri, onako ti je kako zaslužiš, jeah, ti si taj Bog, pa de budi prav, nabijem te na onu stvar, tako da, nije to meni iz glave, nego ostalo koljenima kroz gene. Naraste meso u njivi, ne kolje se više životinja, one se jedu među sobom, pobijediše na kraju vegetarijanci, bitka se odvijala iznad kurčevog mačka. Pička kad se spomene, publika na koljena. Pa da dalje ne psujemo, nećemo moć' zać' u škole, bićemo satane, i htjedoše djeda – raspeti. On ih natake – opet na onu stvar. Reprodukcija ti je danas nabroj, Esma se zeza, garant za vezu, ne stoji joj, nije ona taj tip, ona ti je više – kulijana. Nikog ne dira, ne traži publiku. Fotka se zato – što to obožava, ko i ja sa druge strane koji ovu priču prenosim. Još samo da mi je biti – slikar. Al' to ne znam da bi mog'o. Zaspao sam, nisam čuo kad je drugar došao, samo sam odjednom vidio da me štrafa riđa glava – ustaj, znaš kakvu sam trebu skonto, reko de mi pričaj, samo me pusti, usnuo sam dalje, jauk majke sa djecom, ode beg u klošare, kokošare što se kaže, i danas dani, a duno milenijum od pod, da neć' jedan roman, nije ni dovoljno, ostalo je još tog duga – kol'ko smo robijali, danas hvala Bogu, sve se zove – sloga, kad je u pitanju – mir i sloboda, ali da nekog trebaš otrest' od zemlju, trebaš, natovari ti se buraz, znam, i meni je – ali stoci nikad kraja, nego de mi pričaj, jesi šta našao novog od posla, znam da sve plaćaš od to teke crkavice i štednje prije, ali to će se istopiti? I to da ti kažem, de stani, primljen sam, primljen, voziću taksi, tri sata gas, sat pauza, i tad slikam, de vidim koga si fotkao, bukvalno mi je oteo memoriju fotografija tog dana, falio mi je dio mozga, duša se koprca, ne smije ni reći da se zacopala. I to na Glibu. Planeta na kojoj smo, paraleno od Zemlje, zove se tako. Wow, malog, pa ti si cepao mog idola jbt, ona ti je u mom svijetu – car, znaš kako mala slika. Jebem ti, pa ja još vidim dvije hartije, ne znam šta je između. Konektovan sa nebom, nikog osim sebe se ne bojim. Nisam više strašljiv na tuđe, do na domaće, to je vrijeme prošlo, više nismo podijeljeni na sorte, svi smo životinje, pa i kamen, ušao sveti duh, na poderane cipele, nije na kaubojke. Pričo đedo jednom preko priče duhova, ubile ga kad je išo u njima – na igranku, slušo elektriku. Esma ti je care meni profesorica, tako da, ako to ne smuvaš, nisi mi rod, nit' brate kolega, odričem te se preko oglasa javnih informisanja. Šutiš ko pička, a vid koga je fotk'o. Care care, pa ima da odlijepe novinari za njom, kud je već znaju, kud stvarno izgleda bomba, sanjao sam je dok svršavam bez ruku, ko kad odapneš biciklom niz džadu. Neka znadu unučadi, kako smo ih donijeli na svijet, nismo preko rode, Hrista doduše možeš preko ljubavi prema istoimenoj ptici, i tako zavoliš sve ostale što mrdaju. Il' ne, na kraju faktički, budeš probuđen. He he, je l to pišeš majke ti? Svaka čast za temu. Daćeš mi uvod poslije, pročitaću ga nekad ako stignem, ako ne, ne zamjeri, u svijetu sam koji me privlači sad, više od svega, zaljubio sam se.

Ja sam u sebi ćutao, nije mi bilo za priznati, posebno kad je rekao da se viđa sa nekom facom iz Splita, reko to ti je sve Torcida, da ne bude sve da su Bed Blue Boys-i, de reko koji ti je, ja navijam za Partizan, jer su svi iz naselja za njega, inače, bolio me kitan za fudbalom. Nisam volio sport, radije sam sa djevojčicama lastiša, piša se taman digla, pa kad je druga sa pet, svršim sedam puta, poplavi od drkanja, prištova i čibuljica, tih brkova prvih. Moj naklon, zaista immmpresivno, zadivio si me, nego kud misliš okrenuti rolu sa Esmom, hoćeš joj se javiti? Ja bi, iskreno ako ti je dobra, reci joj, nemoj poslije mala nije dala, a ti nisi ni pit'o. Dugo smo se zezali, jer mogli smo spavati ujutro, obojica radimo poslije podne, njegova se firma privremena zove duu Mile, kod čovjeka je sve udure, i sve na vrijeme, samo svoj rad napravi – što efikasnije, ne moraš ti žuriti, nego ćuti kad to mušterija zahtjeva, iako je mala plata - pjeva lola nikog se ne stidi, to ti je tako, pa ti vidi – oćeš li joj se javiti, popraviti džema đeci, nije zveckat oružjem, jer nas je oplela – i jabukova rakija, ona ti nekad tako zna biti razbijena, viđaju je na tim žurkama koje i ti furaš, a i svi njeni radovi su na taj fazon, razlijeva se sa lijeve strane muslimansko groblje, Srbin se ne raduje što je gusto, nego sve umrijelo u nama davno, kad smo zagrizli meso umjesto biljke, do te priče je i medo dobar, ne valja kad zatraži borbu. E tad je zajeban, gdje ćeš njega naći, ako bude nekad sniman po toj priči – film?

Utonuo sam u san pete _ ja l' malo troši. Reko sam mu već u dubljem – pišem svako malo poeziju i fotografišem, inače mi spika iz tog doba, dušu razguli, ne mogu da se konektujem, il' ja nisam normalan, ili bogami moji korijeni, nisu bili takvi, nije da ih se stidim, to ne smijem i da hoću, nego ne mogu vjerovati da su bili navučeni na priču – mesne industrije, ona i droga, broj jedan, e jebem ga. Ali i iz toga nikne potomak ko što si ti, ne stidi se – uglavnom, kad ti zatrebam – zovi, sad imam djevojku, oćemo da se parimo za dijete, i ja imam posao, a i ona - dobar, malo ćemo odvojiti truda – da klinci niknu, pusti ga niz Glib, golog u svijet, ajd što takvog, što gladnog, drugi imali sve,

otišli da vataju zjale, dali fur'nu za pisaću mašinu, isto ko i tvoj neki
koji je bio slikar, samo niko za njega nije znao, jer on nije imao boje,
pravio od gline – kavenu – đe to može? - kako ne može, može se sve, i
nije – teško, budi muško – izdrži, ti za Esmu, ja za Malenu, poslije kad
sam je vidio, ona ko div, sa dobrim očima... imala vezu sa oženjenim
likom, neka – nema veze, to meni ne smeta, neeee, probuđeni smo iz
tog doba, - o kojem ću pisati, tačnije, tad je počelo buđenje, osjetio
Osman da nije sve do kite, i Slobodan – da nije do gibire, šta ti ostane
Balkanče drugo – nego da ostaneš nezapamćen, odatle je začetak
kompleta - sa pravom borbom, htjedoše tvoga djeda raspeti, oni ih
nakera na karu. Svak čast, imaš moju podršku, ako je tako, nek se zna,
koji smo i kakvi bili, svakakvi, nema ko se sa kim nije – derindžo, ko
kad vidiš kucanju što juri za komadom bačenog kostoprimca kroz
prozor, jed njega, iako si mesojed. Jbg, kad je ono naopako bilo, nek
bude i ovo, a i neće više niko da piše takve priče. Čuo sam kako mi je
tijelo izmicalo kontroli, peta pun gas, neki uzgib. Popesmo se na
brdašce, kad sa druge strane, opet čistina, i mala uzgibancija. Prangija
da bude do zore, čim pepeo niz rijeku _ kraj Margite ode, i tako i bi, od
tada se ukinuše groblja, i biznis sa svijećama, nije da ja to nekaj protiv
crkve, ja to i protiv džamije tako, kad je naopako, pa nećemo se valjda
hvaliti time, kako smo kupili pare sa ikona, sirotinja kobiva proda vola,
donese ovom , e jeeeeee, ljeb te ne jebo, opsovao je, pa zahrk'o. To
rijetko radimo stvarno, samo kad smo nas dvojica, inače smo pred
trebama fini, i tim Bog oprosti, jer je milostiv, više neku zeru, od
normalnog, provukli smo se kroz iglene uši, bez ozljeda, zora je došla,
mi smo i dalje spavali, nisam ni slutio poruku na displeju, pojma nisam
imao da sam joj zanimljiv, a i ovaj joj iz Torcide – dosadio, malo bi
Bosanca, reko mala, ja ti nisam kazo, bio sam jednom, i iz Republike
Srpske, preko Usore – Federacija, sa ove Teslić, od djede nekog tamo
Solunca, pa HanpiješČanina, sa druge Tešanj, i tvrđava, nanese me put
ovaj, koji sam dole iš'o, na zidine ispod kule, pored nje u seocetu -
konak – Bega Osmana, nisam imao pojma koje bio on, nije mi se dalo ni
zalaziti u te vode, nego sam od te sveukupne igrarije oko Balkana,
zapometnuo pripovijetku - voljeli se dvoje mladih, sutra poslije posla
čitam od djeda – Testament, da vidim šta mi je ostavio, našao sam pod
krevetom zapis, čim je neko novo jato napalo, đedo se probudio ko
Gavril, sve tako spavam, i otresam nogama, neđe nasred tog o kom sad
pišem, vidim gdje sad Zagreb, a đe nekad bio, ako ne znaš ti čitaoče,
pročitaćeš kad sve završim, meni Dalibor na pameti, pa o tome sanjam.
Kad se probudih - poruka - jesi za čaj? ostao si mi sinoć nejasan,
trebam te – važno je.

Kasno je bilo, Dalibor nest'o, kad - pojma nemam, krevet zategnut, prozor na kipu – otvoren, na displeju prvog pogleda, poruka od nje, protrljam oči, pa pogledam fotke iz voza bez šina i pruge, pa ih opet razvučem, lijevo desno. Otvorim, jest stvarno, ona --- napišem ok, pa obrišem, pa opet, dobro, javiću ti se brzo, i to deletiram, puna kanta za otpatke nekakve energije, niko je neće, ja je proizvodim, napišem obrišem, opet protrljam oči, stvarno ona, brže bolje je – nazovem. Ćao, Esma, ovo nije normalno, odavno se nisam ovako osjećao, znam da ta priča koju ćeš mi ispričati kad se vidimo – neće nama dvoma – dobra donijeti – moraćemo se probuditi, i to će biti ono naše najbolje, a opet – boljeće. Najbolje - da mi ništa ne pričaš, sve što dalje komuniciramo – postaje situacija – napetija, i to bi trebao biti zaplet, ja te još ni ne znam po prezimenu, nisam te ni pitao? Dubravac, drago mi je, ti meni nisi ni rekao ime. A da, mi se znamo preko fotografije, vrlo dobro znaš od druga, ko sam i šta sam, a i ja ne bi svakom stala takva – u pozu, fotkaj me. Proizvođači smo energije, ja i ti za jedno vrijeme, možemo otići na Mars, tamo ćemo bez ikog oko sebe živjeti, šta misliš kad bi ja i ti to opet malo zamiješali, pa kao Zagrepčani, odemo da živimo u Maglaj, 2022 na primjer, imaš li za to muda? - ponesi aparat, i vezu sa svijetom preko interneta za džabe, neograničeno bajtova, mora golema - istih. Čekaj, čekaj, da odemo u drugu dimeziju, wow, za to te trebam upoznati u ovom svijetu, mada moram još razmisliti, onda danas ostaje priča za kafu, ja je pijem, al' bez kofeina, nije što uživam, neg' navika od baba, aj na kau. I tako smo se nas dvoje – našli, oko tri sata popodne, četvrti milenijum šiba, oladilo se, pa ugrijalo, ostao onaj - ko je znao drhtati, pa se takav znojiti, tres'o sam se ko prut, kad sam je spazio, imala je malo veći nosić, ali zato tijelo, moj lijepi Bože. I to nosće – bješe ko med, nego sam joj tražio mane, samo da je sagledam sa druge strane, jer ako se zaljubim zbog njene guze, ne mogu u to doba stić' – nespreman, preteće nas žene – muškarci dragi, to ja i zbog vas radim, a vid koje je doba, prošlo još jedno pokušavanje naticanja Isusa – inače sam do kraja nepoznat, jer ne želim da se odma zna, o kome je riječ, otiće testament, u amanet svima, ko biblija, pa svako ovo čita, ne sluša šta pop i odža, ilaču, da je to barem lijepo za uši, već ni to, go krkanluk vrišti, nije da znam kako to izgleda, nego mi djed pokaza na samom početku prve strane, kaže da nije volio partizane, jer ih je Tito predvodio, on je bio, klasični ubica, samo to narod nije ni slutio, nego istom klikto, stupalo kobiva narodnooslobođenje, a ono se pokaza tek za pedeset godina ko smo, doba izgubljeno u spajanju kojekakvih država, i raspada istih, region ti je - ovo što vidiš na nebu – naveče zvijezda, joj djeda djeda, đe će oni tebe skontati u to toba, šta si ti htio reći, to moram otići dole da živim, pa i ti si na njenu stranu, sutradan ćemo u isti kafanu... kad smo se našli, stavila je na sto fotku psa, skrivenog pod krevetom, od petardi, od čega će drugo, na put sa sobom vodimo Peru, al' ne ovog, nego će nas dole drugi čekati. Izabraćemo ga iz množine, ima njih, al' ima i vuka, sad kad više niko nikom ne smeta, to je najbolje, moreš umrijeti kad 'oćeš, nego sam htio unuče da znaš, ja sam to i tad znao, nego nisam mogao ništa drugo, do ovo našarat'. Možda ćeš biti prinuđen da varaš, za sveopšte dobro, upamti, dole stižemo sa nekom određenom cifrom, stanje, snaći se bez ičeg, dolazimo samo sa opremom, ubacujemo se u sistem, koji je u tu godinu, već bio sređen, naišle su nove sile, poezije, poezije, pisaćeš, ja ću slikati, ko da će treći svjetski rat, mi se volimo, ispred kuće imamo ogradu, mir naš čuva Pera, ti mene fotkaš, pa mi sise ljubiš, tamo ću ti pustiti, da mi radiš sve što poželiš, pogledaj dole, raširila je noge, nije imala gaćice, izbrijana do zadnje dlačice, plakala je za mnom _ de Esma – jesi normalna, uozbilji se, ozbiljna je situacija, da bi te kreso sad ovdje, bi' – ne bi' prestajao do jutra, blic uključen ona ne zna, samo sam opalio, ovo je za privatnu kolekciju, ako ko nađe, pa proširi, nema veze, mi smo znali šta je istina – naša, tada bila, to što je ispred nas čkomila fotografija pretužnog psa, nisam kontao, al' et, nisam ja dalje baš nešto zalazio, a joj – pa to je povezano sa mojim romanom – pričaću danas sa Daliborom, morao sam malo ohanuti, nije me odavno neko ovako razgibao uz uzgib, samo bi je naticao, redao jeb za jebom. Struže nakvašeno tijelo, ždrijelo pizde od kurac, umalo nisam svršio bez doticanja – ičim, osim mislima, bila je prelijepa, zaista, i poslije seksa, nije mi više smetala ženska noga, kad me dodirne, a ja svršio, nego sam je obgrlio tako u tom predanju očima, nisam je puštao cijelu noć. Joj, kako je to lijepo. Taman se skockao, imam sve što poželim, valja u te jade, tek se narod dočepao kante pune vode, slijedi umivanje, pranje zuba, duša joj miriše. Tebi je samo to na pameti, znam ja kakvi su umjetnici, i sama sam takva, vidjećeš kako je tada istim osobama bilo, kad nikog ama baš nikog nije zanimalo – fotkanje i slikanje, računaj da je moj - tvoj - djed u to doba – već nama donio spas, mogao je pas, na ulici odanuti, sklop't' malo oke. Vidjećeš kako je kad jedan dan se samo – bacaju petarde, a na primjer par godina prije toga, to se italo po mjesec. Načelnik partije se hvali – turističkim uspjehom, ti si mene fotkao za uslugu kompanije za koju radiš, osjećaš dobit, čim opališ kakvu usput, ne brini, ja ću ti dati koliko ti duša želi, dok se ne iscijediš do zadnje kapi, trpaj, ne prestaj, s' tobom ću možda, i dijete roditi.

48

Wow, ti nisi normalan, prvo što mi je rekao Dalibor, care, takve se prilike ne propuštaju, ja ti ne mogu ići dole, tebi želim najbolje, Malena je kupila test za trudnoću, kasni joj, pa moramo biti oprezni, kad dijete napuni šesn'est, dobija traktor u miraz, more orat' – najGliblje, oženi onu – koju ne voliš, aj ti odoli, kad nemaš ni tačke, sanjaš da ovce naćeraš predase, tura, sto kilometara, usput ispasaš proplanke, marihuane ima, ali i nje prije tih nekih godina, nije bilo, motao se ćuća, svaka kuća počadila od nikotina, naročito joj sjaju pluća. Izgorio ti dabogda, viče žena mužu, dok on u usta natiče galon sa rakijom. Joj istino joj. Morava se talasa, mi ćemo kraj potoka mala, samo za sebe ugrad't' kapije, kad Pera laje, da odzvanja, vodimo se zvukom, ne očima, više ih ne upotrbljavamo, osjećamo kako duša vibrira. Ponekad i to nije zanimljivo, izgubi se ona draž- nisam ja više znao šta je svrab oko krakova, otkad priječo sa ovčije vune, na svoju. Obožavam žene inače, koje znaju šta hoće. Ostavlja torcidaša, ide sa mnom, wow, čekaj čekaj, za njega ju nisam pitao, pa ni ne trebaš valjda, koji ti je, još si na djeda, iako idemo u to doba, ipak je to malo poslije, želim da oslikamo onako kako jeste, ti samo šuti, piši i fotkaj, ne svađaj se sa okolinom, to neka ti je jasno, kulijana, nikog ne diramo, sprovodimo tranziciju, pust' ludog Splićana, iako nikad nismo ćerali taksi, kod novog gazde, da zaključujemo tako nešto. Dalibor mi je rekao, kako mu izgleda vrh na poslu, to je to, Malena kad se porodi, nastavlja studije, možde će dalje, na neku drugu galaksiju, čućemo se preko milenijumske veze, ne kasni više, imaš je čim ti otpiše, na svakih deset godina, ide po jedna, više se ni ne trebamo - osim da se sjetimo gdje smo stali, jednom braća, zauvijek takvi. Istog dana sam najavio otkaz, moram odraditi mjesec dana, dok ne stigne novi, ili robot da zamijeni, novajlija ne spiči zanat, otpravnik nije baš lako biti, nije to samo – mahanje zastavom, dalje se samo – bavim švercom zveke. Crvene boje, u ćošku se još osjeća srp i čekić, može se i to kontra odraziti, ali ajd' odreaguj prije, živim kako Bog zapovijeda, i ti ćeš tako, imaj obzira, kako je u upotrebi još uvijek pokoja droga, i da to što me viđaju na tehnaži, to mi je od babe – volim takve zvuke,, a i vidaju mi veće kratere na mozgu, bonom betoniram, jbt i ja, mora da su nam se pretci, po kojekakvim ćoškovima njiva – mećali, uskraj, kud niko ne oda. O boli – nikom ne pričam, trpim u sebi. Pa si mi ti sad – ispade, najbliskija. Istina je da nas ima, još uvijek svakakvih, i to vrijeme, ima svoju draž, ne zaljubljuj se do jaja, jer poslije do kraja, imamo još jednu dimeziju, triježnjenje do kanabisa, to je ono što je – naš zadatak, uvoditi reda, otkad pokušaše da razapnu, tvoga djeda, neka ih je nabio, tamo i trebaju biti nataketi, ne moš ti stoci dokazati, dok joj ne saspeš sve u facu, doktorirali smo ove vode dva puta, za let znamo kad je, već sam se raspitala, taman će dan, poslije tvog zadnjeg na poslu, ja ionako ništa ne radim, do slika, i ponekad fotka, ne pričam ovo sa svakim, ti si odabran. Bili smo kod nje u stanu, oboje goli, to veče nismo se fotkali ni gledali, nego gledali to što se u to vrijeme - zvao televizor, pomrle sve farme, koje nisu raspuštene, onda kad je to sve nahrlilo na bilje, tvoj djed dovede Boga drito u dvorište, sleti mu ispred zgrade – letećim ovalom, ovaj izađe da se iskače sa svinjom preko njive, šta ako i ona u tog našeg istog vjeruje?! To pop i hodža u to doba nisu mogli znati, njihovo ti je bilo, pa došlo _ da je prošlo, gotovo, međutim, još su se opirali, galamili kako su ovakvi ko ja i ti - satane. Ti samo piši, aparat ne gasi čim ovo prvo ne delaš, cimaj drugo, ili mene, vidiš da ti se ne diže, miruje mali miš, a onako bi me natezo, naročito odzada, obožavam kad me tako nabijaju, hoću da ti to mi uradiš, najbolje od svih, on ko stož'na. Koža se svukla sama, glava ko u mačka, prebacila je na sijanje mrkve, program koji edukuje ljude u bavljenju poljoprivredom, time ćemo se i ja i ti zanimati poslije svega, kad ti se digne u retku krompira, slobodno mi pet šest puta, ućeraj, čisto da se zna –najbolje, već sam tražio odijelo, vidimo se sutra, sad mi je do drkanja, kad mi ne daš sada, ne dam ni ja tebi, a znam da ti se skvasila ko balavica jedna, samo nećeš raširiš noge, pocrven'la od muke, plenla bi se _ za dva minuta, prešpricala bi sve zidove, pa te još jednom, pa još jednom, pa jooš jednom, da ti na pamet ne pa'ne kurac, barem tri dana – ludo jedna, ja te volim više, neću ti reći uopšte, koliko sam u tebe – zaljubljena... čujemo se prekosutra, sutra me nema, ja i Dalibor duvamo, ono naše staro, tako mi jednom mjesečno _ hehe, niste normalni, ponesi nam sjemena, pozdravi ga puno, iako se ne poznamo u čet'ri oka, mora da je skroz ok, čim je sa tobom dobar, volim i ja tebe bleso, ne postoji niko iz Torcide, slobodna sam, to sam ja tebi preko njega podmetnula, jer znam i Dalibora, sem što sam mu profesorica, cijenim njegove radove, nemoj mu to reći, da se ne uobrazi. Ljubim te, bjež sad, odo srediti jednoj starijoj dami, frizuru. Ako se čujemo čujemo, ako ne, uživaj.

Sljedećih sedam dana smo proveli u nastajanju njenog rada, oko obronka koji se dizao kao Sljeme, na već sad slici posta razjaren pas, kidao je zubima – kokoš _ Zamirisalo meso, dok sam je posmatrao kako miješa boje, pitao sam se, jesam li mogao bolje izabrati, da me u životu snađe, savršenstvo žene, nauci neznano, muškarci još nisu takvi, ali se drže vladavine prava, i sa vomen je bilo problema, mnogo je nedojebanih, pa pored muža, samo šiba poruke drugom, valjda joj to bude zanimljivo, navuče se na Bega, ode joj pizda u sunovrat, sad se valja jebati sa njim, i čekati da on ode ženu, u drugu sobu _ beg begova.

Osjećaj slobode nosimo u sebi, to je jedino što ćemo ponijeti, sa ovoga svijeta, idemo tamo, da sa Mao Cun Cangom – prozborimo, složili se i oni, da ne ubijamo više ćukove, od sve raje odozdore, ostalo dva iz Rs, dva iz Federacije, ova dva iz rSea Muslimani, dole obojica sSrbi, sem što je ovom drugom – tetka Hrvatica, špajz – bolnica, ne treba veća, ostalo sve Kinehzi, Crneci i Arapani, kako ih vi volite razdvajati, na kurac vas nabijem, reče đedo, ovi ga brale ne razapeše, nego ga uzeše za vođu, vid sad gdje Zagreb, a gdje tada bio. Ni blizu, ko sada, za par dana idemo vremeplovom u to doba, put traje deset sekundi, usput ćemo proći pored ratova zvijezda, ljudi duhom neman – pobijediše, prijeđoše na biljke, i ko ostade na mesu, to bi puštano u šume, otori se otori, dovede se ured rađanje, samo od sebe, de ba, ljudi sebi nekaj umislili, već smo nagibali prema Krapini, pri mraku, išli smo do pećine, da vidimo one, prije čovjekova, ili su oni iz tog doba, kad nije bilo traktora, ni na zvizak, znaš li možda kako je dalje? Šta imaš znat', sve što treba, to je proizvodnja energije, samo grijmo bližnjeg, a i daljnjeg, ako se ne mirišemo – svako sebi. Kako znaš da te voli, i da te na tom putu neću ispalit'? Slikari su posebne fele, mi volimo manje jesti, da imamo što više vremena – za slikanje, imaćemo obaveze zajedničke, pranje gaća, i te baje, računaj da je dole još dosta toga, sa primjesama mesa, iako mi ne seremo i ne jedemo, tada kad su svi na skakavcima, lako je reći, i kad nema viška za izlova, naraste pod koprivom komad slanine, jedeš istu, a nikog nisi skratio za glavu, skraćeno - iza đeda, na međeda.

Da se čovjek može zaljubiti toliko, ni slutio nisam, slušao sam je kako zbori istine koje naši pretci nisu ni slutili, u to vrijeme trebamo svijetliti put, sreća ne mora se nositi sjeme trave, odavle. Nego ima iz tog doba – domaće, kanabis je zaokrenuo planetu Zemlju, unazad, ništa ne bi bilo drugačije, osim što bi onda i vrijeme morali – brojati unatrag, dok ga ne izbrojimo do kraja, ja bi' dao vječnost, samo da je tako gledam, deset minuta. Kad nekog voliš na taj način, otpada seks, ne mogu te tako voljeti, a da mi se s' tobom – natiče. Bićemo partneri, to kad nas strast navede da se poskidamo, napravićemo Isusa novog, al' taj više neće biti zanimljiv, prestali smo jesti leš, postali do zadnjeg – Božiji. Svi smo njegova djeca, potpunac za svakoga, pedalj neba slobodna, uživati u miru – neprocjenjivo, poleglo žito pored tvrđave, Kristina i Đedo - se parmače, da naprave mene, ili meni sličnog, niti mora biti takav, svako je za sebe, ti valjda razumjećeš, kad ti kažem, da volim nekad slikanje, više nego tebe – razumijem te, isti sam kad je pisanje u pitanju, kakva bi naša djeca bila? Ja bi rekla – nek budu svoja, najbolje da ništa - ne slušaju roditelja, jer ovi nemaju pojma – đe gone, sve suprotno, od tog što vam kažu. To je svakom dok si mali zanimljivo, valjda je to spomenuto, i čim je, ono postoji, jači si u domenu izražaja, jezikom možeš baš sve, a i baš sam na tom levelu, razvrstavam boje... Ali to se Esma ne želi. Ne, nisi u pravu, želi se, ili možda lažeš javnost, isti si ko i oni, ako im se prikloneš, imaj na umu da u tu godinu koju idemo, nismo u nekom problemu, ko na primjer – prije tog, pet godina, trava bi zabranjena, alkoholom si mogao mazati čmar, samo ako ti se – prohtije, uvat pijetla, pa na panj, nije dernek, ako nismo – zaklali tri stvora. Poganij, pa čist Hrist, i to za svakoga, popušiš dim mare, kažeš Bože, od danas ti pomažem, ne tražim pomoć. Ali kad ostaneš nezdrav za nezdravi kapitalizam, podmazan komunizmom, jebo si opet mačku mater, naročito ako pišeš, pročitaju te mnogi, eto ti belaja, dok slikam, nemam tog straha, samo cepam, jer to volim, a i želim, ne brine me šta će biti, kad tijelo zalegne u zemlju, više se ne rađamo, nego ovako kroz crnu rupu, skočimo u drugi svijet, i on više nije k'o prije, cvatu ruže mili, ja i ti smo zaljubljeni, ne izbaci to iz vida, vidjela sam odma' kako ti se svidjela moja mica, al' si je razbio, ko Panto pitu, sve su takve, osim krivotvorina, sa mesom i sirom, e to su bureci, u njem' vime od krave, ili pomuženo, il' samljeveno. Njeno je, nije naše, da ga papamo, kao meso, il' kajmak, mljac, popapa maca jezik. Tvoje će biti da se uključiš u konak bega Osmana, pronađi svoje korijene, ne da ti to bude bitno, nego da se sjetiš kako se nekad – brrrezveze živjelo, sve zbog toga, jer bi normalno piti ka'u i puš't' cigare, nije dobro dunt maRe – isto da te ona ne liječi, vrlo dobro znaš da nema nje, bolest bi te tad oborila, ovako, zaslužni građanin Gliba, samo se glima, ti ćeš predavati jednom takom razredu – ovisnika o ubijanju životinja, jer su i tvoji dole stasali, oni što su krivi za mnoge smrti, tvoj neki djed prodao stoke za Tursku, živio na tuđem žulju, onda se pokajo, otišao u nomade, čuvao ovce, al' nebeske, od njih pleo napletke, za njima priglavke, da ne ispadne kako nekom oćeš sjebat pos'o, ljudski rod se bazirao na poljoprivredu, sad ima i traktor, podmazan, sređen – pa opleti, sijaćemo zajedno baštu, tamo me ne žali, kad me stigneš uz kolac za paradajz, samo me nabijaj, poslije ćemo jagode bez šećera, domaće, isto, ničim prskane, jer od takve, samo boli glava, ko od špirita, kita ko u djetlića. *Good bye* dragi, dođi da te cokim još jednom za laku noć, pripremaj se za put, pozdravi Dalibora... budite kakvi ste uvijek, ako je tebi drugar, i meni je, već smo u zajednici, uživaj u društvu sa drugarom, za mjesec dobijaš nove, pobjede u kojima se trebaš usavršavati, ne prestaju, čovjek se uči dok je živ, do puta u Bosnu nisi znao, da ideš u Republiku Srpsku, zdruge strane Federacija, sad se više niko ne fura na to, od njih ćeš imat najbolje borce, sve je to nekad bilo nevino, djeca su takva, mi stari smo degeni, trebali smo slušati njih, nikad rata ne bi bilo, nego oni od nas vidjeli, pa neće otić' do kioska, sklepaju dijete više, ja i ti nismo takvi, ni Dalibor, svi smo sa namjenom, da odigramo rolu – pozitive, i kad se slaže tehnaža, i kad šargija, radije bi da sam na dva boba, nekkk na litri šljive, i tO će ti biti na predavanjima, njima ne vraćaj, neg' istinu u facu, ali da vide kako ti to znaš, od djeda Osmana - pradjed bi Ferim njegov đed Slobodan, baba Jorgovanka, sa druge strane Smajo i Osmana, pa ti više ne znaš, zašto si Anto, sve postalo normalno, kad se naduva svijet – očas nastane stvarnost dugačija, ne moraš se kaditi i klanjati, možeš ono prvo, samo nemoj variti, duneš dva tri dima, opičiš na smijeh, da ih izvedeš na pravi put. Ko nije za to, nemoj ga forsirati, kanabis treba znati, uživati, isto ti je i za drogu, ako si nedojeban, nijedno nije za tebe, klince meni, ja ću im slikati, neću žaliti, niti forsirati sa ovim mojim temama, iz doba malo prije toga, sreća poslušaše Osmana, i to prvi Srbi, vidješe da se on i krsti klanja odjednom, naročito kad sastavi čitav komad. Fala Bogu – neka je, pa i danas dani – živ i zdrav, kroz tebe, mene, svih nas, koji smo danassss – na ovoj trin'estoj planeti, od one na koju idemo. Ne ostajemo na Glibu, idemo na Zemlju, je l' vidiš sad gdje Zagreb, a gdje nekad bio, isto smo ljudi, ali dimenzije nisu iste, vidimo poprijeko, odmah to ode – u 'elać, bez gaća se ne kurči, vidjeće se na koju ti se diže, ako ti dođe da se sa nekom kresneš tamo, uradi to slobodno, ali ne voli, to sa dvije, ti je bezveze, nemoj ko đed Osme, odma' se zaljubi, ali jbg - da on to ne uradi, i ode za Sarajevo, ko zna da li bi olimPik, ikad stigo do ovih svemira, ima ih milijarde i milijarde, i milijarde, i milijarde, i milijarde, da ti se zanosvijesti od – milijardi, samo nagari, i ja tebe ljubim, takvu blesavu, sa tobom nikad nije dosadno, isto mi je tako i sa Daliborom, moraću ga pitati da on i Malena, sa nama krenu. Ljubim te još jednom – blento, čekala sam tako muško, da mu dadnem, najmanju na svijetu – cmok, iako nisam nevina, za tebe sam ipak kurvica, koju nikad nećeš imati do kraja, sve ću ti na – kašiku, il žlicu...

Glavno da čiko za finansije – bi 'rVat, niđe veze sa cijelim felerom, al' aj, pa aj. Traj, samo da traješ, umjesto da uzimaš otkucaje, ti ih daj, gas upod, kad krenemo, više nema stajanja, gubljenje u vagini vremena, bude zauvijek, nema te više – niđe, ili ima, - al' nema nikog – osim nas – samo život – za nas dvoje, jedan, ili ti, ili ja, al' u pribor mi ne diraj. I ne duvaj puno, uvijek se toga sjeti, mada po tebi vidim već, kakav si kod kuće.

Osmijeh njen nestade u busu bez točkova, iza prve zgrade, koja maši Vlašku, idemo zajedno pješke, od glavnog željezničkog kolodvora, gore više ne vozi trola, nego bus bus, koji isto okolinu ne zagađuje. Nekad je veli meni nešto u snu, tako bilo, ložio si fosila u kola, samo da se pokažeš, kako se ganjaš na govnetu, dižeš se prolivom, presjeklo me poslije ručka, slabo sam kad je zima, pa nema povrća u izobilju, mi ovdje smo navikli na tabletice, one su nam zdravlje i snaga, energija koja giba – bez ičega – uopće ne ljotamo. Ne prestaje sa našom misijom, to kad više ne bude ljudi nigdje, biće ljepše, da ostade prije đede klošara stanje, ne bi me niko naturio _ mami među noge.

Čim sam ukoračio u bajtu, rekao sam Daliboru da idu i njih dvoje sa nama. On je meni kaz'o, da je Malena ipak trudna, kineski i test, pa ga jebi - i da joj let kroz crnu rupu, ne bi pogodovao, mnogo usput bude stresno, ovo je tek peta, u šestoj se počinje cviliti, sve do devete, nego de ti meni reci, je l Mirso zgodno ime, drugom sinu? - ako bude muškić prvi, daćemo Miloš, kćeri – Slobodanka. Esma i ja nećemo imati djece, ako se zalomi da ofula tableta, il' ne stignem do kioska, to je nečija sreća, il nesreća. Odvisi kad si rođen. U koje doba – duševnog oporavka, poslije tvog djeda, i njegovog nasljeđa od tate, sve je krenulo na pravi put, oživjela su sela i palanke, samo se kad bi da je veselo, pušili maRa, i po koja, čaša vina, od rakije izbudali budala, da neće normalan, znači sa tim u kraj, gdje zakon sa puškom brale, kaže - ma ne mrdaj, za tvoje dobro zborim, dosta nam je propasti - spasili njegovi spisi i zapisi, mislio da treba začakariti, divan sa Osmanom. Uvališe mi tračare na đep, od Rame novi roman, niko ga ne čita, do one, skinle sa fejsbuka, car rastura, jedva čekam da ga pozdravim, wow, opet prekid na glavi, sam sam u sobi skupljen. Dim dva trave, eto Srbije, Albaniji u goste, slavi se uz punjene paprike, kumpijerima, Dalibore, eto čim ćeš ih hraniti, hvala Bogu, dobio si što si želio, htio si da se ostvariš kao roditelj, e sade kako ćeš osposobiti novu mašinu, odvisi čim se drogiraš usput, ako ničim, ne znaš da dobro verglaš, baš tad znaš presaugati, šta misliš da smo u tom dobu, uvijek se sjeti, da nas treba biti nabroj, nije prećerat', što teb mrsko otić, do kioska, pa naklepaj šesnestero, svako će doć do tog da se rodi, samo mnogi – neće htjeti, uživaće ko energija, koja samo pluta kroz prostor i vrijeme, a to ništa ne postoji, nego samo dvoje, koji se mnogo vole, da daju ostalo – za jedno sa drugim. Ja i Esma imamo drugačiju priču, hoćemo da se usavršimo, u onom čemu težimo, ona slika, ja pišem, fotkanje mi je relaks, posao – da me ne dere klimaks, i krize – svakojakih doba, u kom hoda – ljudski oblik, nalik – malom stvoru, koji misli – kako je velik. Ne brinem, obadvoje ste vrijedni, Malena mi je preslatka kao osoba, to je neko - kom ne možeš, a da se ne nasmiješ, uvijek, vesela i vedra, ajd jedno veče, odemo na večeru zajedno, čisto da se ispričamo, poslije možemo negdje na kakvu zabavu – složićemo se – šta paše većini. Može grobarčino, nabacio mi je petardu, pljasnula je cijela soba u spljas, za nas dvojicu, mnogo smo bili dobri, ljubav ta se ne mjeri, ni sa jednom drugom, žena je žena, al' drug je drug, što bi rekli naši predaaaci. Večeras ćemo po čašu crna vina, nećemo duvati, nabaci još jednom, poslije rastanka sa tobom, neću više motati komade, idem onako od šale, da se zabavljamo sa klincem, poslije će njemu tajo pokazati, iz te struke – vještine, već se zamišljam. Do tada, nek mu ojačaju pluća, iza kuća, ćuća i stablo džointa. Pomalo se štija i kopa, rupa do koljena, posadio i ja luben'ce, pokraj vode studen'ce, sijeno bi da bude slama, a da ne bude, ni pšenca ni zob, reko – de budi loza, moš od tikve na primjer, pa od nje napravi – pite. Sve ću to dole morati sprovoditi u djelo, ljudi su se probudili, al' im fale – učitelji, svjesniji su, nego treba trener, da te natrenira, ko ja i ti što se podupiremo, falićeš mi, da znaš. I ti ćeš meni, rekao je, dok je izlazio na verandu, po tu bocu vina. Nismo imali nijednu u kredencu, jer inače ne trošimo nikako alkohol, samo tako ponekad, koja čašica, da se ne zatamani grožđe, jer kad se sjetim da je i zaslugom pijanstva stiglo na svijet raznoraznih grozdova, nema kakve sorte nema _ ako se nekad odlučiš vraćati nazad, ponesi mi odozdo svašta toga domaćeg, ukradi dvoje jaja, od tadašnje – slobodne koke, da ne bude mutno – kad ga u tavu saljevam. Grožđa isto, i dva tri cvijeta – razgovijetna, nemoj neke skankine. Zaspali smo poslije vina, ko lale, ujutro je on rabotao prvu, ja sam ostao da pregledam slike Perine, ne oca pijana, nego mog i Esminog druga, psa što sa nama ide – u misiju _ Zemlja, nećemo biti više odavle ljudi, neg' odande. Smotao sam dim trave, zatreba mi naočar za jedno oko, da je za dva bile bi naočare, he he, sjetih se testamenta, nataknem okular na lijevo, desnim podupirem slova, jer srljam, željan sam korijena, prepisao naslov, od mog đeda – Trajković Travana. Kad umrem spalite mi tijelo, stavite u teglu, dok je ne uzmu u ruke bake, nek' niko ne mota, može samo za vaskrsenje, ono će biti pod jabukom, pojaviće se kum, da primi poštenje, to se još na Balkanu pika, napisao mi je na frižederu Dalibor, isto to smo ja i ti, je l' sad vidiš gdje Zagreb nekad, a gdje danas? Nije tvoj djedo uspio, neg' će Ramo, samo ga listaj, dobro da si natrefio na njega, tema mi se zaista sviđa. Pojeo sam paradajz sa Marsa, njega poklopaš, ne moraš čitav dan ništa, na Zemlji, kažu, miriše, još ako ga ničim ne špricaš, dostigne rud, de reko ti sebi – još jedan smotaj, neka niko ne zna, kako se ti zoveš, pročit'o pet stranica, skazo - da štivo ne valja, odddčitaj do kraja, jer istina je – golema. Treba za nju dva duluma, kad joj otpadne jedna dlaka, i to iz nosa, ošišao sam ih pristojno, brada prekrila uveliko, moje rumeno lice, zovem se Isus, ispod Hrnjina brda, sa druge strane – pećina. Puna šišMiša, zbog njih je ova priča, morao sam ih ići spasiti, inače, uloga, Budimir Trajković, Travanov čukununuk - šuplja. Reću danas Esmi i to, pronašao sam ko mi je predak bio, to mi se pojavilo iznenada, moram na to odmah obratiti pozornost, da ne postane đedo prepopularan, pa navale u rodno mjesto – turisti, rašćeraće ono malo nejači, od miša sKrilima, zato će roman najbolje biti da objavi Irena, nikog kao nju, nisi volio, ja nemam pojma što ste se razveli, štrecnu, me, imam djecu, a jebote jesam se pokvario, moram to pomalo otkrivat, inače mogu poludjeti, sigurno je i mene pritislo ko Ramu, samo se tješim, sreća dilam ovo teke zeleniša, inače bi se klinac izliječio _ spoznao sam da on kuka, ne piše, pretača gene kroz bolest – zvana - MultiplaSkleroza. Ne primiči _ znači, dok ne stignu plave kacige – iz dubine svemira. Ja i Esma. Na kravati izgravirano Isus, na ključevima privjesak sa malenim medom, i na njemu krst. Reko taj sam, i tako sam došao do toga, da sve životinje jednom davno patiše, ali postojaše zato, međutim, ja kad ovo danas pričam, to je sasvim normalno, 2020, to je tek bio početak, duvanja, skidanja sa zapomaganja boGovima, te sam Srbin, Musliman, il' Hrvat, a zaklo prase, zato smo se obojica razboljeli. Jesi čovjek, to niko ne spori, ali nikako osvijetljen božijim snopom, ostalo kako će se one izjest' među sobom, nije na nas, neg na Boga, ako se ne snađe na dobrobit svih, ja mu ne mogu pomoći, jer se više neću rađati, ostajem zauvijek da plutam nebom, čim zamakne, misija sa Esmom. Ni slutio nisam, da ću se na prvu zaljubiti, u neobičnu ženu, tačnije, nisam imao seksualne nagone, u zadnje vrijeme, osim sa njom, i ne bi mi palo na pamet _ da krenem za nekom, jedva čekam da se – čujemo. Otišao sam od nje, zato što je postala preširoka, vrh čune – odumiro, ali u srži - volim je Dalibore, šta god da mi bude sa Esmom, neće biti strašno, jedva i mi čekamo, našeg Peru.

Otišao sam na kiosk, uzeti rizle, nije mi više do natezanja zbog reprodukcije, nego zato što volim ponekad odigrat' tu igru, ali samo sa jednom, dosadi mijenjanje, osjećam da sam drugi čovjek, to se vidjelo i na gospodinu Arsovu, pucao je od života, jest ta neka trin'esta planeta, sve Glib do Gliba, ali se barem ne zna – za oružje. Oživješe vukovi, kako najezdiše srne, sve podivlja bez ljudi do zadnjeg, ovi kobiva važili na normalne, a nema kojeg nisu – nabili na ražanj. Na samom ulazu – pečenjara, peče ove, i stavorove, dvjesta deka, trista eura, reko - de aj' ne seri, nemoguće da je bilo tako, kad on, i gore sinko, po tri prasića u pomen rađanja Hrista,. Na kuću - minimum godišnje, jer on se i javi i vaskrsne, a za svako takvo slavlje crkva i džamija ne kažu ništa, što se

56

samo – kolje li kolje, ako treba neko umrijeti zato samo da bude begova trgovinska sirovina, onda jebiga, jebiga, ni u k''i klinac ne vjerujem, taj Bog za mene ne postoji, i tek onda viđoh – koliko sam mali, nebitan, kaže, da ta kapsula od crne rore, goni nemilica, ne popušta gas, ni kad su krivine, jer se ne može okliznuti, to ne mora značiti - da ti i Esma nećete zalutati u nekom ljepšem svijetu, od Zemlje, dodao je podug spisak još nekih nedorečenih – Dalibor. Od kioska do bajte, sretnem drugara koji se upravo vratio sa neke planete, iz samih pizdića, tamo se samo prca, kaže, brezveze, poželiš _ da si obučen, bude te sramota što si ikad sa ikim općio, iz strasti. Nisam te stvari znao, kako vrijeme odmiče, već planiram da ja Esmu nagovaram – nećemo dole. Kud ćemo? - kad nam je u Zg, ok, a i vidiš gdje sad on, gdje je nekad bio. Raspolovio, ajmo udarnički zajedno – postati Zemljani, da švercamo travu, to je men' zanat, i ovdje i dole, neka on' glume role, ja ću kriti bolest, pisati ko Ramo. Da, i sa Spomenkom, i sa Irenom _ imam dječicu, ali ih ne viđam, baš smo se zakačili, oko razvoda, od obije zajedno isto - a i mene bola skolila, da nisam imao vremena sređivati stanje, znao sam da je djeci _ najbolji odgoj bez mene, tako svakom, ovako na maminoj siki, narastu balavi, svjesni da smo to, ho ho ho, to njeno slikanje, ko i moje pisanje možda neće moći bez dole, ako je tako, onda dobro, ali poslije obavljanja misije kako spada, odlazimo zauvijek ja i Esma, nećemo ni vaskrsnuti, ma ni pogledati za sobom, ako Percan bude poslije nas živ, doćiće kod nekog novog Esmana i Isuse, mogu i djecu držati - šnnnnjiiiime. Ako je vime i vagina u bureku istina, onda meni nemoj ni sirnice, samo pite sa biljem, su pite, ostalo je - mrste mrste, vičite da ste ispostili, uz božićni, il' onaj uz bajraM, sa tim će biti najgore, dojadilo bilo itanje petardi, moj djed to zabrani jednom zauvijek, kukurijek mu niko iz guzice, da ne bi njega, ne bi mene, niti Ramovog djede, niti Ramizora, ima tisuća ipo godina, nisam računo baš u sto, dvjesto, šta je to, na preguran milenijum, evo nas danas svagdje, zahvaljujući svima, idemo da legalizujemo kanabis, bolesni se njime liječe, prelazimo iz dimenziju u dimenziju, vladamo čudima. Nije to moja inspiracija, to Bog priča, ja kuckam, a to što je on taki, e taki nam gra pao, ponijeću sjemena, ovog što ne duva, i to je što se tiče neduvanja koje ja preferiram, ostalo samo daj, pa namotaj sebi da imaš cijele jevte, poslažem ih u kordone kutija od cigara, imam za cijeli mjesec, i neka je to dvadeset eura, koliko je ista energija u našoj valuti, moram pitati Esmu, samo da mi se javi, pisao sam nema je... Odo dalje, ona slika, kad joj se ćefi, javiće se. Sretan sam što je imam, više nema dosade, cijeli Glib, ko da je teren za golf, palica iza, loptica se nabija nogom, tačnije, golf je, samo poprimio odraz fudbala. E klasa dvije hiljadita godina, taj me auto čeka, dok se ne potroši zadnji dizel, Esma će sebi skuter, njega ima i dole, puno na struju, jest da ne može baterija mu bit' - ko danas trista miliona godina, ali barem ne zagađuje. To će mi letat pred očima, samo kad trebam doktoru otići, ostalo je pisanje, i prebacivanje pješke, od lokacije do lokacije, ako sam dobro shvatio uputstva, a nema ko mi ih ne ubacuje u zadnje vrijeme u glavu, pa sam se zamorio od podataka, ostajem malo da se odmorim doma, ne da mi se danas pisati. Pravim punjene paprike sa krompirom i sirom od bilja, nisam ga uzeo, kravi iz vimettta, pizde njene nikako ne ijem, naročito ne – u bureku i ćevapu, da je tradicija – trista puta, kad nešto ne valja, onda ne valja. To dole još neću smjeti tako, ostalo je još dosta toga ljudstva, koje se hranilo mesom, i ne može mu se nešta zamjeriti, kad su moji korijeni, pobili sam' toliko – bikova i krava, Osman bi beg, dok bi toga, kad je shvatio da je ofulo, otišao u pisce, ko da nam je suđeno da budemo svi takvi, Slobodane Slobodane, ja našta me – navrati. Neka, imam sve što mi treba, okružen sam neizmjernom ljubavlju, od osoba koje srećem, ovdje je - iako je Glib, već odavno raj.

Kad si u blatu, ako nikog nećeš zaklat, dobar si, moš uživat' mariuanu, ni nju ne mogu nezadovoljni sobom, mada mogu postati, ako budu uporni ko ja, ponijeću ipak sjemena, pa kad sletim na tlo Zemlja, biljka nikla u svemirskom brodu, to što bude za usput, gledaćemo ja i Esma zvijezde, po dva dima, pa na palubi kapsule, nageti na staklo – lebdimo. Biće to prvi film na tim prostorima – oko sazvježđa pečenog jarca, štaš na njemu peći, ostanu kosti i teke krtine, sine sine, ne daj da se Esma puno – naginje kroz prozor, Pero za prvo vrijeme - nek sere u pelene, vi jedite bonbone, za putovanje kroz vrijeme, niko zaista ne vrši nuždu, tijelo sjedi u autu, prvi put šetaš – bez njega, moj Isuse, kol'ko se ja teb' nabroja, a ništa ti ne reko, cijeli frižider izlijepljen. Ne zovi me tako, kažem ti samo odsad Budo, malo sam nadošo od bojkota živaca, pa sređujem šta mi smeta, iz zeza me zove Isus, kaže _ da pišem ko on, sam u seb' mislim _ pročitaj Ramireza

Ko me tjero – da se zaljubljujem, kad se pojavila poslije ding donga, na vratima, wow, otišao bi za njom i na ćevape. Ne, to nisam trebao, ona ne jede od svoje osme godine, uopšte, baš nije malena za to kol'ko trpa use, najviše tablete – crvene, dodaju boju u vene, pa se kosti pokreću putem samo nje, đe pukne krvotok, tu tijelo zakaže, bacaj na smeće, kad nije nizašta, kako to da uradiš čovjeku, kad jednom sjedeš u mečku, dok je auta, drugi ne uzimaš, naročito ne, stojadina i ladu, yuga zaboravi, on se pokvari, i kad ideš na sprovod, radiš im generalku dok i remen pk, zupčasti u merdže ne postoji, i to upamti, da te ne ismijavaju levati, po kojekakvim garažama, auto i kad bude na teslino gorivo, biće mercedes, jer zaslužuje, otaj stroj, ima dušu, čuvaj se da se i tu ne zacopaš...

Uđi bleso, što stojiš? - nešto nisam danas u elementu, stigla me neka depresija, da li od isčekivanja kad ćemo krenuti, ili od neizvjesnosti gdje idemo, nemam pojma, dođi da te ljubim, samo me zagrli, drži čvrsto, nek' nikad ne odem, da nije bilo tebe, ko zna gdje bi sad bio, u nekom drugom svijetu, kad ti naleti, dođe mi fotkanje glave, izgubih je za tobom. Ljubavi, volim te puno, najviše na našem Glibu. Samo toliko? Izmigoljila je mazno, Dalibor neće brzo? Ne, on je večeras kod Malene. Skidaj se. Posle noći satrvene, da ne kazujem prikaze, može neko nagrajsat, pa moramo ići kod svete da nam salije strave, od trave sve priznajem štete, ja neću da budem bez nje. Tako da je to ok, ali to je isto od mog djeda, vremena kad se na Zemlji legalizovala maRa, al' ukurcu, i danas se šverca, stigla rulja do pojila, više nije žedna, samo nek je sijena dovoljno, izguraće se zima. Ne nosimo sendviče za puta. Rekla je odlučno, mada sam ja sebi mislio, barem koju kiflu, volim žvakati dok letim. Mada to nije klasičan let, ako avion otkaže, ne umireš tako – što se razbiješ od tlo, nego plutaš i žvaćeš. Imaćeš kada moj zemljAče, tačnije vaSionče mili, mi smo ti nebitni, osim koliko zapišemo. Ne, to nije tako, svako je podjednako bitan, svaki grumen neke tvari – tvori ovo o čemu pišem. Dosta bi krkanluka, krenuo sam za svojim snom, pa gdje me odvede. Nadam se ne u one, koji znaju o tome, koliko Mara o suknu. Na prknu, nema prkna, nego rupa zarasla, više ne seremo, to što pojedemo – sve ugradimo. Da je tako dok se žderkilo meso, nikad ne bi procvjetali, sreća, išlo se na kenjanje, valja za dole, i to doba, pripremiti šupak, i ja, i Esma. Onda ću je moći u njega, obećala kad je krenula, poslije toga mi je rekla, volim te bleso. Da je to neko drugi bio u pitanju, možda bi mi se igrokaz riječi naših, zgadio, ovako, treperio sam – od ljubavi. Na ovoj planeti se možeš opustiti, to na Zemlji još nisi mogao, i deceniju cijelu, kad je sve leglo gdje treba, e onda je rupa počela _ da se smanjuje, više se niko nije jebao gdje treba, amoli tamo na šta izlazi govno. Tako je seks bio shvaćen, kako li ćemo se prilagoditi, ako nas spopadne nekad – mećanje sa drugima... Ja sam na primjer živjeo sa Daliborom, i mogao bi potpisati, da budemo u braku, njega tako niko, nije shvaćao, pa su te zajednice zajele same sebe, napravile veće probleme, od koristi. Roditelji kobiva sa djecom mjerili imanje, ni ne slutiše kako su im oni, samo prelazni mostovi. Dalje kako bude, volim je, a i Dalibor je našao sebi ljubav, onako bi ostao sam. Ma de ba, zezam se malo, šala mala vjetri špajz, pacov sav krompir stuk'o, ukuvaćeš maunu, krompirušu. Moraću sa ničim, jer kad sam malo dublje, on progrizo i brašno, kad je skočio od prepasti moje, oborio zejtin. E jes' levat, kud baš na naš špajz, obećao sam starom drugu, večeru – posnu, lakše se svari, kad ne sereš. Uletio je ko zblaznut, sav zdrnut, kaže da je Malena otišla vozom za drugu stranu kocke Gliba, ko zna kad će ih neko spojiti da budu pored, jebeš rubibudiitikonj, šta su naši kvadrati. Reko, vala baš dragi Dalibore, ne preostaje ti ništa drugo – nego da se vjenčaš sa nama, pojavimo se tamo tako, dva muža – jedna žena. Bićemo tema broj nula, jedan ni blizu. Poslao sam poruku Esmi, rekla mi je da je ok to za nju, mada Pero – ne otpada. Je l' vidiš sada gdje Zagreb, a gdje nekad bio?!

O kako volim ovaj grad, jedini koji nosi u ovom svijetu, ime sa Zemlje. Mi smo odozdore došli prije deset koljena, djeda mi još nije nosio ni u jajima, kad je na Glib stigao, pobjeg'o glavom bez obzira, da danas u njemu – uživamo. To što će nam tijelo spaliti, zakopati, uraditi nekaj, ma to nas ne zanima, šibamo koracima – već odavno, i to strojevim, sve za mir, i slobodu, u cijelom sveMiru, ako takvog nema, onda neka me u mom nemiru, niko nikom neće smetati, pošto se ja i Esma seksamo, imaćemo dvije kuće, dvorište isto, dok se Daliboru ne ćefi da ode. Ako od nas dvoga nekom skrene stranputica na put, neka i on ide, svako je za sebe, to što se taborimo u zajednice, to nam je iz čopora ostalo, kud Mujo, tu i ja, ja vala ni za kim, nizakim, ni za kim, obavezno, dodaj u kuvano vino, jedva čekam da ga probam sa Zemlje, kažu da je opojno, i da nije ni blizu, ko na marihuani, mi se ovdje kad želimo raspoloženje, dobro naduvamo, sa po dva dima mare, neko tri, čet'ri ti ne trebaju, jer i Bog tri puta, najviše pomaže, ne možeš bez njega, i ne treba, jer on je tvoja zvijezda vodilja, karantin soba mozga, za ovu ne znate, puna salate od voća, na vrh šlag bez cukra jajeta i čega, nije čista 'emija. Premija tako, biti normalan, jašta sam, to i za drugare garantujem, jedva čekamo – da upoznamo Peru.

Kako je život nepredvidljiv, jučer od ovog ništa ne bi bilo, da nije danas, pričalo bi se o tome _ sutra ćemo bolje sagledati, ali ako ga ne doživiš k'o taj lik koga uprtiš da ti štrafa dušu, od nemila do nedraga, mila moja kako je meni, kao Isusu, tvorcu priče zbog koje kobiva izginuše mnogi?! Znači, da nešto ne štima, tačnije, svako je za sebe, ne treba on preuzimati nikakve moje grijehe, ja sam za njih spreman odgovarati, a tako i drugari, na drugačiju priču ne zalazim, rijetko provedem sa nekim sekund, ako spomene rat, i kao oblik mira. Niko nikog - da ne dira, to što su oni bili naumili mog đedu razapeti, bolje im je da su sebe razapeli, pet puta, ode on preko noći u poznate, preko mene i Rame - napisaćemo romane poput njegova testamenta, pomalo vam dodajem dijelova, voljelo ga i staro i mlado, zaposlio se ko vozač lokomotive, stigli austrougari, sa njima i željeznica, ali sa šinjama i kotačima, nije ko naša – lebdeća. Nisam ja na zvizak naviknut, Esma i Dalibor, pogotovo, to su potpuno neovisne osobe, samo mnogo vole – druženje... reko, i ti sebi odaberi e klasu, ona ti je dole, u to vrijeme – za taksija smišljena, a jest i limuzina, nikad stati, niti oće ulaganja, ko da si dobio druga, zavoliš kola. Onda gledaš kako se igraju jaganjci, ni ne slute klanje, kad prestade od strane ljudi, dođe mir na Zemlju, poslije je đedo odabrao ovaj gliB, vid sad đe Zagreb, a gdjeeee – nekad bio, tim bi petu – priveo kraju, samo još desetak kilometara, nije neki put, pa da se mora poćeratti, ajd ti bilmezu u to vrijeme dogovori, još ih je bilo na rakiji i pivi, uglavnom, čuvajte se, ako odem prije, bilo mi je čast, što vas poznajem, i što znam, da ćemo se opet nekada _ sresti, paliti lulu mira. He, Ramo je car, dočar'o djeda, samo tako, kad ovo dotjeram, biće top. Ija kobila, ne jašem te, osim kad hoću sa tobom da uživam u divljem letu – konja bez kopita, čim ga potkovaše, znao je đedo šta će biti, ako ne skine ormu robu. Odao se skroz ćaćinoj travi, pa kad se usput zvekno sa nekim – teškom drogom – prebacio se Slobo kroz živote, pa je sad – Džordž, samo što nije probušen, niti osunećen, prekršten ništa, tocila svoju priču – on će nas dočekati – kad sletimo, i usput sa njim imamo vezu, duvamo kroz vrijeme, nekad naveče uz čaj, klavir tambura violinsku ciku, u novčaniku, tek toliko da se snađemo, počinjemo se baviti raznim zanatima, od kojih je jedan, prosvjeta, eto i nas u školama, da pjevamo i slikamo, 'oće to biti čudno još u ponekom žbunu, dok ne prnu fazan, a da ga ne smače, sačma, najbolje izađ' sa trocijevcem, raznesi mu svako pero njegovo, i slovo koje je napis'o, dok je dis'o u nekom šumarku, skupljao 'rane, za mlade, naiđe stoka nedojebana sa puščetinama, oplete poooooo zeKi. Ma đeš mi na njega? Znači - ni tu naglo, još skroz nisu lovačka udruženja dreknula, razumijem naoružavanje od zvijeri, tako razumijem protiv čovjeka, de se poubijajte reče deka, on se smotaše u crve, ni leptir ne bidoše, moj Džordže, jedva čekam – da se sretnemo, uživo, on mi je bližnji rod _ pokrkamo ovo naše odozgora, da vidimo kakva je ocjena za sad, policija se otkine sa lanca, ode počupa spas, dopusti rakiju i pivu, sa njom svakojaku drogu, samo što nije – od cimenta. Jer tako se lakše praviš pametan. Nije isto imat milion u Rastuši, i u Moskvi, vamo si ništa, doljjjeee – gedža. I ona, zna se za koga je, za mudre glave, koje su dojebane, kao mi. Nama ništa više ne treba, do dva tri dima dnevno – trave, niti jedemo niti pijemo, ne seremo, samo ljubav vodimo, i bavimo se – umjetnošću. Tačnije, svako je zvijezda, samo udnik čova ne vidi to, plješći plješći, ja sam najljevši, meni pripada, milijarda lajkova, a to kupiš preko interneta, za trista grama luka, zasadićemo i njega, oba tri, kupusa, cvekle, sve ću nabrojati, dole kad stignemo, kažu, ima sjemena, pa i za mare, ne mora se zbavljat roka iz Albanije, kol'ko njima dole treba, po glavi stanovnika, mi smo ti ko neka mirovna misija, al' ona prava, koja zaista donese spas – nema niko - da zucne, al' to i jopet ne valja, takvih je dosta još na Zemlji, čuvajte se – ne nasjedajte.

Kakva je to guska, ni danas mi se nije javila, blesa, zaslika se, ništa je drugo ne zanima, da nisam pisac i fotograf, pojma nemam – da li bi je razumio. Ovako, opuštano, ogladni ona, dođe, da joj ubijem dvoje jaja, od guzove. Volim je najviše na svijetu, ispod tog', ne stupaj u brak, samo da se skrasiš, to je nešto što ne krasi nas sa uspjehom, nego sa pogubnim izvještajem za dvije hiljade dvajes drugu godinu, u tu ćemo, evo konačno odlučeno, Miki izgubio izbore, ne merete vjerovati, i Izetbeg bacio podvore, samo Hanke – kući nema, ko i moje Esme, raširila Milošu noge, konobaris'o kod Anke na uglu, sve otišlo u vražiju mater, ovaj njega ganjo automatem. Ako taki bude scena, opušćano, to će ubrzo proći, vi to znate, i ne sudite onima – koji ne znaju, jer da znaju, ne bi griješili, po tom im je oprošteno, bili su u lancu prehrane kao glavni, sve jeli, ja mislim da ne bi životinje, koju nismo natakeli na krst srama, i to da se najedemo, dabogda nam zarasle guzice, da vidim kako će onda izgledat, i tako bi postao moj deda populararan, to ne bi u too vrijeme valjalo, najebaše mišovi, nikad ne zaboravite, o čemu pričamo, ime mu neći spominjati, reče vam on sam – kad se bude sa vama upoznavao, vi mu tražite autogram, preko gospoje Kovač, lažem, ako kažem, da se ikad više udala, otkad raskide, ostade neovisna, to je moj velikan, na kog sam i danas dani – ponosan – Spomeka je ljatavija.

(Da ne posta jedan predak klošar, košta nas cijela igranka, survalije, o kojoj jalija, nema spoznaja, nikad ih nije ugostila u svom hramu, svako u svom obitava, i tako i treba – biti)

Opet gledam jaganjce, kako se nevino igraju, zaista ne znaju šta ih čeka, roditelji im ne govore, nego eto porodico, to je tako, ti ženo znaš da će nam djecu zaklati, i to na pomen rađanja Hrista, Ile sa tim nema veze, on jeste spas, ja sam svjedok, reče đedo, pa sjede sa Bogom - u novu e klasu, ej jarane, u to doba, kad su se još – jebavale koze, ode preko Mjeseca, krmače se natiču po bašči, de samo nek se jebe, raznovrsno je, sreća pa se ne vidi energija, da je vako, a da se vidi, joj - tek tada bi svi – pocrkali, pobrkali, od premnogo duvanja. Moj ti Đorđane moj, vidimo se dole, što dole, nemam pojma, zašto nije gore, neka je tako kako je naviknuto, pa i ako je tamo – vamo, jesam se i smrz'o, nisam ostavio energije za grijanje taj dan... a mi ušli pravo – u sazvežđe pečene ovce, malo jagnje mekeće, a i mi smo odmakeli, sam malo odraslo – kolji ga - bleknu, ka išta, fu. Neće to biti laka misija, moraćemo mnogo zapetljanije pisati, neka se viče Alahukrme Isusu ovca, ja garantujem ako su Boga znali i otaj i Muhamed, onda je tako, iza obojice stojim, nikog neću dirnuti, prditi o tom kako si Srbenda, Musliman, il' Hrvat, ne da mi se to više slušati, izgubio sam isti osjećaj, sa koljena na koljeno, i za to bi zaslužan, đedo, skino se medo sa meda, poklo deset ovnova, zrelih za naskakanje, samo se štanca, proizvodnja mesa, zakupljena do 2030 – do tada nam je – biti dole _ Đordže, fala za info, to mi je sad super, ne nadoknađuj štetu pčelaru, on pljačka božije živuljke, nije poštar, idemo na neko vrijeme, pa se vratimo, naučimo običaje stranjske, što se kaže - turistički, ništa neću da popravljam, za to imaju lektori, i korektor Ure, priču će pregledati Srđan - koji? reko Linjakov, on nema ni fejsbuk, niti instagram, radi isto na cnc u, al' u Njemačkoj. Tefter - od Aristotel – Đilas. Esma sliku mora dotjerati do toga da štima, ovamo to radi – daljna produkcija. Ma ne, to ću ja ovoga puta sa drugarom Daliborom, on dobro poznaje ljudski, sve će prevesti na njegovih šest jezika, od kojih je jedan i vodeći, Balkanski, neće niko pričat' ćet' Engleski, neg sam' ovaj, onda malo popularnost popusti, djeda savladaše skroz – mace, raznio se ženama, bobama nije, ma jok, on se odmetnuo u goru bez ikog, poveo sa sobom mače i cuku, pa se domaćaja maca pari sa risom, dođe on da podavi djecu, koja na njega ne liče, odatle su ga odvezli mrtvog na spaljivanje, poslije je do kasno u noć – cepala tehnaža, Rastuša obasjana što dalje od pećine, k'o Las Leglas, tačno đe današnja Puškarnica... kako je mišovima jadnim bilo, dok se pucalo, pa i u Han Pijesku? 'nači – neću da vidim sijalce previše, da nije njih, pojeli bi ljude komarci, jer su postali ko rode, donose djecu, izgleda da se oni jebu - za nas. Gas', neko nema ni za tu kliflu, našali se Dalibor, kad je zatvarao vrata bajte — danas si veseo, nisi mi malaks'o, žao ti jedino što ko zna da l' ćeš ikad natrefiti na svoje dijete, ako je otišla tako daleko, pa i kako ćeš je naći, znaš kakav ti je rubikon, ako padne nekom duduku u ruke, ćeraćete se milijaradama života, nikad natref't' jedno na drugo. Ugasio, laku noć, sutra nastavljamo dogovor oko puta. Spavaj sad, jesi dosadan. Samo spavaj.

Tu noć, opet tvrđava, ja i Kristina, samo što ja više nisam ja, nego Slobodan, onaj što se preko linije razdvajanja prilikom zarobljavanja nadomak Han Pijeska, preobrazi u Ramu – pa preobrazi u bega Osmana, ima nas sad u romanu – raznoraznih likova, sve dobrota, samo neki drugi vijek. Probudilo se momče, ostavilo sve iz sebe, mnoge žene i djecu, čim se koja porodi, bjež', došlo vrijeme za kontru, pojavljujemo se - pravi ja _ Isus, Esma i Dalibor, kao dva muža – jednoj ženi, u kakvim smo mi međusobnim odnosima, nećemo reći, živjećemo u komuni, ako nam se neko pridruži, dobro doš'o... obilazimo staru građevinu, on je tu, samo ga ne vdimo, sugeriše nam mahanjem lepezom, dok nas nekad povjetarac ošine po čelu, taman misliš ovako je bilo, dođe ti da je drugačije. Sa druge strane sam pravi ja, koji ne vidi Slobu, Ni Esma ni Dalibor ga ne vide, opet na drugoj drugi ja, ali ne pravi, taj je odavno otpliv'o - niz Usoru, na par dana prije, održala se komemoracija djedu sa marihuanom, jebaše mu nanu, da ne uteče, uteče, došao iz doba kad se šibo pepeo za Austriju, pa poslije mnogaja leta, bikovi za Tursku, trepio par godina prije našeg slijetanja na Zemlju, preokrenu propast u spas. Zapometnu priču,   Travarijev Testament. Dao u crkvu i džamiju, dobrovoljni prilog, sjeme kanabisa. Posija i pop i odža skankine, poprekiodaše se od smijeha, aha, jest da nije domaćica. Posijo svako kumpijera, dole ćemo kad sletimo, otrest prvo po jednu krompirušu. Došao u Glibaču, da nas sve smjesti u novi raj, otiš'o tako u par još, onda se vratio da pronađe Kristinu. Ostala je tamo gdje ju je volio, poslije se nikad nije ženio, niti sa kojom, vodio seksualne akrobacije, kaže jedan natpis na ploči koja krasi utvrde starine – nije mu više, bilo do toga, reprodukcija je nastavila drugačijim načinom, ode seb' žena kupi na trafriku sperme, kiosk isti đe se nekad prodavali kurtoni, od njega do sobe, konta kad da ga u pičku metne, sve se plaši da neko ne vidi – čije je dijete. Ono je svoje, roditelji su mu most – a ima ih svaka osoba – kroz živote mnoge. U to vrijeme kad je djed iz Krapine drekno, sve su to moja braća, i dole južno, i gore – ZAPADNO, nije se daleko čulo. Eto ti sad đe Zagreb, a đe nekad bio - pa let, dosta spremanja i razvlačenja, kukanja, plakanja, rikanja, uskači, idemo, sjeli smo popakovani, Pero će nas čekati dole, ne da mu se letjeti, kaže da je sit – lajanja na zvijezde, ode prijeko, sa cukeće planete, zove se Wow, stigne za tren, mi putujemo mjesec dana, nije više desetak sekundi, strogo neturistička klasa, imaš raznoraznih kanabisa, od kojih je jedan kolač spremljen, da se najedemo, od kleberenja popucamo, još uvijek, samo ja karam Esmu, Dalibor je u svom svijetu, i nama nema dok smo na putu, tek kad sletimo, imamo se pravo, na taj način opustiti, ni ne sluteći da trebam, smanjiti penis, ako ostane u ovom životu toliki, naletiš na neki gdje su male vagine, suđeno – samonezadovoljavanje, ko će Esmu dovesti do dolina blaženstva – pimpekom pimpekom? - pa seb od kupi sladoled, al' da nema u njemu – od život'nje mlijeka, joj pa to ti onda neće 'rana bit ukusna, isto ko da smo za ukusa baš došli, polazimo za trin'est sekundi, motam komad dok se vežem, spajam se sa svemirskom lulom mira, pira pira, napirim ti babi čarapu, kad bude gacala vazdan po selu, mada je tako rijetko bilo da nije, non stop je stara – vijala, sabirala rakije, da bi trave, ne strada, od šljive joj pootkazivaše organi, sa njom si na masnoj rani, pitaš se otkud ti pritisak?! Možda od tijesni' cipela, ko će ga znati, kad ti je on k'o kurije oči, treba nekad da je gore, njega ni na zvizak, naderi se bijelog luka, sedam struka načupaj, da mi žena ijedna, na kilometar ne priđe, smrdim ko pajcek, tak' se šapće upajcanom krmku, krećemo za tri skeunde, taman zavari dim na dim, ode višak – u vasionu, trudio sam se da ništa ne izađe, dunu Esma, Dalibor ne htjede, krenu vrijeme kroz paralelu zbivanja – sad sam Beg, sad nisam, opet odozdora osjećaj, tačno više neću ići preko Gradiške, nego okolo, odo na Crnu Goru, pa preko Niša, ići u do Albanije, da pokupim robu, pa pravac Zagreb, ako naletim na nekog usput dobro, ako ne, prebacujem sam, turim njemu kilu, turim sebi - pišaće, smijem se kladiti, barem tri puta – do Beograda, ako ne, onda ću ja prenijeti obe, ne plašim se da pa'nem, neg' - da ne odemo obojica, njega neće ni pretresati, gledaću da bude – neki smušen...

Planu tv u brodu _ iz tog doba opet - namontiran – dolazi Osman sa Kristinom na Pale, sad će mu je silovati – Turci, kažu, odo se poganu, uzeo Hrišćanku za skvo, ode skalp ako pisneš, ponovo se vraćaj vjeri, ma de ti ne seri da ti ja nož u grlo ne zabijem, na sve sam spreman, ako zakuruzi, jer ja bez marihuane ne mogu, ovi mi to gore u Zg, počupaju, doduše, u Bosni je gore, zato sa robom rijetko idem preko te prćije, jer ti ne gine krivična, ako ti nađu džoint, za kilu, ode u tvorza na sto godina, ne puštaj vele, zločinca iz okova, a on jadan jedini mislio dobro, moj ti pobro kako moš najebati u životu, a da to ni ne slutiš, krenu me film, neću da gledam Isusove muke, muči Osmane, osvjetlaću nam obraz djeda Slobodana, ratovo komadom kru'a, ubiše ga, aha, uvatiše ga za jaja, čim pokušaše _poprašio sam ih – ko pičke, ispuco pet komada, oni pozalijegaše, reko đeš name, u mene se ćaća tuk'o čitav vijek, od toga sedamdeset posto šuteva dodijelio majkkki, i sam sam na njega prijek, ne volim kokošiju pamet, žene su ženstvene, i ništa drugo, nisam ja za to - neg' ću ja njima naturiti strast na vrat, neka se jebu kad stignu na Zemlju, ako naleti kakav Zemo, šutiću, iz prikrajka ću gledati da l' me pozna, ako ne, onda može uvala i komši, mora pišati i jednom od Batrovaca do Zagreba, inače ode roba – sa njim, pa odakle bude, najviše bi da je neki purGer, puni su para, i neka su, bili su dežurni blagajnici, sa njima bruderi Slovenci, da je do onih dole od nas, ma to bi sve spalili. Nadio sam sebi ime Hadži, to neć' nikom spominjati, uglavnom, prevaljam to teke trave, ostanem živ, ništa drugo ne radim, provaljam i koji spid, al' to samo kad nestane - na kisoku bommmbona, uglavnom, još marihuana nije legalna ni u Zagrebu, živjela mati Albanijo, nabijem u dupe eu, osnivam Balkansku okupaciju – kiflama, ma mi smo ti taki. Da ne lažu nas ovi gore, niti ovi dole, poslušajte – šta je dalje bilo. Crče televidenije. Udari grom neđe blizu.

Najebo sam se pizde kol'ko 'oćeš, ne živim samo od valjanja gudre, kupim sebi pokoji roman od nekog pajde, pa objavim na svoje ime, i tu se ubiju – milioni, tako da, neću da rizikujem, idem da se sjećam kako dođe, da ovoliko spike, a nisam na početku imao ni slova, a đe kraj, taman početak, after, al' aj znaj da ćeš tamo završiti, kad tako sagledaš stvari lakše shvatiš, da ima neki klinac i osim zabave, pa de malo nažuljaj guz'cu, al' da to ne budem ja, nisam glup, da tako cijepam, kad mogu da budem – car, namiguje mi gospoda iz Laške, idemo da bacimo novčić. U Manduševac, mi ga ko klinci, iz ladne vode vadimo, dinar, na njemu Tito, pa njega nisu voljeli njegovi, da ga volimo mi koje kirija da b' on imo kokaina – i za puta u Kolumbiju, i to ko državni službenik, otud mu daju robu, i eto ga jedne prilike sa lošim heroinom, potrova generaciju. Znači, to je tako bilo, nije bitno je l' kriv Tito, il Šljivo, jelena su ubili u nama, ja imam još negdje sliku, od tog zlikovca, jesam svakakav, al' na životinje ne dižem kamen, osim kad već ne vladam tijelom, i nije gulaš čorba, od straha, to je van mene, za to sudite Bogu, ako smijete, nemate vi za to jajca, valja prenijeti preko Skoplja dvije kile, čim uđem na zemlju Srbiju, siguran sam, nije legalna ko kokain, al' te niko i ne dira, u Bosni ti prijete razapinjanjem, budeš go narkoman, sreća pa je ona sa Hercegovinom, podijeljena na RS i Federaciju, pa malo olabavio zakon, nema ko voditi računa o zatvorenicima, amoli onima što se drogiraju, nije ti isto biti bivši ovisnik o nekoj spičanciji iste godine – u Celju, i u Rastuši, zato sam se ja na vrijeme dig'o, otišao u Zg, najsigurnije, a i dobri ljudi, nikad sa uplatama ne kasne, preduzeće, laufa, niko ništa ne sumnja, valjam svaki drugi dan, po dvije, na svakoj imam milju, dobar mjesečno – petnestak tisuća, šta je to kad se uzme da su u pitanju beuri, nisu više kune u opticaju, sad svi pišaju po dinaru, vole da biraju – samo sebe, za političare se ide u školu, nije u dupe juncu, nabi njušku, iz nje jedi govna, isto k'o kad meso pojedeš, nisam glup, kažem vam, al' nemam vremena za gubljenje, teram vasionu brže, jer ne stižemo, tako da _ od odustajanja nema ništa gore, uletjesmo u krivinu, ostajem da počistim tragove, prenese me trava – na putovanje moje – poslovno do Bosne, odem dole, a odozdo da ni Dalibor, Esma, ne znaju, jer ako nemam ulja, steže me ms, tačnije, znam odavno da sam bolestan, i da mi je lijek – kanabis, što više thc a, to bolje, ne bunim se što ga brane, jebe mi se, odem u Albaniju po robu, dole ima svega, kud se usput provedem ko grom, ne karam se kako pišem, nego svega pomalo, dajem odušak – aparatom sa displeja, pa mobitela, jebem ga. Zato sam nam kupio kartu, letimo na Glib, tamo je raj, poslije nekad, ako sletimo, otiđimo na Pale, al' nemojte – da ne idemo - preko Sarajeva... seljak je i onaj iz Beča, k'o i onaj iz Rastuše, dok to skontaš, ode voz sa šina, na bešinje, šiba po vazduhu, tlo ne dodiruje, i opet ne stižeeemo, moram još jednu turu odraditi, potplatio sam gradonačelnika Krapine, da on prvi oda priznanje – legalno je stanje, mara se smije imati. Ko koka u Bg, na kiosku, dobro mi ne smeta, reko odo ja dole, pa kad se vrnem - uplata slijedi, idemo na plutanje, dosta nam je ove bijede, odosmo u – poznate, da vidimo šta se tamo radi. Donio sam romančić, nadati se da naletim uskoro na kojekakvog mamlaza, volim i ja pisati, al' ne tol'ko, a da mu pisanje ne znači kao materija, ja ću i tu ub't' – neki beur, eur tako tropnu, da ni ne slutiš prije. Stigao sam kasno u Teslić, popio čaj u Faraonu, tu me čeko Pirlo, on ćera za Podgoricu, sa nekim kombijem – radnike, rade se tuneli kroz more, spajamo se podvodno sa Kolumbijom, koka dotiče preko Bara – sve do Belog gradea, al' to je tam' legalno, pa nikom nije zanimljivo, kup' seb' kilu, crkni kad si volina nalipana na lizanja, al' šta kad nemaš ništa drugo, osim to teke – posoljena brašna? Žao mi je bilo, kad sam iz kamiondžija otišao u otpravništvo, i u pisce, naletio na lika, nije znao šta će sa romanom, ja se na njemu proslavi, petnest iljadarki – na trijest dana, lova do mora, e sad da l' me žulj na leđima bije od onda kad sam pao na golfu, il' kad sam potezao konop na ceradi, terenac tesla, mercovo ogibljenje, e klasa, tamno plava, dizelka, nije imo te ture puno radnika, pa nije išo s ' kombijem, tačnije, samo ja i on dodole, odozdo on vraća turu kući. Radnika sa terena, svakog čeka žena – raširenih nogu, samo ne Peru, podero mu gospođu poštar, i to baš na onom pismu – od njega. Ispričao mi bajku o tom njegovom kolegi, nismo doakali ni do Topčić pOlja, de reko ovde stanemo na pivu, tuzlansku, nadalje more – sarajevska, ne šaljem drugovima gdje sam, jer oni misle da radim u Osijeku, na terenu, kad prekrenemo Šćepan Polje, tuče se nikšića, sve bezalkoholna, sad je to moda, nije povraćati, sve zbog toga, jer se moraš nečim ubiti, travom je to bezbolno, ništa ne radim u suprot Bogu, osim to malo – što podmetnem drugom u torbu, i to je sa dobrom procjenom, neću svakom, nego samo ako je pajdo smotan tol'ko, i na licu dobrica, carina ima skener, ja svoje ušuškam, ne moraju me uloviti, jer svaki put su drugi, od Titograda ću preko rodnog Skadra, on mi je iz prošlog života gruda, kamionom, njegov drugar ima drugaricu, vozi šlepera. Samo Šćepan Polje – Tirana, mene će poslije Skadra, pokupiti nomadi, i tako svaki put, s' ovcama do thc a. Inače sam uvijek naduvan kad idem u akciju, jedino što stavim – prokulin u zjenicu, kad ulazim na Veles, doživljavam transformaciju, oslobađam se straha, više se ne plašim, odatle uvijek ima žrtava, kao da je taj Jug stjecište pjesnika i pisaca, navukli se na nekakvo sokače, pa tam čitaju stihove, kažu ima neki jado i iz mog sela, samo ga ja – ne znam, ma reko to je Ramo – garant, davno sam otišao ja odozdole, prijatelj moj iz djetinjstva, da ga se ne sjećam, još bolestan od iste bolesti, stvarno mi bi čudno - vratio se bivšoj ženi bliže, tačnije djeci, vel'ka su skroz, daju mu koju kintu, on još živi u svijetu kad je u biznisu sa kamionima, i kad niko nije – pis'o pjesme, više nije zanimljivo ni biti pisac, pa ni biti poznat isti, nego da si samo čist, sam sa samim sobom, kažu da je izgubio orjentir, non - stop piše, ali nikako ništa izdati, probav'o sam preko neki' ljudi doći do njega, al' ne ide, uvijek je na nekim – drugim drogama, čim je batalio duvanje, razguljiv'o se dalje bobama, ma de ba, kažu ne ogleda ništa, osim ponekad što uzme od nekog dim dva, i to je nedjeljom, kad ne ide u crkvu, pa ti vidi šta ćeš, samo se redaju male tračarice. Raspit'o sam se i ovi put, kažu – otiš'o za Niš, ima neki nastup sa drugaricom, ne osvještava pop školu, nego unajmili lolu da kadi kanabisom, al' to u Srbiji, kad ide doma, ne čadi, niti travu drži kod sebe, sve sam o njemu saznao, nego on to još kupuje na šibicu, samo da ga sretnem, pa krenusmo prema Skadru, ja i moja sudruga, ona valja skank, ko fol bavi se i kamionima, sisa – petica, vrag je u svima, poenta je – obuzdati ti ga. Ali šta ako je kontra, pa smo svi stvoreni da ubijamo, i da ganjamo truckove, e to je ono fuj, zbog čega mi je pun kufer tih samozvanih umjetnika, slika i prilika, novčanika, trin'est maraka, i dug za zadnju ratu, uvijek se neka vuče, zažuljaj zažuljaj, ne to nije za mene, imam zato vijuge, usput kobiva pišem, i švercam travu, budale je neće legalizuju, meni taman _ potaman, kad je bude sijao svako, propado i ja. U Zagrebu - ne mogu zagrizt' betona... šta ćemo kad prebetoniramo cijelu planetu? - ništa – neg' njega žunati, ni ne slutimo gdje pičimo, kamo lijepe sreće što je tako, inače, povješali bi se odmah, istog trena na krst nabij me, al' me moreš povuću za čunu, uvati me za njega, iza prve krivine, stadosmo na parkingu – navukosmo zavjese, oplete se – oplete. Reko, de da ti skinem gaće, virnem - kakva ti je mala, kad ona, obirijana _ ko da je ćelava, balava za nabijanja, usta kmeka dajca, svršili smo samo dva puta, padosmo u zagrljaj vebastera, malo ko da vani – zaduva, probudili se ujutru pred granicom – brže bolje – pal' motore – sad ćemo u Albaniju, provjeravaju se samo tablice, i imaš li kanabisa, ZBOG POREZA, ostalo nos' šta oćeš, sve ćeš prodat u Beogradu, ljudi znadu, pa sve legalizovali, najnaprednjiji u regionu, Bosnu nikako da spasimo od Hercegov'ne, uvijek se samo dijeli i spaja, pa kako ispadne

68

da ispadne, brak se sklopi – očas posla, Kosta i Koviljka stekoše zapravo mene, zovem se Budimir, korijeni su mi iz Rastuše, prezivam se Travarijev unuk, od milja Trajković, pobjego na planetu Glib, gledam sebe paralelno, inače mi je vrh, u životu, i tako ću ostati do kraja, da me slučajno murija ne ganja, priznajem – kriv sam, ali ne zbog toga što držim kod mule robu, nego što je ta roba – brezveze pod zakonom budala, maRa je spas – čovječanstvu, samo duvaj, dok ne crkneš, jebo sve ostalo, onda kad se otrijeznim zavolim neki drugi život, budem list, čekam da padnem pod divlju svinju, bježi jadna od vuka, navalila rulja divljih pasa, sve – podivljalo, vraćaj u šumu stado, ne jedeš meso, svi su na slobodi, ko će da zavede red kad bude prekoviše – neg vuk, preko psa se i mi spuštamo u san, biće bolje, ja kažem da hoće, nego ajt ti to toj istoj rulji dokaži. Istina, ne objavim svašta, kad naletim da je priča dobra, cepam, uzmem milionče, pa pravac na more, u Crnu Goru, U Herceg – Novom _ gledam film o sebi, samo kad imam kad svratiti, mnogo mi drag taj grad nešto, dole sam naučio ko sam, posro me galeb za opomenu. Trg pun mačaka, tako bih ga ja nazvao, nema pasa napuštenih, barem ne vidjeh nekog – koji režaše, neki dan u Tesliću pobiše nejaci štenadi iz puške – zaboravi se sve preko Isusa, naduva se čovjek – dobi moći, popuste tikovi, aleluja, nije Buraz iz tih voda, bosiljak i tamjan za vrata, daj vam stablo naopako osušeno, da ga podberemo, ko da ja ne znam gdje lijevo, podero sam je još jednom usput, i pred kraj rute, ona mene, na granici prema dole, sa druge strane CG, niko ništa ne pita. Kad zagazzišmo u Skadar, vidi se bez oka - da se nije štedjelo, dok se voziš malim autom, to ne primjetiš, tek kad zagaziš mrcinom, a ceste blage ko kiša u sred zime, toplo ti je dok pada, pade snijeg – zamirisa behar, jebte me, bil' ste me oteli, evo vam ga mauna, poljubila me na rastanku, i još jednom stegla – za jaja, ćao Mala, dabogda svakom dala tako, samo nemoj bez kondoma, to što te ja tako prcam, to je nasigurno, ukin'o sam imanje djece, sad se ista rađaju ko osobe, nisu – nasljedstvo, kojom oporukom delamo nevjerstvo, keramo sponzorstvo, da mi je samo da još odradim ovu turu, više ne moram, odo poslije na krstarenje svemirima, odblokiran mi je zauvijek – brojčanik valute.

Ozdravio sam. Krik krik, sa dvije 'iljade marona moreš to i u BoSni, nego nisu se složili sa Hercegovnom, ko da je bitno to, on' su se nastavili dijeliti, dok se ne podijeliše za svakog naosob, kob' koga prepoznao... Prespavao sam u Skadru, hotel osam zvijezda, devet se namiče. Zlatne pipe, sve od para zarađenih prodajom maRe, u Zagrebu još aRmalove, nije da su loše, kad se sjetim bijede odakle sam po rođenju, nikom ne spominjem više – da sam iz Rastuše, ako naletim na piskarala iz našeg sela, spominjati mu neću isto, biću Budo, al' mu neću reći – koji, brada mi je ionako – kamuflaža savršena, nema Boga, da me se sjeti, idem da se istuširam, nisam otkad kamiondžijki uturi, na pola sata prije nego će zatrubiti pod prozorom hotela, al' u Podgorici, Tita su skinuli sa vlasti, kad sobarica Maja, iz Majdanpeka, otkud reko ti dole? Ona se odma uvati za pičku, evo zašto, da je tebi dam – zato, skidaj se, prije tuširanja, oć' da osjetim miris njene vagine, jesi je nabijao, vidim ti po osmjehu, sad ćeš mene, nisam kurca okusila, ima pet godina, sve vele Majo, čuvaj se za njega, vrijedjeće. De da vidim sa čim raspolažeš, skide Isus, zvani Buda njoj lagano odma gaće, Maja udari da plače, kad viđe toliki u Hrista, zavuče joj ga odma, i tako ona istog trena, raspiša se po sobi, trese nogama – k'o rasklocana kola točkićima, čas bi da klecne, čas se pridržava, nabi joj ga ponovo istom silinom, upade Maja, jebana prije rede. Eh da, morao sam je tako, vidio sam da je nedojebana, čim je plahtu spustila, ispade sisa ko kišobran iz futrole, samo se rasklopi, da _ ne da kiši na glavu, pa ti ne zagrizi bradavicu, taman se istušir'o, izlazim, ona se briše izmeđ' krakova, curi sperma na stazu do kreveta, de me malo i u guzu, narubi se na jastuk, a on malen ko pupoljak ruže, samo potonu piton, tako sam je do ujutro, izvadio list kupusa od sarme, odstranio nastranu, zaćero još jednom, dok ne napumpa izvor govana, nije sa rižom meso, nego posna, običaje trači – iz rodnog mjesta, izgleda.

Desi se klik... klak se ne desi _ đesi đesi??? Pa se isti stvori bez kože, bijel' koooo - pahulja, vaskrso i Mitar, vaskrso i Ljubo, Hilmija - preslužuje koljivo u Dažmiji, u Crkvi se klanja, izgubi red stanja izgled privida, stvori se jasnija slika - moremo i bez tijela, samomutur - komad u usta, dok srce kuca - neka ga tamo, kad ne mognem glavom do pepeljare sa poluzapaljenim cigarom trave, onda nek svane takvo jutro - kad me više nema, evo me - ne osjećam ništa, ni nokat na nožnom prstu, ko da sam kontakt - sa njim izgubio - kreten, pretjer'o, slijedi čišćenje par godina, ne vrijedi, idalje je tu bola, da ne biše nako uske, ni mali ne bi bio gore, čim završim priču u globalu, pakujem tabakeru, odo do koša vid''t'- ima li kuruza i 'šence, zasijati ako itke tijelom mognem, ak' ne budem, onda ću vršaj't' jezikom, kad on samre _ e onda me stvarno - poserite, jb mi se.

Relaksacija zvana - prihvatiti novi zadatak, skontao sam ključ od vrata raja, nudim ga iz prve ruke, jes' lijepo, konačno i to postigao, da se vidim sa plafona, što starija - to bolja, samo da nije poprskulja. Pjeskulja uzorana, džaba i ona - udari i zadnja suša, Zemlja - pregori, više iz nje ne niče - ni pečenjak. Muk dakle, nemoj da čujem huk - ma mi smo sjajni, nego nam je baš onako - kako zaslužujemo, isto _ k'o kad bi vid''o zeca kako jede mačku, ako ne bi svako povratio, ja bi' mu se pridružio. Međutim, hrana biljem podrazumijeva nauk, treba narod naučiti postiti, i sam se učim, nije lako biti bez mesa ni u Zagrebu, ako sebi ne posiješ, moraš jesti zatrovano, to se pršće _ nema čime ne pršće, dok jednom ne potrujemo hemijom pčele, e onda je očas posla isto - zbogom svijete. Što se mene tiče, more sad krenuti smak, ja sam se naživio, doživio ono - zbog čega sam doš'o, ispunio misiju do kraja, dalje - kako mi bude, da me osude na razapinjanje, samo bi' se nasmij'o. Vidimo se treće veče - pod jabukom na placu, ponesite upaljač i rizle, domaći će bitiii, i duvan i kanabis, po dim, pa svako sebi, tijelo poslije nabijte na šta hoćete, meni ono više - ništa neće značiti, ne dižite mi nikakve spomenike, niti palite svijeće, kad odem – otiš'o sam. Listam testament, i ne vjerujem ušima. HOĆ' gore barem - da sam merak od svega, dok sam ovdje - dajem se na raspolaganje, uvijek sam – za naučiti, i kad ću umrijeti, nije se probuditi kasno, gotovo je to Rođđđoooo, ja vidim jasno šta slijedi, prihvatam javno i glasno - Hrista. Istina je ta - da je sve onako kako je brat pričao. Nego de mi - rec'te onako iskreno, bi l' ga i danas skokali, pobili sve one što prenosiše njegovu riječ? Ako ne bi, onda je dobro, de reko pobro oprobaj i ovu - ispod Sokoln'e, tamo nema ćoška - neuzorana, srokana i Strančica i Novina, Palj'ke više nisu - zarasle, okrečeno – k'o u božijoj bašti, boje sljeza niđe, al' se dura... bio sam ujedno i degustator, inače ne pušim prekoviše travu, samo se na tu foru zezam, nego se njome liječim, bolujem od ms - a, zanimljiviji bude roman, kupujem većinom za objav't' na tu foru, lik od mene kupi kilu godišnje, on mi je najbolja mušterija, i kad završi - da mi to opet za kilu, i tako ukrug, dok neko ne pregori, kad odeš na živce i oboliš do kraja, onda si jebo sam sebi mačka, ako ga imaš, digo ti se, a rupe nema uske, iskopaj u zidu, donio mi drugi lik ono što mi treba, prava za pisce, od nje će pobudaliti, nastaće takvi romani, da se neće više niko htjeti krstiti i klanjati, nego će duvati, niti ić' u džamiju i crkvu, ako nisu tu - turistički, hram ti je tijelo, u njemu se pomoli iz duše, i to je to, spas zasluži, ne nadaj mu se da padne sa neba, de barem se istуširaj, car zaudara na dim spaljen iz heda, požutjeli prsti, brada ko u jarca, al' mu je roba, grom, mora se priznati, riješih se Maje prije njega, rekla je svratiti kad ode, moramo se još malo iznabijati. Ok, drug, kako da ti platim? Ti si taj Hilmija što preslužuje koljivo, čujem da se i krstiš, i to u Džamiji, i gore su počeli klanjati u crkvama, probao sam svaku robu, al' vaku nisam, vuče malo i na zadrugu, tu se lole udruže, pa imaju jednog fergusona, nije trideset, njih petn'est, te jednog za brazdu, te jednog za zubače, pa ti reci da ne cupkam tu gdje jesam, naravno da trebam švercat' kanabis, sve dok ga ne dozvole skroz, onda u to teke baštice sa lijeve strane Sljemena, motam i uživam, odem na plac pored Krapine, tamo imam dulum, al' nikom ne pričam, čekam legale, naravno ako budem itke zdrav, prav ti više nemaš kome, a i sad će Maja sa svojom malom, sedam put svrši, ali ne odsutaje, još se natiče, jest zanimljivo - kad vak' pričam, jedva čekam splačine nove - od mog zeme, pa da mu uvalim kilu ove robe, i ako ga klape u Bosni za to, vrijedi... de šut na to ne smijem misliti, predio sebi ime u Ramo, izdo vjeru bitanga, ali neka je, svejedno se ista baš kao što kaže – ne pika, nego bude bitno to, da ti ništa nije bitno, kotrljaš se od ručka do ručka, novčanik od pruća, slamnat, u njem petobanka, napatio sam se jarane, da bi ovakav život zaslužio, nagovorio ih da travu zabrane, pa ja sade – švercam, ne govorim da mi je ona otvorila oči, nego da je ljekovita po bubrege i prostatu, navuko i staro i mlado, dobro se nosim sa savjesti, nisam ništa loše učinio, priono na knjigu, 'oću je završiti, prvi put svoju, nije lako, skontao sam foru, jedan lik - piše prvi i treći dio uporedo, pa drugi i četvrti, i ako zapne – natakari peti, šablon, u njega ubacuješ radnje, i to ti bude - ko da si odžačar, skidam kalendar sa zida, na njemu gole žene, smeta Maji, a ne smeta kad joj ga strpa, između guza, guza mrda na još, pa i u nju, napunih je do grla, povrati bazokom. Skontao Balkanc u Zg, more bez tijela, de da vidim da od ove ne progledaju, naleti val, prodaću njemu sto grama, al' kad naletim dole, potlje na after, spominjo je sunce moje, kako traži dozvolu za sadnju – navuk'o bi se, al nije siguran da li smije, šta ako je nigdje ne bude, ni ne sluti od čega ga more bole, jervo doktori – ne znaju, valja deverat' krize kad ti do imanja nije, a kamoli - da ti se duša otima od tijela, nisam glupan, tačnije, nije ni on, samo ubijen malom sredinom, i ms om, Zagreb ti je sad, heee, sedam put sređeniji – nego Berlin, Amsterdam mu može parirati, de ti reko Majo od vam, da ga popušiš, sve letim, zalupi vratima. Ode bestraga. Ujutru sam se fatio bisaga, pa kraj konja natovarenog opremom, preko planina, idem do Skoplja, tamo me čeka draga, Makedonka, crna ko ugarak, dupe ko dvije lopte – za odbojku, sise petice, nisam nikad mjerio, ona kaže - da mi ih voli dati više nego ikome, barem tako veli, ja dalje ne ispitujem, dotle me zanima, imala je muža, pa se rastala, ostala sama, nikad djecu rodila, stan sto pedeset kvadrata, ostao od roditelja, znači, karam je u njenom - što se tiče propalog braka, ima i vikendicu na Selu, nikad mi neće kaže u kojem. Ko da zna kad će Đekna umrijeti, već sam zabaoravio na Podgoricu, samo napријed, idemo do love – to kad putujem sa Daliborom i Esmom, da spasem svijet, ma to je samo farsa, da priča ne izgleda zlokobno, sasvim sam siguran – da cepam, i da znam put do ozdravljenja. Bog me gura u pleća, daj kas. Trčimo ja i

72

Vrani, da izdamo Kosovo, ono je svih nas, i neka je više nezavisnoovisno, najradije bi da sam i ja bio ranije – neg' što jesam taki, al' nisam imo prilike, produva dva dima, vidim na njih toliko dnevno, inače bi bio slijep - mogu napraviti mašinu koja proizvodi pare, njih slažem na kamaru, i uništavam, ja sam taj koji kroji gaće. Svi me poslušaše, isto k'o i Ramo, samo je dole strožije, pa on ne mere prn't', vid mene kaj činim, pičim za Zg, sa dvije kile, ko da nemam cigara uzase, tačnije, baš turistički, samo da su mi – šarene tole, dokoljenke, ko iz Šapnije, tako tad bilo vrijeme, njih će se dvoje udružiti, skoćiću do Sarajeva, na jedan žur, tu ću se zamijeniti sa Isusom iz Gliba, gore i da ga razapnu – ne bi niko trepn'o okom, smrću se ništa ne završava, otkriti tajnu neko mora, ajde reko da budem ja, i odo u penziju, maher sam, nema mi premca, do Dobrog Polja, već sam bio Gospodin Trajković, ostajem do daljnjeg tako, nikom ne pričajte šta ste pročitali, nego dajte primjerak dok se ne izliže, od jednog do drugog, internet to za tren tili sve prešiša, i onda bi poznat, ko zaželi. To pravim umjetnicima kobiva bi fuj, ja se latih posla, prodajem knjigu za deset miliona, iako sam podobro bolan, ni ja neću da budem glavni na sceni, to si onda ko dvorska luda, samo se nećeš slikaš – u kinezu. Butik do butika, od granice – sve do centra, niko me ne pregleda, nadomak Skoplja, preobuko odore, razdužih druga Makia, dobro konjče, ode da jede zob, kaže – to mu daje snagu, jači smo ko biljojedi, uništili smo se mesom, dobre bobe sa Baščaršije, poljubila me Biljana tako sočno, samo što platnom ne maha kad stigoh, al' ćemo ga, sam useb mislim, izbijelt, ima da bude nanovo kod Vardara – potres, sve se trese, pucaju dna mora, propade svijet u grotlo, sprži nas lava, oladi trenutak ljude, ko bale sa nosa. Inače vozom, putujem od granice sa Makedonijom, pa do Zg, u Bg – presjedam, do granice me baci ona, idem malo da otancam, pa ću nastaviti, uvijek sam za dobru partiju, ako nije četvrta u godini, poštujem i komenizam, i demokratiju, nego, de ti nama srolaj, daću mu ako ga sretnem, nek ima kod sebe. Moj je, možda nešto uspije, ako vidim da je nezainteresovan uraditi za mene roman, onda ću robu kod Babine Grede, prebac't' među svoje prnje, i ono moje – kile, kažu da je rekao, kako iz Niša kreće baš istim kojim i ja idem. Ramo druže, eto me, ni ne slutiš – šta ti nosim. Kosio sam preko cijele Albanije, da sam ti rad, de u tu Bosnu legalizuj kanab, pa da se poslije podijelimo na Federaciju i RS – đe tu 'eRcegovina? - niđe, ni u zvizdićima, kraj potoka, Biljka češe macu, pravu, više se ne volimo jebati, neg' kućnog ljubimca maziti, sramota nas pred njim, na to i pomisliti, incest ti dođe – vlastita supruga, zgadi ti se brak, zato sam razjebo sa Irenom, pa se nikad ne ženim više, ti Ramče izdrži, moraš, roditelj si ko i ja, rekao sam sebi davno, to će biti osobe, a ne moje imanje, znači, ni tad ih – nemam, nego se rodilo dvoje od moje sperme, mati Irena – ne da da ih vidim, isto tako Spomenka, popizdile kad sam zasjao, jebale mi sve po spisku. Prodera se kolega sa pištaljkom, čisto da se ne zaboravi _ kako radim i k'o otpravnik vozova, najviše otpremam ove iz pošte, preko njih šaljem pare, tako da mi je i to _ sve uvezano, ne promiče mi detalj, jer ako se sazna da živim i od toga, onda jebiga, jebiga, počeo sam cijediti ulje za sebe, više niko ne uzima tuđe, dođem li ti trijezan Bože, udri me ko vola. Carina je moja carina je moja. Tek sad vidim kolika sam bijeda, na osnovu šta ti dumaš, de mi rec' šta ćemo sa ostalim ubijanjima? - ubićeš kokoš za kera, eto ga ode Pera, na Pazar, i mi smo imali na Palama jednog, pustili ga sa macom na slobodu, pa ako oni od tebe ne odu, to je pravo, lako ga je držat na lancu, il' kavezu, ajd ti psu – budi drug, ne kažem da neću, al' dok se skrasim, kako da ja imam pašče, a nikad se ne smirujem, imam milione, dva računa u Švicarcima? – ne more im Hitler, pera odbiti, samo more glediti, u ovo što ja vidim, danas jedem kolače, kako će sutra biti, neka kaže svevišnji, ja sam njegov rob, pristajem bit' maneken. Ima da budem poznat, al' de da se osiguram. Proklela me neimaština, nekad nisam imao za kiflu, otišao od kuće, taman bi – devedeset prva, stari osto u Rastuši, ja na drugoj strani u Hr, Zagreb – lokacija, i taj lik je iš'o sa mnom u školu, samo nema teoretske da me more prepoznati, pustio sam bradu, imam Nadu u Zg, za obradu malog, i to je to, i to kad - ona hoće, meni inače – uopšte nije do seksa, to ja samo tako pričam, odumreo vrh _ od upale mokraćnog jarka, sve to nekako povezano sa slaninom na mozgu. Ramo ima psa, a ja nemam, nego ću reći da sam svoga ostavio kod drugara na Palama, više se ne vežem za te živuljke, pa da si Pero, trista puta, svi se psi sad zovu tako, i muški i ženski, pa Pero tandari Peru, kontate li vi išta šta pričam, ili me ne razumijete ništa? Kištra puna piva, de se opustite, smijemo po jedno, upade u kupe neki čmeljo, nalio se ko ljesa, ne podnosim sebe pijana, kamoli nekog drugog, šutio sam dok se vagon odmicao od Mk granice, dobri Makedonci, a i brate Srbi, niko za vutru ne p'ita, prijatelj Murat i Miloš, zamače korsa makeDonkina, zajedno valjaju robu – za Osijek, gore je u Hr zabranjena, Al' nijje skroz, more prodavati - ko je jak, il' pametan, ja sam otaj drugi, ovaj prvi sam ako tako kaže Bog, u njega se uzdam, ja u ikog, šta god da mi se desi, tako je moralo, da nije, ne bi vam ovo pričao, tačnije, ne pripremamo roman, a da nemamo opipljive dokaze, pratite sve nastupe Rame, trebaće vam za završetak priče, tek smo odmakeli, ne idemo ekspresnim, nego radničkim, od Niša do Bg, ne uđe trojica, svako radi – kod kuće, kod kuće, onaj koji baš putuje, bude nagrađen sa četiri minimalca, i to je ta sva – filozofija, ako crknem naprijeko, crko sam, isto ja ne znam ništa, neka ide sve svojim tokom, ne naskači na mene, treba gledati zla očima, kakav bolan raj, ljeb ti jebem - sve ludo, da mi je samo umrijeti, il' da se rodim u nekom ljepšem svijetu, iliiii - da ne postojim, vid' ti da je dvije iljade dvadeseta, skontaše tog mog pajdu dole iz sela, i domaća raja, svuče se sa cajke, navuče na pisanu riječ, ja je unovčim, ne mere bit bolje, reko Role, samo rokaj, možda i u Bosni – popuste, popuste, de pust't'e čovjeka, neka se liječi, vidite da je bolestan, a more mu pomoći da vida rane, njegov zejtinj, to ću ja njemu natuknuti usput, ubac't' mu u kolu, more jedno veče, il' ne mora, ajd onda nek' bude samo voda, dva boba meni, njemu je dovoljan jedan. Neka zna, a znam da mu nijje prvi puta, Ramo ni ne sluti da će mu droga spasiti život.

Polako stajemo u stanicu, ona mrlina zaspala, sad bi mu ja razvalio dva šamara, da me nije sramota ostalih sedam putnika, kompozicije – ko to ne pjeva ovdje, da ga vidim... šta ste se stisli anđeli? - čova je zaslužio, barem da odbije nagradu za koju se svi bijede, dobar je Ramče, samo ne zna još, da je bolestan, početni stadijum multipsklrkjonmkhjuf, ne mogu da izgovorim tu riječ, a da me ne napati, bolest neznana svima, hvala Bogu, on će sa njom naučiti letjeti, kako mu bude obuzimala mišiće, tako će se oslobađati od tijela, biće živ, neće moći mrdati, šibaće mu u venu thc, et kako će, aj' ne serite, moramo liku pomoći, znamo da mu ulje može, sad je sve šale, idemo za Bosnu, tri put ura, živjela i RS i Federacija, to je slika i mog – roditelja, svi su pili do zadnjega, da se barem drogiraše, man'te se toga što narkoman strada, kako je njemu brale gledati – zla očima, vas koji se pretvarate da ga volite, a boli vas mauna za mukama, ima lijek, kod pravog je lika, istina vođe zakucana, kanabis je melem za dušu, to šta će biti sa tijelom, bac'te u kontejnere, zatrpajte na smeću, sa ostalim đubretom, neć' da me spalite, neg to da mi uradite, pa mi dođite na deponiju svijeću paliti, a vidite kako mene Bog more nagraditi, ko i Ramu, upoznavamo se kroz pisanje - sa tom opakom bolešću, čovjek bolestan od nje, a samo kad bi mu neko ukuvo kolača od maRe, progled'o bi k'o sa tisuću džointa, - neko će reć' – vid ga Zagrepčan, a sve – iljada, pa iljada - otiš'o na mozak - otklonio kvar, ukopčao se ponovo, počeo hodati ko momak, al' to mene briga bona kako će biti, uđe Ramo. Momčina ipo, već sam i ja na ono dvoje zaboravio, ne mogu se jebati u raketi, ako to učinu, neka im je na zuar, barem neka neko uturi, e sad kako je onom što primi, nadamo se najgore, pa kad ne svrši ono ispod, svrši ono iznad, Ramo više ne osjeća kitu, samo ne zna rad šta je to, čim sam ga ugled'o, znao sam da je spašen, šta vi velite drugari, hoćemo li zapjevati zajedno, nisam Srbin, niti Musliman nit Hrvat, nego čovjek, od krvi i mesa, more me ubiti prva bola, neću trepnut' okom? Mi se podigli, postali smo poznati, djeca nam sad jedu skupe sendviče, ne jedu čvarke. Brate, sreća Ramčetu što se navuko na tu priču, pa iste spasio dok su mali, preveslao ih na bilje, i tu ostadoše, prijeđe preko bataka, zaraza zaraza, svi mislraše, preko jaja će, i tako koka više ne bi bitna, jer ne bi svijeta, crkla i zadnja 'čela, sigurno će bumbar, skupljati, med, eno ga se natovio, ni kurcom da mrdne, rokao Ramo dok je bio mali sa očuhom, nije mu ni znao mamu, al' volio i meso, nije bio na druge fele, nek samo da kolje, kod kuće je bio ok, dok to nije počelo uticati na Ramčetov razvoj, sve je kako treba, samo mozga, ni na zvizak, počeo trokirati, modernije - ducati, sreća se dočepa trave, ona ti je medicina za sve, lako ćemo za ostalo, ubacićemo mu kilu, objasnit kako se pravi ulje, pa ako mu zatreba neka se nađe, već ga je počelo hvatati, igra mu obraz, zna on odamno da je bolestan, samo krije od djece, zbog tog se pokuš'o razvesti, inače ih voli – nenormalno, imao je aferu sa Milom, ne bi preko – jelektrične peći, volio je iskreno, poslije se vratio doma, ko Lesi, da dočeka dan - kad će se odvući u najbliže grmlje, tu će spustiti odoru. Žena mu se zove, Bogomoljka, poješće ga zbog trave. Ma de vi to vid'te da skratimo, odmah sam ja za proizvodnju ulja, kako sam priču odmicao, dopustio sam ga - da me vodi, ovaj čmeljo se probudi, tad bi popaso sigurno, da Ramo ne zaplaka, valjda ga stigla psiha, pa zažali udnika, prebio bi ga, povrati Ramirezu - po hlačama, okrenu se na drugu stranu, ovaj ustade, pa na vc e, ja iz svoje torbe – njemu. Super p''''jano, sad vidim da nisi bez razloga, svakog je pičila ona, da mi se zviznuti, kad imaš dostupnu travu, lakše je, pokrećeš se, nisi više neaktivan, hodam po čitav dan, a to Rami treeba, da se probudi, vidi prije doktora, đe ga smeta - nastavi za početak duvati, tu su ti brale, svi pisci, samo ćute, svaki je na nekom opijatu, i to je ono zbog čega smo ovdje, umjetnost dabome, more drogu koristiti, onaj ko se time bavi, radi eksperimentisanja, imam i tu karticu, al' se na nju rijetko potežem, inače cariniku sjedu na platu, pa on ćuti ko zaliven, nema više šverca komerca, ostala dnevnica, dobra da more održavat džipa, đe ga nakro, nek mu nebo sudi, moje je da pomognem čovjeku, samo ja znam koji mu je lijek, izašao sam iz tijela dabome, to se more – sa dva džointa, ne treba mi mir nikakav, bacajte kraj mene atomske, ne bojim se više nikog, osim Boga, ako mora taj zadatak, pa zašto onda, da se bojim i njega, umrijeti je svakako, da l' od neke bolešćuge, il od sreće, stek'o sam milijardu, zauzvrat, one će mene vratiti tom izvoru, malo sam se igrajući dilera sa marom, navuko na loše stvari, sve zbog toga, kad oš produvat, moraš sa kriminalcem obavljat razvale, nasij brale nek se ori selo, lako ćemo zagrada, ko da ne idemo pješke, vrati se – tolce sređene, picikato, ni žensko ih ne bi bolje popravilo, sako stari, al' uredan, nije vidi se pri nekim parama, iako o biznisu bifla, možda ga pritisla bijela posred prednjeg čela, ne završava se dodir sa nožnim prstom, prijeti jedan, da otkaže, vraćanje na izvor svega, to je spas, džaba mi zdravlje, ako nemam to, tako, da ne mislite kako kukumačem nad nekim, anđeo sam iz koristi, spašavam njime, milijarde, šta mladeži neće završiti na državnom heroinu, neg' na mom konopcu od zelene trave, mutno tamno jebene boje, misliš sad ćete uzeti, prođe niz vagon neka ždrebica, Ramo svejedeno nije za seksa, dok se ne namaže sav uljem, pa oproba ukliz't' tako čitav, piše, k'o da plete, stvarno nadaren, kad on more 'nako sa maRom, taj čini čuda, pročito Sam i više od uvoda, al' mu neću reći, nego ću isto oprobat, pustiću da mi predstavi roman, kaže kako nešto piše, slušaću ga površno, nije mi to naum, znam ja vrlo dobro sa kim razgovaram, ne polažem nadu – udžaba, udžaba, mala maRa me poslala, pa kad on sebi zasije tri duluma iste, dobiće sve što poželi, davaću mu usput da lazne ulje, poslije tuluma na Dunavu il Savi, nemam pojma gdje su splavoviii, uvijek dođem, urađen, samo jedan lokal cepa tehnažu, ostalo neke druge spike, ja sam na tome, kad mi je do zabave, nagovoriću ga na bobu – očas posla, vidi se - da se jadniče, voli blebnuti, u Teslić u more – samo mišomorom, uživati u elektronici ne mežŽŽe svako, niko mene nije na to naćer'o, ako je glupo, ok, al' zato ćete u Zg, karu dob't' dobru džoju, ako mene ne znate, počeli Albanci samo domaću, bacili prskanje, to ljeto, baš pravo rodilo, rodilo. Ko bi rek'o - da Ramo zna pričati tako, moram mu reći, da mi pročita još toga, ja ću dok on počne, bistrit njegov jedan roman, prodao meni, ali ni ne zna, jesam se na njemu - nalemao para, vid me sad, mogu mu pomoći, tačnije svakom, imam moći čarobne, jeste jeste, al' se i u Zagrebu ne sme... pa teb' Budo – tako odgovara. Znam ja to, nego biram pobjednika moje sperme, neću svakoga, svakoga, muca kad oće potvrditi činjenično stanje, poezija je sranje, reko Ramo, ne lupetaj, to će da te spasi, samo pjevaj, i više mikrofon, iz šaka ne puštaj, sve je u glavi, nju pokreće ovo dole u grudima, kraj srca kraj srca, ono ti je pumpa, duša se ne vidi, koliko je malena, ja to znam, jebi se sa - pomozite mi anđeli, a jedeš od paščeta meso, ono se rodilo da bude toliko grešno, ti ne moraš ni toliko, a toliko i toliko se zauzvratio da budeš ajvan, baš si nedozvan, reko sebi usput, čitam njegov roman, on misli ja listam novine, goleme goleme, divim se sam sebi, naslovnica moje ime, on se ničeg jadniče, ne sjeća, meni je iskreno odgovaralo - da on bude takav, međutim, imao je bolest od malena prisutnu, samo to sebi nikad nije znao priznati, k'o ni ja, ne uhvatiti se ukoštac sa njom, nego je zagrliti kao svoju mater, nikog ne voli ko bolu, samo da me što prije nema, vidi zla neviđena, još se jedu prasci i janjci, al' to samo u Bosni, nema to više ni u Hrvatskoj, bratskoj sa njom Srbijom, samo poneko blekne na kosovu Polju, zauzeli Srbi ponovo isto, al' u igrici, došli sa poštenjem, lula od đede, od dva metra, od tog sam korijena, ne možeš me olako prepasti, moram mu o ulju više, dimio je komad ko dizelka, dočepaš se lijeka, kako se čovjek ne bi liječio, ako ima tegobe, otkazuju mu lagano motorne komande, nema varnice na jednom dijelu glave, do ostalih rekvizita, usta otkažu u pokretu, nije lako takom, pa kontam što bi mu trebalo, kad ima za to lijeka, doza ulja, doza kolača, pa duvaj, pa duvaj, doza ulja, doza kolača, pa duvaj, pa duvaj, ne staj nikad, i kad trebaš crknuti, ti dim u sebe navuci, navikneš se na mrak, jer si slijep. Međutim – onda vidiš - đe ne vide drugi, on nam je uzdanica, kad je taki pod bolom, kakvi je kad prizdravi, takvvvi nam treba, roka Ramo pravo, dajte - da mu damo potporu, polako ću sa njim. Neću ništa spominjati, dok ne odmaknemo prema Velikoj Plani, ne znam je l' i prije – išo tuda voz, ne sjećam se sa časova, osnove prijevoza, Mato Lovrić profesor, nauči me napamet – čitavu knjigu, i neka je, vidio sam da mogu, samo - da ne postanem preveliki drugar sa Ramom, nemam vremena za dangubljenje, komandant sam anđela, sa Madagaskara, čim kroči ljudska noga, nasta pakao, radujemo li se, ili strahujemo? - fino Ramo fino, razvaljuješ, ima da im se nadandarim keve sa ovom pričom, nema đe neću stići. PiĆi Ćiro niz Šumu, kad spomenik stradalima, bacali grAmeri na Srbiju cvijeće, nikad ovi njih ne bombardovaše, nego ovi njih, isto njih ovi, ovi njih, jebi ih, on' – tj mi - kad s(mo)u rokali Indijance, niko ne smjede pisnuti, i došli smo đe treba, da ja samo Rami smijem, povjeriti istinu, nije što je moj, nego sam na njega ponosan, jedva čekam da ga malo bolje nanovo upoznam, ne izgleda mrzak, brada i u njega, samo sijeda, kosa umazana sa nešto malo kreme, dijete za primjer, vidi se - da se trudi, kako je hendikepiran bojkom, ni ne zna šta može, sad ću ja tebi Ramče – otvoriti oči, poslije Bg, i života na vodi, malo koka, malo spidura, čisto da se iskrivi gadura, u još gadniju, posegnemo za herdžom, ne do Bog, ne kažem da ne trebaš, nego kako ti misliš, vidimo se svakako jednog dana, kad? - ne znam. Ako to njemu smeta, dosta će mu biti bon'ca jedna, nek' se samo ispleše, od Bg do Rume, pričam mu o toj bolesti, čisto da sebi natukne, kako je treba upoznati kroz sredstva informisanja, poslije mu ionako slijedi luk, ko melem na dušu prije poraza, vrag iza vrata, vreba da te ugrabi. Ništa se Ramo ne plaši, kod mene je tvoja smrt, još ti nije vrijeme, da kreneš.

Moraš prvo umrijet' k'o takav, roditi se kao novi, bolestan, a zdrav, nisi više zdrav, a bolestan, ne jedeš salame i paštete, od slobodne koke uspavane omamljivačem prije smrti - ranimo cukove, on' love mace, da se ne prekote, bitni su i oni u okruženju, vidim ja da je Ramo natuko stvar, samo ga zeza bola, ne smogne jadan, već ga hvata kičma, vadi se kad stigne u Teslić, na išijas, samo ću mu potvrđivati, kad bude govorio da treba ić' u Rastušu, vidi me ko momak, tako ću izgledat, ako je frka da neko treba biti za primjer, pa evo me... Reče Ramo - Čmeljo, a de nemoj više rigat na mene, bogami, ustaću i otići, kontam, ako to učini, ja ću Čmelju, kroz prozor baciti, moj đed sa tajine strane - bi konobar u vozu, dva gosta frkno, od Vinkovaca do Novog Sada, domaćih govana što idu gore dole, ne razlikuju se po nacionalnim pripadanjima, kad je to u pitanju, govna i krmeća i praseća, nemaju razliku. Dobro de ti šuti, nek se ostali jedu, nemoj ti biti zec, koji 'oće meso, zamislite kad svinje polude, pa počnu loviti pse, a krave svinje, pa se sve uskovitla, prtina se sama otopi, prvo ću mu objasniti kako će variti bijelu fleku koja je najmanja, lezijana je legla, da jadan muca i na drugim opisima, kad 'oće dočara kakvu boju, tresu mu se ruke, mada uspije, izvježb'o se, reko ženi i djeci, artritis, doktor skazo, nije strašno, more se samo kočiti, rijetko koji ne gledaju i ne hodaju, zna on to jadan, al' ne zna sebi lijeka, konta i to sa travom, to je do jednom, ni ne sluti da mu tu baš – leži spas, čitam naglas, i ne vjerujem, kakav dar za pisanje. Ramo je top, od njega ću novi, dobiti za lijek, koji mu na dar, Bog daruje, zaslužio je da još teke poživi, e sad kako će to biti, pa more da bolje da nije, nego da da da je odma crko, poprijeko, moj Budimire, Isuse iza maske, nije tvoje sebe izdignuti, nego da se ne zaboravi, kako su takvi bili mnogi, vjerovali u istinu, nisu vidjeli kako je svijet iskvaren, i neka je kad je lud, sam u sebi mislim, sa ovom ćemo pričom i u Bosni legalizovat maRu, naduvan sjedim malo u RS, malo u Federaciji, đe tu 'eRcegov'na, Bog te pito, živio Tito, ja kažem upo Zagreba, de ba, ok ko lik čovjeka, ali kao vođe, ISTI KO MOJ STARI - gola propast, ubica jelena, et' šta je on, i da ne navlačim dalje priču, isti sam, jeo sam meso, Ramo to cepa. Svaka mu čast, u sebi mislim, roba je kod njega, sad slijedi priča, dok čmeljo spava... care - duvaš puno, on klimnu, e reko gledaj sad, ja znam jednog tvog komšu, skoro roman izd'o, sad ću ti ispričati dio, pokušaj da se sjetiš, ko je to napisao, klima Ramo i dalje glavom, ja mu velim slušaj – dio _ sljedeći, automatski je mjenjač sila, to kad naletimo na next - šaltanje ručno, to je čisto rad gušta, i to nije na klipu, nego preko džojstika na volanu. Vodiš preduzeće, koje ti donosi doprinose za brašna i zejtina, opusti se i slušaj, nema veze što ti se ne da objaviti roman, neka, ja ću se pomučiti umjesto tebe, de da krenemo sa uljem od kanabisa, to je budućnost spasa, kuvaj kolača, kad baš moraš puši, ne gasi maRu, dok svi ne progledamo, kako je dole u Bosni, neki dan sam samo projaho, ja sam porijeklom iz Tešnja, unuk sam Osmana, po strani sluge, poslije kojeg sam prihvatio Hrista - kao jedinog, o njemu i Muhamed, samo ako tako nije onda nije ni Isus čeljade, koje spas zaslužuje, bio si čovjek, da li si bio čist, kažu post, jest, al' da je on tad reko nemojte meso, vi bi ga razapeli, dabome, i jeste... spremaš li se za stare dane? - ja te razumijem o čemu cepaš, poslušaj, doslušaj, violino – molim pozor, kad zaškripe vrata doma rodna, nigdje nema ko – Na Balkanu, iako je Zg bio izvan njega, vraća se pobjedi – nisu više između sebe _ ljudi u svađi, naučili paziti, i na mrava, ako ga zgaziš slučajno, pa i mene more opal't' avion u glavu, sad bi treb'o zamjeriti pilotu kome se otelo kormilo, ne, ja to ne mogu, objavi ti to, i ne čitaj, progrmi Ramo, dosta mi je moje muke, bolest me care neka - cepa, kad se teke naduvam - samo sam dobro, dole kod nas ne daju posaditi tu biljku, pa se svakako snalazim. Šutim, ajd daću ti broj jedan, al' ne smiješ zvati lika _ prije ponedjeljka, on će ti istu doturiti na adresu, uplata unaprijed, pošiljka se dostavlja, ako je ne preduhitri milicija, tu obojica snesete popola, tako more i dileraj, al' ajd se i za to – školuj, neg' daj - kupi prodaj, ne gledaš je l' droga, ili kola, ja to ne mogu, pišem za sebe, ne žalim se što sam bolestan, nego ne mogu da svarim – što mi je bolje kad se naduvam, doktori - ne mogu otkriti šta je, ja više i ne idem kod njih, mišić mi se hvata u grču, rame i koljeno – ne osjećam, dobijem osjećaj da treba se predati, savršeno, i to je ono zbog čega sam ovdje, ja ne vjerujem nikome više, do sebi, e reko, moraćeš, upamti, po kile trave ti je dovoljno da ozdraviš na duže vrijeme, nećeš morati pušiti, od ostatka napravi kolače, rokaj se - dok te ne popusti, doživjećeš stotu, sa opakom bolešću, kao sa drugom, prihvatiš i nju u svoj dom. Voliš je ko mati, samo budi dobro, ja sam ionako gotov sa pričom. Reko Ramo, nemaš pojma, kakvu lik ima robu, ne spominjem mu ime naglas, nego u sebi kontam - da je vrijeme - evo ga, raskriljujem novine – sjećam se ko je objavio tu priču, al' zabole me...

Slijetanje se obavilo, taman gdje bila nekad Natronka, šinje još jesu tu - za tovarnjake, samo se niko – po njima ne voza, više se papir ne upotrebljava nizašta, osim za umotati gostima poklon, kad kreneš na slavu – slavićemo pravu, već smo bili pofajn uduvani, mislili smo odmah, da krenemo za Pale, naći to što je ostalo samoniklica od Kristine i Slobe, beg bi - da ima tri žene, a kad bi njegovoj na primjer negdje na proplanku – neko zabio do zuba, bio bi ljubomoran. Takav stvor ti je nedojeban, ako tebe neko neće, oće druge kite, ne kontam, šta mu ti tada zamjeriš, što mu nisi u prvom planu? To ti je isto fašizam, na njega još niko ove 2022 poslije mene – ne obraća pažnju, evo me ovdje sada sa vama, kočija prva bez kolosijeka i točkova – kreće iz Šija, bez i motora, putnici mislima pogone kretanje, nas troje se moramo držati zajedničke kote, čim gore sletimo, prikupljamo materijal, ponešto zapišemo, ufotkamo, slikamo, i vraćamo se nanovo – u Maglaj, odatle ćemo preko brda, do susjednih gradića. Žice više nema – među braćom i sestrama, galama, golema, nasta od ničega, nema mjesta za Džordža, ali on se i ne pojavi, samo mi, jer bješe, trokol'ca, ona može povesti samo tri putnika, idemo u rikverc, još dvjestotinjak godina. Kad tamo Kristina i Osman, on više nije onakav kakav je bio, ni kao Srbin, ni kao Musliman, nego ko osrednja lujka sa – ovih prostora. Kako smo otišli sa Gliba, nismo ni tablete uzimali – što se tiče prehrane, bi energija na nivou smisla, imalo se zašta, na put krenuti, ija đibra, dodaj gasa, i ne seri po putu. Sve četiri ti krute, ko u mene jedan, nismo se ja i Esma, kresnuli, otkad kofere spakovasmo, tad smo se, i to je to, jedva čekam da me ko prije – pogleda. Ali ona mene više onako ne mjeri, nikako, otkad svoj zakopča, ko da u njega stade cijela, sanjam kako mi neko – golfa peticu krade, izašao – šesnesti po redu, za jedno ljeto, sedam generacija. Međutim, bit je bila – da se od kola napravi mercedes, što se tiče pkv a, samo preferirajte njega, od vozila na gorivo, izaberit e 200, može dvijeiljadita, oće malo začaditi, ali koji neće, te euro norma koje kobiva smisliše, oživješe oni, koji piju pivu, samo nju tuču, ne vičite više, daj i momcima šta će. Oklej si, i te spike, nego pod ruke, iako nas je troje, završi kočijaš, prije nego je počeo. Sletjeli smo u 1820, njive, samo njive, nigdje kuće, kakve bona struje, nema nigdje nikog, pustinja ko na Marsu, samo se život osjeti, cvrče cvrčci, ništa nam od Pere, on i dalje pospan, fali mu mati. Reko - mališane, budi se, shvati da nam treba mačka, gdje ćemo nju naći? Zelembaći skaču, ko skakavci, u jatima, repovi mašu, budite pridni, inače ćemo vas prepadati, nećemo ništa lijepo, ni zapisati, ni ufotkati, ni naslikati, vječiti spavači, prehrkajte život. Ovdje ga reko – nećemo se naspaviti na miru, Esma i Dalibor, otkad smo stigli – ne progovaraju, samo šute, kad mače kraj staze, tuda neko prođe, u godini jednom, stanite da ga pokupim, ako neko ne bude povatao, ove silne stvorove, ja odavde ravno – letim _ na stari dobri Glib, nek gore crknem odmah, samo da nisam tu, gdje samo neko nekog, ubija. Čim se poveća kritična masa ljudi, isti povedu rat, da se smanje, eto koliko se volimo. Stigli smo do trošne kuće, ispred trube od braće Roma, do kasno u noć, izgleda se slavilo, poslužuju Osman i Kristina – Časne Verige, ni ona više ne jede meso, jer je na to obolila, takve će biti – pola generacije, sjednite u prvi red, imajte to vrijeme njihovo, iz vip lože, pogled samo taki, kakva hd rezolucija, niti mi imamo pojma – šta je to, na to se zaboravilo, ni na zvizak – mobitela, ko da si ti kod bega mogao ako si sluga, vist na instagramu, jesi jesi, al' da izložiš eklanje, petkom ako nisi ispleo nešto rukovodiocu, i on nema za derneka vikendom, he, nema plate nikako, pa ti se žali kojoj oćeš inspekciji.

Lome pogaču sami, niko im ne dolazi, jer niko i ne živi u blizini, da bi se uputio kod sektaša. Tako ih tada ne zovu, nego neko – kog treba pod hitno, razapeti, oni su se samo voljeli, pa kad su to otkrili, džaba njoj od momka, kud ovaj novi – trpa li trpa, po cijelu noć ne staje, ali ona - nikako da zatrudni.

Jednu sumrakicu - nebesa joj javljaju, pozovi Osmana iz branja šipaka, imam vam nešto saopštiti, reče Bog, pa u oblake prnu...

Čekaju, valjda će za slavu, već odavno je prošlo, zadnje božije javljanje. Posijali su dosta marihuane, govore seljanima koji prolaze, da je to zbog – kudelje, mnogo se deljaju između krakova, njima se ista spika zgadi, devedeset devet posto ih - istog momenta razgule, jedan se kobaca, ostane do kolača, inače - primamo mesojede, samo nemamo ništa u ponudi, možete nešta popiti, poslušati muzike, jer jednom se više neće, uopšte jesti, ni srati, guz'ca će nam zarasti, prozvaće nas – Hristovi, jebem li im nanu, pa ti koji se mole u crkvi i džamiji, najviše klikte, čim zakolješ prase ili jagnje, zna se da si na nižoj energiji, brak, isto, prcaža isto - sve majke postaše Marije, odreče se samo ćaća - peke, slanine, i čvaraka. Kad on baš dok bi večera, fotka iz tog doba, kadi se marihuanom, namjesto tamjana, bosiok – sami vrh stabiljke, sa sedamn'est hedova, okitila se kita, prije samo što će on rupt, navukoše njih dvoje gaće, svršiše oboje, samo sperme nema.

Za sve nas je sudbina jedna, ljubav za svakog živog stvora, dobijate nasljednika, i to malo crnče, zvaće se Muhamed, vidjeće se iz aviona, kako nije vaše puti, kud ti plava, kud non već odavno – sijed, ti mora da se nečim farbaš? Kristina pocrveni. Muhamed će propovijedati, dok će mu žena sve jebati po spisku, neće ništa radi, ni upolju, niti u krevetu, vi gledajte da ga prije nje, ojačate, nemojte napraviti šmokljana, ali, vi to nećete ni moći, očekajte rođenje mog novog sina, vidjećemo – hoćete li ovog nataketi. Osman se nažesti već tu, mada ništa ne reče, đeš ti men reć Bože, da ja ne mogu svoju Kristinu podmiriti, treba joj kitonja do koljena, more marš od Kriste, ljebac ti poljubim, zajebi ti mili moj, pa da si mi iz oka isp'o, to što se meni više – ne diže, ne odustajem, dok još ne odgruvamo, ovu sedmicu, taman oka sklopim, ona – sad je pravo vrijeme, natakne se na njega, pa po cijelu noć cvili, ovo dvoje se kraj mene uskomešali, ja ništa, Esma mi odjednom bezveze, tako smo i ja i ona, radije bi da sam sam, Pero bi mi bio za druga, najprikladniji, scena se nastavi, stavi joj Osman, kad none diže mu za vrat, pa tako je jasla li jasla, frkće iz pičke voda, kod mene u gaćama i dalje ništa, ovo dvoje se opet promeškoljiše, Pero ne trepće. Da je kakva kujica, mahao bi repom, ovako - od ostalih životinja – mače, i ono dječak, kandže ko u tigra, al' se vidi da je domaći, neko ga frljacno od prolaznika. Rijetko ko kada zamakne džadom, ali zna se desiti, da nas čisto ne izjedu zeleni, mali vanzemaljci, to smo mi – stigli sa Gliba – da vas nadgledamo, nešto kao – mirovne misije, što su bile zamišljene, nema ko na prostorima Balkana, nije zapišavao, tu tvrđavu ni dan danas niko ne pokori, ovo dvoje se drpaju, sad sam već pri braku - u kojem ne jašim sam ja ženu, nego i najbolji kolega, odoše njih dvoje do meraje, osta ja da gledam – kako Osman ne da nase, kad pokupim podatke, odlazim ipak za Rastušu, odakle sam i pošao. Dobro došao Slobodane, u Srbe koji ne mrze ni svinju, istu ne jedu, niti kravu i ovcu, e to su pravi hRišćani, ostalo je paganstvo, pa sam od danas – za sve, i formalno i javno – Isus, samo što se neću prekrštavati sa Jovan Radan, iliti šta ja znam kako, iz sela sa pećinom, isti likovi su – izmišljeni, osim par probranih. Na njih smijem navijek - računati. Nekako navuče baš zao glas nase, vele Osman ti je Muslimančina prava, šta on zna šta je, pa ga htješe ubiti, govorio čova, kako treba, Bog njemu oće poturi, za dijete crnče, pa da ga kako je obiičaj - bude sramota cijelog sela, do jučer se tako smatralo za ništa, kad u to vrijeme – nema ko nije bio zarobljen, onda se dođe do te spoznaje – ne treba nikog držati na uzici, al' za te graje, treba baš biti dobra maLa, ako je ičim prskana, zna prebaciti.

Poslije scena iz života Osmana i Kristine, nije lako iz tih jazbina – otići _ da te niko ne dira, navališe Turci iznenada, nema teladi, po naredbi božijoj, preko glasnika, bivšeg bega, Osmana, jebaće mu kažu suprugu nevjenčanu, svejedno joj je pravi čova peder, sa njima kao dobrovoljac, crn momak, sa obale delfina, baš zgodan, mišić na mišiću, ako bi sebi birao tijelo, osim ovoga kojeg imam, uzeo bi tako, jaše konja, za sobom vodi još jednog, viče na sav glas, Alahhh je mali, šta sam ja, ja kad natače Kristu, sti vriska nje, ovaj ne popušta, desetorica drže Osmana, oćeš Hrista, e evo ti ga, ti si nas napo tamo - kod Han Pijeska, ili ti je džamija postala mrska zbog te droge, jebo li te internet, da te jebo, skidaj mu sa kuće tanjir. Đedo se kamufliro, mislio neće njega niko da dira, dođe da treba – ko tebe kamenom - ti njega hljebom, to je ok do onog momenta kad prebacim, tad me se čuvaj, moram otići i do Pere, kažu da je izašao iz zatvora, Bugarki vagina – presušila, ko i u njega kita, sad se više ni Tita ništa ne pita, pa mogu reći - da ne odem na goli otok, ja kakva je to bila lopina, i to bjelosvjetska, ko i stari i ja, samo povuci sa građevine, ko je jebe, državna je - neka ti je narode kad si ovca, šišanje ti ne gine, po dva puta godišnje.

Kad su napustili dvore doma njihova, taman nadomak današnjih Pala, malo stasala općina, dođe se iz Sarajeva – preko tunela, nas je odvezao bežični transportni sanduk, jer je već, 2022, cuga se manje alkohol, više se duva, niko nikome ne zamjeri za greške, jer smo svi takvi, pa kad sam isti – de da se opametim. Prošlo me sve, nije mi više ni do meda što se kaže, e do njega nikako, stisnuo je dedica kutnjake, zaboravio za jade, spakovao trnku za razduženja, nikad više 'čelar, jer tako bi mogli srušiti i tu vrstu, a kad nje nema, gotovo se zove – finito, konac, jebeš atomsku, jebeš sve ratove svijeta, umre svaka pora postojanja, pa se kroz jednu provučemo, do pararelnog našeg dvojnika života, u kojem je evolucija na drugačiji način, iz nas izvukla najbolje, na nama je da odaberemo, odaju popovi i dalje kroz selo, samo im više niko – ne vjeruje, oni su se ovajdili na Osmanovom strpljenju, spremao je kolijevku za bebu, iako je znao da mu nije biološki tata, nego most – da se rodi neko – ko će današnjeg Isusa donijeti na svijet, sad će meni neko reći kako ja forsiram grijeh, ma ne to, otaj nije onda svatio šta sam htio kaz'ti. Mene samo zanima gdje sad Zagreb, gdje će biti – znam, jer dolazim iz budućnosti postojanja ljudske vrste, tamo je i kad je gliBača, raJ, roka se tehnaža sa poezijom, osjetih kako me zadahnu vjetar svježine, sad već nije onako kako sam vam opisao na početku ovog zakuvavanja, frcanja vode prokuvale, sad će da se šuri prase, kažu da je Pero isto tako, obolio na živce, pa ne može zaista – bez mesa, štaš, neš čojeka takva sad ubiti, inače ćeš biti ko Hitler, misliti da je Alaha, vatio za muda, kad ono - od labuda.

Ljutiš li se, upitala me Esma za večerom? De reko, uživajte, svejedno moram dalje, bilo mi je lijepo, kad se vidimo vidimo, ja se razvodim... Kad Dalibor, e to neće moći tako, rekao si da hoćeš, čuj sad što smo se ja i ona kresnuli, ti bi išao, ne može, moraš nam plaćati izdržavanje, danas ti je u toj Adolfovoj domovini već odavno tako, dok na Balkanu, zahvaljujući pisanoj riječi, malo je živnulo, i to, što se više duvalo, a manje gruvalo drugim otrovima. Ne, niste me razumjeli, brak vi vodite kako vam duša želi, vi ste meni dragi oboje, i ne zamjerim što se mećete, meni više nije do seksa, kad sam vidjeo ovo sa Kristinom...

Tu nije kraj, čekaj scenu, kad je cepaju za dug oko luga, tri austrougara, rodila poslije dvojke, zvali se Miloš i Murat. Tos garant ona dva dilera, što tuku za Osijek. U sličnom igrokazu - jedan drugog isporio – za dva frtalja njive, jest da je svete, vele opet popovi, samo iz

Beograda. Zagreb je gledajući sa Pala – lijevo, pravo se oformila opština, da ne bude sa ć – dva puta. San postao stvarnost, jednom kad se to pričalo, drugima je bilo do zajebancije, niko nije govornika shvatao, za ozbiljno, ozbiljno. Ma de, to nema pojma, drugi puta Osman ne izdrža, uze mitraljez od đeda, zakuca jebačima po par svetih Petrova – u po čela, osta rupa, ko za ključance za magazu, more na nju ući miš, ali Pero ne može dosint rakije, ne da madam iz Bulgarije, svaka joj čast, jest ga ured'la, a i više nema električnu peć, samo na drva, nikad vatru ne gasi, pa se ti de preko nje – naguzi – Mila. Inače se _ zvala za lične, Milava.

Izašao sam poslije svega pod jabuku, već se naselilo okolo, i nadomak Pala, nije više to – pustara, kontam, da l' da skoknem sa e klasom do Han Pijeska, pa se rastužim, sjebem sam sebi komad, neću više rolati – kad sam neurozan, pa i to kontam – da još jedan smotam, od tog se mogu pre'laditi, ne treba pretjerivati, ni kad je kanabis u pitanju, dva tri dima na svaki pet sati, doza – istom za štijanja, posijaću u Rastuši luka i kumpijera, nek' ta krompiruša bude od domaćeg, zvaće se krtolina pita, niko te ništa ne pita, samo uživaj, uopšte mi ne smeta, što mi je supruga sa drugim, ima pravo imati obojicu, kad je jahanje u pitanju – ne, al moraš biti u braku, shvaćeno na ljudski, u neko tamo doba, onda naleti jato goropadne seljanije, siluje i opanak, samo da se natiče, gruno goeče – šesn'est puta, torba na vratima doktora, nije za životinje, nego za ljude, isto _ k'o oni nešto više, a ovi niže, energije toje, nema veze sa visinskim pripremama, ako si krkan, onda si krkan. De ba, mani me se te priče. Ne zamjerim ti Esma, ja sam svejedno Isus, kao ja ne smijem imati potpomke, evo me ovdje i sada, svjestan svoje misije, sprovesti ovčice do tora, isto čoban da sam, opasan za terena, kadee je tura, Vučija – Modriča, to ti dođe ko meraja, odavde do Mjeseca, he, vid Zemlja ima njega, jes' sav iskrezan – štiteći svoju ljubljenu, i on ima voljenu, da nema pašče, đe ćemo za Pere naći malu???? Idemo poslije ja i on u Rastušu, vi tu ostanite, pravite nam djecu, biću roditelj sa vama, nekom koga nisam pravio, brale moj, ja kako je njima bilo, dobro Gavrilo nije smakeo sebe za glavu, šta misliš da je to, osta živ – Princ, skoči na kobilu, silova je čerga dva – put.
Od od, dođ u moje dvorište da zapišavaš sirotinju, sad ću ja tebi reći, sa kim imaš posla, e tako ja volim – Balkan, ko je na njemu, a ne štima mu ta širina, neka se naduva, savjet svima, da se ne oda brezveze – preko Razvala, pješke, zdesne strane njiva Mrazića, skroz od Teslića, nema pedlja, da nema slobodnog cuke, oda svaki za sebe, od takvog ponovo postade vuk, spasi nas od najezde – napuštenih ovaca, svi

misle da si puka, dok ti pišeš djelo koje osvaja sve moguće lajkove svijeta, raketa proleti za stanje kad postaje nevidljiva, dalje pluta kroz to teke rupe, u maternicu mame, u nju te nabije ćale, pa ti gledaj, je si li Božiji, il' nisi, svi smo njegovi, do zadnjeg, za mene ne treba niko preuzimati grijehe, sve ću svoje ispostiti, što ne stignem u ovom životu, u nekom ću sljedećem, ako nije ovako kako vam bezbelim, onda ne mora nikako. Kad se sa tim rod ljudova suoči sa četvere oči, e tad je sam ples, bez oluje prekojake, bez vrućine. Klime sjebali preko auspuha, oće e klasa začaditi, reko neću penjati se sad _ na Podromaniju, ugaravi zelen, dernu neki dripac iz sela, lada, ostala iz vremena Tita, njom smo se najviše ponosili. Da bogdom ne upregosmo auta, ali ta nas priča dovede do traktora i kamiona, bez tog dvoga, ni dan danas ne možeš, iako je neko rek'o - da više nema nafte, sad smo na Tesli, njega imam za fotkanje, nekih rama i piksova, nejam pojma kol'ko, ponio sam za to mare, pa kad dunem, fotkam kako Bog zapovijeda, bez njegova oka – džaba.

He, a šta ako si u krivu, pa njega nema? E za to sam ja tu - da kažem kako sam u pravu, isti film – cepam, ne ja, nego onaj sa nebesa, mene našao ko kuckalo. Wau, džigi bau, odmoriću ispod Šakana, taman kraj među oranica – Galamić, desno Gojići, pa onda Krstići i Mutići, krio se kao Slobodan – prekrio Gavranović, hvala bogu – izbjegao sam rat koliko sam mogao, danas imam priliku za kazati pravo, isto – koristim, sve vas volim, molim da me poslušate, probajte godinu bez mesa, ne moraš dulje, ako nisi spoznao ko si, i u kakvim si govnima bio, klao li – klao, rugao se Hitleru. Pa sam u prošlom djelu za njega zapeo, htio sam da vidim odakle sve to potiče, ljudsko neznanje – napravi haos, naročito to, ja sam veći podtvorac ove priče, ne kažem ni da si manji, ali de se onda tako – ponašaj. Trava je za to potrebna, inače će nam djeca pogoreti – na lošim drogama, da li je ista trebala? Pa jašta je, nećemo se čitav život igrati – podmićivanja, to ti radiš protiv mene direktno, i tu ti moram rijeti koju, sjedaj dole, da te ja ne posjedam. Jedan je Balkan, jedna je Zemlja, jedan je Svemir, kad puša, ono takvih bilijarde, nacionalne oznake više ne vrijede, za to se pobrino đedo, opleo Gavrilo, ovog puta po svojima – ali perom, evo mene danas, da ne prekidam lozu... ovo dvoje, stenju li stenju, kako mi je drago što Dalibor tako strasno jebe Esmu, neka je, nek nije moja, iako mi je supruga, i on mi je muž, jer živimo u troje, oho hoho ho, gume na meci taze, čast i hvala – organizatoru priredbe, ja lijepe kod čovjeka sahrane... Umre Osman, samo dvije babe u sprovodu, i one navučene na maRu, samo duvaju, rokaju tehnaža, e to mi se sviđa. Ne mogu više da razmišljam kao ja, moram se zavući u kožu Slobe, tetament nije nastao iz ničeg, sve je lola ćutio do sada, pa kad ga srola, odnese ga tamo gdje baš treba, u sridu, vid sad gdije Zg, a gdije nekad bio, poslije idem do njega, gore imam kolegu pravog - Dalibora, voza pravi taksi, naće nešto i za mene, kad kapsula krene naprijed kroz vrijeme, tačno ću biti na stanici, vraćam se na Glib, jer samo njemu sam odan, neće biti lako, baciće me teslina mečka, kooperacija Švaba sa našim đedom, donese svima spas, bi rane za svakoga, a da ne moraš ubiti za to – već živa stvora, trebaće nam toplote, kad vjetar sve zbriše, za sekund, niko neće ostati, pa kad se natovarimo na barku moju, odosmo u spas - do mrava, nikog ne ostavljam, naučiću vas kako da zaslužimo merak, navratiću jedne nedjelje, kad prvi klinac nađika, tad mi ne motajte, suzdržaću se, hoću da se sa malcem upoznam čist, kažem ti kad smiješ smotati, dotad, sjedaj dole, evo učiteljice, stigla sa neke druge sarane – kad se Peran vrati u odaje gdje odrastao, naleti na krdo cukova, zapuca, ne znade da je to sad kažnjivo, odrobija tri šarova, par godina, još kažu koja, pa će na slobodu, tamo mi je nastaviti, kad obavim odatle zadnji treptaj, idem na glibljenje, kako ću se razvaliti – čim stignem - komadom, pa neć' pivom, nisam moron jbt, najbolje da nasjeckam kilu koke, ko kakva seljačina, ija ija, ali svako je od nas bio takav, i to je već sveopšte poznato, međutim ego piči dalje, nesavladiv je, i sa njime mi je bitku prelaufat kroz auspuh, ajmo svi pješke, nosićemo terete teškim teretnjacima, ostalo dizela za traktora, dok ne upoznamo svoga Boga, as i Koviljka, nije živa? - Suveren sam ja, jebe mi se za kojekakve države, to ne poznajem, i to neću moći natenane, idem samo dvije, ipak na 2019, već tad moj đedo puši lulu mira, nikog ne dira, napusti Osmana pred smrt od ovog tijelo, pa se vrati preko Han Pijeska, isto u Rastušu, nalazim se sa scenaristom – on će valjat' i režiju, dok ne nalažemo dovoljno, samo da postanemo – popularni, kad smo takvi, ma jebe nam se za onima što nisu, i što teke znaju, nek ćute, jervokareka, nisu popularni, da baš to, sad bi ja trebao sa ovime - očekivati neke nagrade, ma nema ti dukata koji me mogu usrećiti – samo što imam priliku napisati – istinu. Ne mrdaj, kad sti krika i opet popova, hodža ući, na stranom, jašta ću ućt arapski, pričati engleski il' neki drugi stranjski, to će prevodioc. Ako hoćete da vjerujem u tu vašu spiku, more, al' sa advokatom. Svako je za sebe Bog, i stoji iza svog, niko za nas neće, preuzeti grijehe, rađati se je na Zemlji, dok ne shvatimo da je blato, ono obećano, ne samo sjaj zlata, jbt, da te jebo, pa ovo dođe psovka, kao natezanje, to je normalno stanje dvoje troje – uspaljenika, dva kera, jedna kera, sedmoro šarenih, jedino ako su obojica bijeli, i tad se omakne biljeg, e sad već kad spomenu, otisak prsta mol* u, u teku, skener na ruku, za svakoga, dosta mi je svijetskih budala, za to smo mi ovdje gdje treba, nećeš ti meni drkat, a da niko ne zna, šta me briga, nek' me samo niko ne gleda, sram bi me bilo i Esme, gotovo je to razdoblje između nas, nismo više na istoj energiji, a i ja sam podosta stariji, da bi se više - dao na prvu.

Mjesto to je - svega poimanje, daj od sebe kol'ko moš, pa kako bude, dunem dunem, kad to vidim. Pa posle kinem da se skinem sa navlačenja bijelog, u nozdrve. Moraš biti zreo da bi se upuštao u radoznale radnje, e tad ako nisi dijete, neg' pohlepna spodoba što baulja, da strpa nase, use, i podase, nema sa kim ne pojeba se, što na volju, što na silu, e sad to dvoje nije isto, rodio se Hristos u svakome, to kako je, de malo i ti Bože - povedi računa, i ti si meni neka faca, ako si ovo dopustio, da to uopšte ide tom stranom. Sjedi dole Slobodane, ne dipli ne dipli, zavuci se pod jorgane, samo drhti, i ne prdi, crni ti moj, jes' se razvalio.

Reko jesam... mi se malo jebali, lako bi moglo da Esma zatrudni, sam u sebi mislim, kad sa mnom nije Dalibore, neće ni s' tobom, nije njoj do nas dvojice, niti do djece, džaba što nisi ni navratio do kioska, a znao si - da ćete se kresnuti, ona je to uradila prije tebe, stala kod prve apoteke, ti se zalete za nekom iz Matuzića, igranka, ti ju tamo skonta, al' neka, nadoćeš, što bi reko Šemso - svom sinu Osmanu, budi beg, odjebi lakrdiju, napravi sebi divan, pa kad bi da si sam, ne javljaj se ni na viber. Kako god, njemu se javi, stari je, kad zazove iza rešetki, nije lako, srokao cuke, mislio da smije.

He, da li ga kriviti?... on je ostao prelađen, nije mogao zdraviti, shvatiti da je pas osoba, to nikako. Nego polako, ajmo za mnom, uvešću vam fejsbuk, poslije instagram, inetrnet pola plate... smiren, strpljen, imam sve podatke, samo laganini, glanjcam roman, da postane od svega riješen, pa i od svoje duše, odo ja mala moja, da se naspavam, dosta mi je tocilanja, taman me prošla _ kriza srednjih godina, poslije toga - smrt je regulativa naše unije, prihvataće se kao rođenje, pa kakva me snađe, ako me zadesi dok sam ovdje, onda idem opet u neko novo tijelo... a neki kurac sam zaslužio, ko mi digne spomenik, sebi ga ja ustakeo, nikakvo obilježje, naročito značke - za hrabrost, kojekakav intelekt, sve sam ja to - od tri dima kanabita, svaki dan, vikendom duplo. Ne kontam, šta sad trebamo izmišljati? Reko, de ti Daki, Esmicu uzjaši, odo ja po Palama - malo prošetat', ajde Pero, oči cukeće. Veče idealno za dojebanog stvora, malo protegnuti noge, preko zakrpa, lupila stranka novi asfalt, načelnik Mirso, iz Čapljine, da je to neko pričao devedeset treće, smijali bi mu se, pa da se ne vraćamo u te ružno okrečene sobe, ničeg se nećemo sjećati - više iz tog doba - neka mi zamjeri - ko god hoće, sve sam zaboravio, i neka ste sjebali Slobeta -

samo što je krao sa ćaćom. On je to mislio kako treba _ moja nije bila – pobuna, đeš na svoga - Ko će reći da mu je – otac budala? Niko, a i ne možeš nekom zamjeriti, kad je već izgorio na alkoholu, nije to što je ostalo od njega krivo za nedaće, iako je pio predugo, nešto je drugo ćeralo iznutra – de nagne. Napaćena duša, nečim bi da se opali, ne bi ništa drugo do alkohola, i eto ga – nemiran Balkan. Da se duvalo otkad se za nas zna ovdje, niko ne bi bacio petarde, hapse hapse, nema više iste itat za BoŽić – kolko oćeš, pa iako si na Palama, deda deda, al' si bio beg, ja da sam na tvom mjestu, zbavio bi sablju, pa ko na vrata i sebe i babu, samo da ne gledamo više – zla očima, Kristina narađa tuđih sinova, reko de Bože – šta misliš za ove, da l da tučem riječju u čelo, il pod rebra?

Usput sretoh Dordža, nije nam se javljao od onda, mi mislili umro, reko – đe si pajdo, ljebac ti poljubim? Ima li šta u ovom gradu oko prsta, mislio sam da se ženim, samo za sebe, inače ja i Dalibor dijelimo jednu ženu, međutim, on nikako da siđe, volio bi neku odavde, neka bude gore ove list, samo neka nije – sa Sokolca, htjeli tamo djeda, on reče, e nećeš, pa oplete iz Rastuše, raketom mira – na čitav svijet, kad prikupim odavde podatke, idem preko Sarajeva i Jelava, da vidim kako tamo, jedna sijeda glava cepa, moli se za slobodu, svakom živom stvoru, što se tiče čovjeka, sjaši sa životinja, kako će se oni izjesti između sebe, to neka nas ne zanima, bila jednom takva svijest, al' to bješe mnogo davno, jedemo plodove prirode, ne utrobe koja tijelo, izbacuje na pizdu. Ne moš vjerovati, ali imaj na umu tako ti moj Isuse, nije ni Zagreb više, gdje bi mogao biti, kako je kod vas u budućnosti, je l' stvarno Glib, obećani raj? Pričaju mnogi da jeste, ja se plašim letenja, pa tako doznam koji podatak od vas vanzemaljaca, pribilježim u notes, to poslije objavim na fejsbuku, slike sa Glibanima na instagram – jedva vas nađoh, uvati jednobus, navrat nanos. Nasadi Slobo - kad se vrati kroz živote u svoj pravi, odakle ode na služenje vojnog roka, jer bješe gladan, kod doma kazan prazan, samo u vojsci, ima šta jesti, Ramo, naslijedio kao onaj što nema nikog, moga oca, pa smo sada, braća po ničemu, ajd matereee ti _ da opet nešto izmišljamo, na primjer kišobran, neka bude šareni, vidimo se sutra ujutru, ovo dvoje se jebu, pa ti ne bi preporučio - da ideš do nas, i ja sam vanka, odo popiti kakvu cugu, upoznati se sa rajom, da ja vidim šta to mlado i staro misli – pred sami ulazak u novu eru, pederu brate, dođ na slavu, ja sam jebač žena, moja glavna mana je – mijena mjeseca, to mi ostalo od ovdašnjih korijena, nisam ni ja čisti stranac. Ni Dalibor ni Esma, sve je to kurac i pička, iz naših krajeva, poželeo sam to veče, prvi put da me nema, u testamentu piše djeda, više neće postojati groblja, svako će kad klekne od ljudi – biti spaljen, jer to nema veze sa postojanjem onog što progovara - na vrata duha.

Svetoga, palca klinca, evo ga, da se poslije ne pitamo, ima li ga, ja sam Bog, javlja vam se preko mikrofona, nemojte više jesti meso, i ako ga jedete, za početak, pustite žrtve na slobodu, ako vas prevagnu da pobjegnu, njihova nafaka, neg' vi vak' sebi navatali kao nekih zasluga, pa de za derneka, ispec' pet ovaca, kaca kupusa kisela, ne može nestati – jer nije te jeseni rodila šljiva, od otpada prilikom čišćenja glavica zelenog, ranio Pero, da se ima meni, i njemu na građev'nu, zečeve, taman će ih prije ranjenika – priklati, čisto da se mrs umišići. Smanji salo debeli, jašta ćeš, ali kad se naduvaš, crče od gladi, lako prebaciš i sa marihuanom na tu spiku, neću se vraćati kući, spavaću na ulici nekoj, Pale su proglašene za najmirnije mjesto na Zemlji. Đeda nisu razapeli, jer ih preduhitrio, sve pisao, adresirao na Glib.

Iz sna me prenu jednom, de otiđi do konaka, Bega Osmana, sve što sam vam ispričao do sada – nema veze, ni sa mnom, niti sa tim likom, devedeset devet posto toga je izmišljeno, ja sam pisac bre jbt, nisam tele. Koje bi vi da prikoljete, nabijete na ražanj, pa slavite rođenje Isusa, eto vam ga – nek vam on kaže, može li se preuzeti grijeh... Sve na sebe preuzimaM, primi nas Bože u svoj hram. Ma mi smo proizvođači iskre, čim ih zafali - da opslužujemo svevišnjem timarenje tabana, možda nas baš njegova noga – zgniječi, iscereči nam crijeva na cestu, zaspao sam uz prvi dućan, na njem' imaš kup't' kondoma, i rizle, ostalo je sve – na njivi, i na displeju, koje trebaš klikneš, ako je savjet iz dalekije gora, pročitaj i koju knjigu, ono ostalo – samo štijaj, brini se o biljci, da nikad ne usahne, kako neće – kad smo mi pripitomili i pčele, muzemo ih za med, da bi dale više, nabacimo malo ćećera, liječimo ih našim drogama, pa kad stane matica rađati bolesne – to je kraj svega, na ovoj planeti, pisaće se – krivi ljudi, nijedni drugi.

Probudilo me iz razmišljanja perino lizanje, dahtao je od sreće, kraj njega malo pašče, žensko, opa Pero. Ja sebi noćas ništa ne nađo u ovom gradu, pun je ljubavi, ali zauzetih, više niko nije spreman otići sa mnom, do daleka svijeta, pa poslije kad ti se više svojoj miloj među nogama ne sviđaš, ma piši ti iljadu puta, kako je cmokaš, ona ode pod drugoga. Normala, pa neće se trp't' zbog toga što su u braku, to za nas troje je zeza, a zašto to na primjer nije normalno, nego je tako, a govorio si da nije, i to se prenosi, sa koljeno na koljeno, laž, a ko to radi, taj i krade, a ko krade, može vam ukrasti srca, on o takvim ludorijama mašta, pisac može sve, nema ograničenja, u mnogo toga se može

90

utvarati, da bude na primjer poznat, sam sebi piše testament u nekom životu, misleći kako je on nekom bitan. On to i ne radi, nego roka onako kako mu Bog veli, jer on je najveći, ne okreći se ne okreći, kad odavde pođeš. Mislio sam tu je kraj, kad tamo još jedna firanija, ima koračati devet krugova, nismo ni započeli sa paklom, koji se poništava, samo da prestanemo jesti leševe – godinu, ako tako dobro ne bude, onda tu i nema pomoći, ostani krkos do kraja, zakolj i ove godine pečen'cu. To djed nije branioo, samo je govorioo – griješite, nije više jeo meso, naročito ako je nekom – sarana sarana, gavrana crnog dovela, čavka u kuću - jastrijebu, rodili se čvorci, vrapci, malci – al' ga mačor smaza, mislio si – sad si faca, samo kokaj ineskte, znaš da si borac za dobro, opet moraš pasti, nastaviće drugi, čast mi je djede, neću te osramotiti. Ne uključuj grijanje, povratiću od bone, nisam je uzeo živote, sad se sam sebi gadim, smrdim na ništa, zapali komad, sačekajte vas dvoje malaca, jedva čekam kakve ćete, izroditi kučiće, kad je bal, nek je maskenbal, nije prošla jevta, naskakaše jedno na drugo, uvatiše se u klin, svi se jebu, samo ja drkam, pripadam toj porodici, ovo dvoje zanimaju klinci, više nijedno ne slika, Esma predaje na centru Pala, poslije živi od svoga truda i rada, dali su e klasu, za fergusona, oživio IMT, propade sve – čim smo se dičili, nismo se snašli u vrijeme mobitela, odnijela nam i ta spika, dobru deceniju, međutim, tamo su ljudi vidjeli da ih ima, a kad možeš navući na džina mnogaja ljudotinja, onda je – samo cepaj, budi lud, da budeš normalan, čista matematika, sad o tome trebamo, još nešto smišljat. Zagreb ti je sad đe treba biti nekad, u mom srcu grad – i u kom živim. Volim Pale, dok sam ovdje – svim hercom, kad odem – zabilježim u fotke – malene trgove, odo dalje u Rastušu, samo da još pogledam neku od scena – života Slobodana, Osmana, Isusa, Slobodanke, Esme, Dalibora, preslužujem koljivo, i za ovu porodicu, postoje takvi, ja znam, gledam jasno ko dan – odakle se izvlače parene vile, žive mnoge kile među krakovima, ali ko moja, a i ja nisam više za nikakva ženska – prošo me prc, tur sam sebi u šupak prst, kad ti je do turanja, ostalo, ma daj, ne da mi se na nekim sliniti ko bik, izdrkam, imaš me u trgovini, na sniženju, oprezno oprezno, ne briniti ne brinite, ja ni izdrkati ne mogu – jednom mjesečno, to mi je baš kad nemam druge razonode, a joj, ja l' mi noge smrde, sve zbog toga, nisam sjeko nokte otkad smo stigli, nisam znao da to treba, mi smo na našem Glibu iste ukinuli, imamo prste, al' nemamo kandže, ni u ruku ni u nogu, kad svršavamo, ne grebemo se po leđ'ma.

Nesređena, srediću te, naskače Dale iz špajza, reko, neće ovdje biti zadugo slika, idem ja fotografisati, do večerašnjeg kina, jedan od dnevnika – 93, na njemu smeće do vrata, voditelju - mala za vrijeme, prde, kad grunu svjetlica preko studija, ija ija, otišao sam do podRomanije, ležim u sobi, jer sam lud, tu je naša bolnica, skraja nakraj, ne moš prebroj't' soba, kanim se oturt za Višegrad, ne znam da l' ću konjima, il ćirom.

Idemo društvance na picu, Zeljo pravi samo pite, burek mu ni đedo nije, trpao vime i vaginu – nekome za doručka, kup po po kile jogurta, svakome, kad joj smažemo šupak, dojku, pičku, nekkk se ima čim podrigivati - dok se priprema prava stoka _ na preživanje. E odatle su naši korijeni, ljudski govorim, neću da zalazim u ostale, kažemo da smo svjesni situacije, jesmo, i da imamo dovoljno rane, prelazak na vege zahtijeva više truda, no ljudi su jedno vrijeme dostigli makasimum svoje ljenosti, radili su za salamu, pa neka si na njoj gladan, što si, imaš čime uzorati, šta si se natakeo na kola i mobitel, de da fotkam, onu, de da fotkam ovu, ko fol sam pisac, kad on jebač, promaje, pravimo male, koji se zovu magloviti vihori, sve do jednog isti, klonirani Isus. Ne mogu ja biti on, niti Slobo, niti Osman, dosta mi je toga. Stani mali, stani, priđe mi neka žena, kad to Janina majka, još si živa, otkud ovdje? Ništa me ne pitaj, muž mi u tom i tom vihoru ratnom, ostade bez glave, nije sreća od noža, nego od granate, klalo se sa svih strana. Jana mi se navuče na onu brlju, ubi se po pokladama. Stegao me grč oko srca, de reko ne pričaj, i nesta ona, ja dalje nastavi, ko da ništa nije bilo, kujica oko nogu, zamalo ću upast, zvanično Smiljka, odaju oni tako za mnom, ni ne slute šta mi je u glavi, milijarde informacija, otkrio si Boga, ko da si nebesa uvatio za muda, to je tek početak – učenja, do vrha ima – trista stepenica, na svakoj ostaneš tri milijarde života, danas ovaj, sutra leptir, prekosutra list, izaprekosutra tek, cvijet, pete pet, sjed samo dole, sprovesti legalizaciju kanabisa, ukidanje svega osim po čaše koje vina, i to sve - kako oćeš, nemoj da b' ga ko prsk'o, lagano na odricanje od kave, cigara, kocke, slava, poslavica božića i bajrama sa zaklanim žrtvama, sječe šume, namjesto badnjaka, to nema veze sa Bogom, nego sa poganstvom našim, ma kojom se ti vjerom mazo, to je naš tumor, ako takoo izađeš na scenu, pa se predstaviš – ne prijeti ti opasnost od ološa, nego od ucifranog. Kontalo je to u - Perinom svijetu - sve ozbiljno, još je u zatvoru – moram ga posjetiti.

Kad se vratio kući, nastavio je piti, ali i on sebi kupi - e klasu, isti ti auto ne trpi pijane i drogirane za volanom, ako si duno dim – nije bed, može, već ako si srolo dva velika džointa – to nije za toga, sjed' pod prvu šljivu, tako ću onim okorelima, ako ih spopadne nalet panike, trke, vriske, pa se spusti kurac onako iz pičke, mlohav, kud dalje, moramo zajedno, do braka, tamo ćemo se slagati – jer je to po Bogu, jbt te on takav, pa ja se nekad ne slažem sa samim sobom, i evo me opet ovdje, sve što ste vi zapometnuli, ja moram iskijati, dobio sam kilu od ovoliko slova, najradije bi da nisam ni počinjao roman. Ipak, nije najradije tako, više nas je autora, i više dijelova - pa zato, ovdje sam bio negdje napola, sad ću dodat jednu koru pudinga sa sojinim mleeekom, nikako sa kravljim. Pravimo ambijent raja, zadatak od Boga, ništa mi ne bi, da on ne navali, i tako mene lično razgali, aj' mali doleeee - sredi stvari, jer kad ti to uradiš, i Zemlja će da uđe u Sunčanu uniju, na Glibu ga nema, nije se nezadovoljno životom. Bože, naklon, sjedam dole, šta kažeš – činim. Ništa ti neću reći, jer to bi onda izgubilo čar čovjeka Zemljanina – i isto tako - Glibljanina. Blatnjava čizma od đubreta, iskoristiti zadnje naslage od životinja, prije puštanja, otori njive, pa uzori, uzori, uzori, nemoj da vidim nekoga, kako sjedi, sredi oko kuće, jervo će te Slobodanka skršiti od šibe. Da da, i ona brale lema, nije samo Pero bio binadžija, nekad se naklope oboje, ali to je, samo kad neću da kradem. Oni za to tako nisu govorili, to što stari donese iz firme vreću cimenta, to nam je škola za buduća pokoljena, sreća, odvede je sebi – Šemso, bješe stroga majka, mada ona nikad nije takva, jer se za tren odljutiš, mada masnice stoje, i po sedam dana. Objasniti da to nema potrebe, najlakše je sa travom, daj i baki nekkk dune, pa kad se takve dvije sastanu, rezervišem i ja ko đedo, niko mu ne sazna ime - do kraja same priče, možda ni tad, samo ć' reć, da je blizu Marića. Ja je znam, ko mi dobro plati, odaću tajnu, prodaću ljubav za ćevape, od krave u njima – pica, istom dobila menzes. Ples do zore, počinje tehnaža, kad prvi grumen gline padne u Usoru, ko zna da l' sam iz tog kraja, a ipak sam odatle, to je brrezveze, moš bit iz Mostara, eto odsada, ja sam odozdo, mjenjam dokumente na dolje, svejedno mi je čijem ću dijelu pripasti, e moj' čobani, da to što ste se podijelili ima veze sa mozgom, pa bi ja rek'o, nego ovako imate raj, vi ga poljevate benzinom, kreš šibicu, al' paz' mali dobro, ako zapališ grm beezveze, dobićeš iza ušiju, ako ukradeš, ne dolazi vanka, ima da te oboje – sataremo, drugi dan Pero stavi u škaniclu baš tog malo betona, baci na kola sa volovima, da ima za podbaciti pod točak, ne radi mu vinta, taki neispravan sa zapregom, ide u saobraćaj, ma ja bi njega uprego da vuče ista, da mi je ćaća i mater trista puta, druga su to vremena bila. Slobo, sine, nije sve do tebe, iako sebi predjede ime, meni si buraz, isti te tajo ranio, kad ja pobjeg'o... ima i do drugih, svako je u svojim govnima, pa ti misliš da tebi bi najgore, odavde do Gliba, hiljada i kusur godina, toliko si prošao života, eto te sada, de rec' kako ćemo... Ne moraš se Osme mučiti, prči ti Kristinu, mi ćemo ostali drkati, onda kad svat shvati _ da igra u đavoljem kolu, možda bude isuviše kasno, privid samo – šta se dešavalo, probudimo se u nekom ljepšem svijetu. Možeš da odabereš tu priču kad god hoćeš, na početku učenja, savjetujem post, kako ga kaže Pravoslavlje, najmrsnije, jaje i riba, tvorci tog ručka, moraju do stradanja biti na slobodi, eto kako ćemo. Jeste vidjeli šta nasta od nake komuniste, zaklete u knjižicu partije, ja ga neki dan vidim, izlazi na rikverc iz crkve, gata sam sebi najgore, reko lolo đes nagulio nazad? To sam otoječ vidio i u lokalu, na izmaku prema Podromaniji – ni njima ne zamjeri, oni su tako ostali, i nema im povratka u stanje besvijesti, džaba ika nauka. Jes' vidio duha Pero, kad prođe ona žena malo prije? - jesmo i mi uranili, da je bar neka kifla. Čaj, da se zgrijemo, stanem, pekara preko puta, samo u njoj imaš pite, ljebovi se peku – kod kuće, reko vid' domaćice, vidi joj sise, ćao, ja sam Isto Malena, ko i od tvog druga bivša cura. Sa tobom bi se u ovom životu kresala, u prošlom sam se ubila, prije poroda, stradala sa mnom i beba, nisam joj htjela davati ime. Čekaj čekaj, de me vrati nazad, malo sam prećero otkad smo sletili sa marom, uzeo kradom i jednu bonu, odozgo sam se putem, držao dobro, manje jebo _ više piso, ti se meni sviđaš tako, al' ti meni nudiš brak, misliš da ja tebe, pa da Daliboru nabijamo na nos, a da on to ni ne zna?! Dobra ti je ta, bi l' se mogli preko peći, uskači iza paravana, ostadoše paščad ispred - da tuku otkuvanog fazana, ja nisam mogao to spriječiti, ja kad sam je natego, a ona crna izmeđ' guzova, ne vidi se rupa iz tog pravca, ja kad se Malena usra, proli se preko mog jarana, samo spade strast, više nisam onaj, ne ložim se na žene, sad bi najradije da sam u braku sa kompijuterom, piše mi se, a ono život čvagolji, de ovo, de ono, ne smiješ nikad biti jedno, mislim smiješ imati priorite, ali ti prioritet ne smije biti ovisnost, joj kako volim što sam o kanabisu, šta misliš da sam na dopu, il koksu, rakiješini pivi... dvije tri bobe godišnje na nekoj partiji, ma to moš opuštano, međutim, nikad ne smiješ biti krkan... Neću ja to naglo, ali kad ostanemo sami u četiri oka, pa i ti si me Bože učio, da nije lijepo lagati. A ja sa laganjem načini sebi – milijarde olakšica. Za tim više nema potrebe Bože, reć''u o svima lijepo, ipak sam ja Isus, to što su rekli da sam preuzeo sa vas na sebe grijehe, to je metafora, bi ja, al' se ne mere, ni za koje pare, naročito ne zbog njih, pa to ti je platežno sredstvo, problema je bilo dok je prokleta seljaja htjela samo - da ima u šteku, svesku, u nju piš dužnike, vataj kamate đe god moreš. Kad navataš sebi baš baš take sadake, uzmi pa se poseri na nju, više se niko ne loži na tu priču. Isti lik koji je dostavio ovo djelo, želio je da ostane anoniman, objaviću ga ja pod svoj prevedeni, i od par kolega, nećemo ni govoriti Ramuuu, njemu ako dobijemo kad kakvu – dodijeliti nagradu, pa nije moja jbt, ovo što pišem sebe dijelom, nije od mene, nego sa druge dimezije, plavi veliki vam poručuju, jebaćemo vam Štrumpfetu. Đeš nju naku malu? Mada mi je paPa štrumpf sumnjiv, on ju natiče ja iko. Igraju se njih dvoje kraj puta, mene taman popusti, volim da odlutam sa dimom trave, odo sad dalje, vrijeme je da se štija, ovo dvoje ne silaze jedno sa drugoga, moram ja, aha 'oć' maunu, odo se odijeliti, naću sebi kakva ćumeza, već sam toliko popularan ovdje, i dok nisam sletio, čitaju se moja djela, ja sa drugog svijeta. Neka neka Slobodanka, samo udaraj, nisam više tvoj maleni sinko, da znaš, dabogda crkla, što na mene tolko vičeš. Jeste jeste, jebo te i Haso, i to znam, pušila si popu, to ako kažem, pašće sva sramota na tebe. Čim masnice splasnuše, sjedio sam joj u krilu, to je najčudnija ljubav...

I tako sam ja štijao, dok nije naišla baš vel'ka vrućina, odo da se odmorim kod izvora u šumu, mi smo ti izvan Pala, smješteni u Kristininoj i Osmanovoj bajti. Tamo su se oni nagledali svašta, izrodili vagon djece, od jednog tog pretka nasta i ja, ja ja, svi su sad božija djeca, kad niko ne ćopa burek, nemoj da se ponavljam za sirnicu, ona je ista – ako nije bijeli – od biljke. Ja ću da sirim zelene, samo dok stigne usjev, sijem sve produkte, uz njih konoplju, 'oć' da imam za vezanja - dok žanjem pšenice, daj ga Dalibore, samo preko peći, kaže Esma, Arsov sam , nisam više Hristova, ako se birati mora, ni tvoja, ni tvoja, mada ti to i znaš od početka, šta ti se ja imam sad uvlač't', sretno ti, eto ti đedov košarak. Pa ti budi malo sluga, ja ću beginja. Idem večeras zagrada, kad budete vas dvojica kartali, ja ću popušiti i odži, on ima nov bijeli audi, poponja preša na crne, više se ne ložim na žalost, slikam šta ja hoću, kome se ne sviđa, nek ekla. Klekla ja, kad on izvadi nemaš šta vidjeti, kurčevi kod Zemljana, ko smoki, dovoljan isto, za premetati između zubarupa rupa, kad ugleda pičku, još se smanji, bude ko mini – smoki, kroki, najblaže rečeno, jednog smo ga ja i ti jeli istom toliki, ne možemo se sa njima pariti, pa kad dosadi Dalibor i ostala ekipa, bi l' me ti nekad opizdio? - dabogda kondom ne koristio, napuni me do vrha, jalova sam kobila, ti moj ždrijebac, kurac ti ko stožina, glava ko u bivola, od mačora, nabi seb' u šupak. Krupan i golem, samo je tvoj. Ok, javi se, dotad sam u pisanju, kad sam u bašti, sa pisaćom sam mašinom, imam memoriju zdRuge strane, fotkam mobitelom, od aparature dovoljno, ništa mi više ne treba, komad nove robe, staru primičem kraju, kad nestanem sa ovoga svijeta, ostavljam tijelo da se spali, reče djeda, đe nać dvije babe, i da su naduvane? - u to vrijeme – nigdje. Sadee jje lakše, svi puše žmaru, kandžija se samo čovjek, nikako konj, on kasom, gasom do zadnje kapi nafte, ne kradite od države, sami od sebe kradete, da vas nema, ne bi bilo ni nje, i tako to krene, pa stignem u svatove naše, nismo ja i ti nikako za braka, samo da se kresnemo nekada, i da pričamo o umjetnosti, tačnije, nemoj da se prcamo, de da jedno drugo, samo gledamo, kad nam pane naum, zovnemo se na čaj, pa kad ostarimo, i svima više nije u mašti nijedan vlažan san, sve ratni, kaubojski. U vojsKi si sit, da imaš bilo đe drugo, iš'o bi – nek' se kolju, nego kad nemaš gdje, a gladan si, ka i kurjak... Reko, Pero, ako iskoči crni vuk, dobro čuvaj Smiljku, da je ne kresne, ja to skaza, ovaj naskoči, cRvenkape nigdje, biće je samo kad se bude pljeskalo, uspjela predstava. E moj Petre cukeći, sad će ti se okotiti maleni vučići, ti ćeš da im kažeš – kuda će, da l' u šumu, il' za nekom ljudinom, odeš za pogrešnom osobom, dobiješ šut u dupe, a natrefiš na pravog, evo te na nebu. Taj drugi dan sam se još više naštijao, inspiracija ko da je dolazila iz jaja, nisam htio drkati, da masnije rokam. Reko, e sad ću vam ga se nagovor't', smijati neću, još sam uvijek pri sebi. Dalibor pravi kolijevku, sad ću ja teb' jaro ućerati, ne tebi - nego Esmi, ima da je razgulim, obećali smo oproštajnu veče, jedno drugom radićemo svašta, mašta i kakva kompa, ma moš napisati toga, brdo govana, ali kad više niko neće njima ni da tori luk, životinje sve slobodne, lako je na Palama, da mi je znati - šta je sa Zagrebom, naša kopija njega na Glibači - je od ovoga sa Zemlje _ lijepo i meni na Palama, Beograd je odatle gledano, desno od Novog Sada... u Celju sam nešto zaboravio, nešto sitno, otiću da i gore obiđem zapišano, da vidim šta se tamo – povodom mene desilo. Samo slikaj Esma, kome je do eklanja – neka isto to radi, svi smo umjetnici, samo to sebi – trebamo reći, nema ko ne može napisati bomba knjigu, i ko ne može donijeti na svijet sliku. To su ti trikovi, pa tikovi, pa zabrane, ubile ljudstvo u pojam, on' jadni mislili - da su napaćeni, u stvari biše – zlotvori. Lijene stvorine, uštijat' i posijat', pa se od tada do ovih momenata kad pišem – prenesoše postovima kojekakvim – kao prolongirano, jed' meso, nemoj samo srijedom i petkom, nemoj ni subotom, nedjeljom, da ne spominjem, ponedjeljak je prije utornika, srijeda poslije, četvrtak prije petka, dan za metak – ubio se, reko tad ćemo Esma, pokupi me sa druge strane Pala, Idemo do – Sarajeva, kupićemo sebi po dve bone, ima žurka - u podrumu _ kod Sulje. Džordži ga poznaje, jedno se vrijeme on bio navukao na te baje, rokao dnevno po deset. To more samo nenormalan, sad je dobar, kano se budalije, mi ćemo po jednu, ipak, dosta nam je, hoćemo se poslije gruati. Navrati do Bembaše, tako se zvaše to mjesto - đe sam je čekao, taksi, nema točkova, lebdi već, iako nije ni 2020 a, koja god da je bila, pojma nemam je l' još peta, ako jeste i nije, direkt u sedmu.

Poljubila me tako sočno, da sam htio prvo da se gruamo, ona mi uturi među zube – polu, dole diskać samo taki, dvije sobe svaka za sebe, u jednoj jedan dj, u drugoj drugi, ispred klavir – za aftera, ponese me vihor bez tijela, osta ispod Isus, niko ga ne razape, nego ga zagriše, osjetiše Hrista, da li je to što je bila dobra droga, ili je muzika bila taka, da mi se više nije spuštao, stojao je između nogu koje tancaju za bonom – spreman, kad se otrači after, i u zoru se smjestimo u neki hotel bez gostiju, osoblju nabijemo u uši – tampone, neka ne čuju, kako pravimo Muhameda, neš mi ti u djelu, likovima davati imena, voz, da te nisam vidjeo na svom zidu, imaš svoj. Iznenada sevdah, kakav sevdah, reko turbo mala, daj je sad, ne da li ne da, samo njiše kukovima ispred, cura – milion, kad ne smijem ni sa jednom, prevelika mi kita, kome zabijem, iskaču oči, naravno – to se odnosi na Zemlju, Esmi, nekad ne merem ništa, cijeli dan se jašimo, da ona jednom svrši, al' kad počne špricati, ne prestaje tri dana, baš ti lijepo stoji haljina, ma de ba, samo njiši kukovima, brzo će after, klavir se sprema, uzešmo od lika po jednog spajdeRmena, odleti vasiona na Baščaršiju, došao Osman – sa ćaćinim sjemenom, vid jbt dokle stigosmo, izvinte me što psujem, ja to ponekada, iz navike, tako nas učili, jebo ti svoju milu mater, što nis' obriso bale, nemoj reko mame opet, samo po guzici, ne sjedim od srijede. Krede nađeljaj, pa šmrči, nemoj nečij' žulj, bonbon, bonbon, za svaki dan, po jedan preporučujem, ne, ne, samo dva dana u godini, i to može po dva tri, već sam se vidio na četvrtom, čim zadiple tipke, staroga krdže. Note vibriraju, dahću svi oko nas u ludom plesu, urnebes, ne puče nijedna petarda, de - nema više takih retarda, propali sa 2018 om. Vrijeme objave romana. Odamo u rikverc.

Dalibor je više volio rok nastupe, ujutru kad otpoče after, al' ovaj nije, na Puškarnici, zaigraše i dirke na klaviru, sviraju same. Rekoh joj da odlazim za par dana, pregledaću nabrzinu uzorke iz života Osmana i Kristine, idem da završim roman, neću ga širiti mnogo, uvrh glave do sto pedeset strana, đavlu bilo malo. Zatim, drugi dio. Dobro, ti znaš da ja tebe volim, reko Esma, volim i ja tebe, i znaš, da ja drugačije ne znam, drago mi je što si me sprovela do ognjišta – jednog od rođenja, poslije idemo na drugi svijet, taj će biti suncokret, suncokret, bez suNca, obrćanje napamet, svijet ovaj jedan, ima ih tri biliona milijardi, koje sam ja obišao, nema na kojem se nisam rađao, shvatio na Glibu istinu. Davno je to počelo, vidiš ti dede kako roka iz tog doba, čim ga dodirnem, ječi energija, proizvodim munje, iste ne vatam. Shvatam, šta je htio da kaže Nikola Tesla, hranjenjem golubova, niko nije kopčao, do oni. Cijeli svijet – đedo jedan, jašta sam - nego ponosan, volim ga kao svoje pjesme, njih ko svu djecu svijeta, jedino su ona – nevina. Kako je onda došlo do toga – da je svijet pobudalio?

Pa tako što je ijo meso, i te prerađevine, eksperimentišemo, pišemo najnoviji način pripovijedanja, pa da počnem od sebe, mnogo volim pisanje, zaista, to što sam otišao za stihovima, nikom ništa, ja sam tako htio, volio do zadnjeg, ono kakvo bude, ne može biti gore, naoblačilo se - mrkli mrak, kiša ne pada, priprema se oluja koja će svijet zbrisati iz čvoke, ja ne dam, evo me - da vas pameti dozovem, poslao me Bog lično, krsti se ti i klanjaj kol'ko oćeš, istina je drugačija, ija kobila, proleti kraj nas krdo divljih konja, ja ljepote svevišnji, trče i za ovcama vukovi, njihova stvar, mi smo svjesna bića, idemo dalje bez ubijanja životinja, prenesi kako svojoj djeci, tako ostalima, ako vas spopadne teško breme, ko Osmana i Kristinu, stisnite zube, nema veze što niste u vinklu, pa kad nalete vojske da siluju begu jedinu koju voli, da vam se rodi – i opet Hrist, za sve isti i jedan tvorac serijskog filma, ne mogu ga igrati stvarni likovi, klikovi preklikaše, govoraše Dalibor da ne idemo, kad smo već tu, de da poredamo na mjesto stvari. Meso zaboravi, za te igre - rodiće se vukovi, i oni će biti čistači – kakav je to taj naš Bog, koji to tako sve samelje? Jednostavan, svi moramo ionako umrijeti, rodićeš se opet, đes navalio, samo rokaj, u po zime ljeto, ja kad ruknu snijeg, taman kad muzika raznese vino po zidovima, od alkohola, samo to, ponekad čašu dvije poslije ručka, za krvotoka, rekla bi moja tamo neka baba, nisam ja alkoholičarka, ne mogu bez pive, i to nije isto, naravno, ako ne smažeš svaki dan gajbu, dunu vjetar samo taki, ledi kosti, mi se opustili. Umislili sebi – da smo na Glibu, jaro moj, ovo ti je Zemlja, mnogo surovo mjesto, počni se privikavati na nove prizore, oslobodićemo svijet, odnijeće nas oluja očas posla, kad pročitate ovo svi odreda, ma ide kugla bivstvovanja pozitivno, otpusti nas Zemlja, odnese vjetar u Svemir, da nas sve malo prošeta, do raja zvanog Glib, blato do koljena, mi kliktimo od sreće, valjda kao nešto rečeno – došlo iz guz'ce u glavu, legalizujte travu, da vas ja ne b'' lično u novom nastvaku igre bez granica, skačemo k'o da smo na vodi, preko bavlani poredani, moja ekipa osvaja turnir, pir, crni neka bude onom ko se baš ložio na te baje, men' tehnaje do zore, kad krenem za Glib, gdje se svi zaista vole i poštuju, između sebe, krene mene tako, i neki nemir – nećemo uspjeti, onda se sjetim da jesmo, onoga dana kad nas je nebu vjetrina ponio, niko ne zadobi nijakve rane, osvanusmo spašeni, i jovoga jada, na šta liči Zagreb 1993, i 2023, he he he, tamo sam počasni gost, priprema Seve koncert, dolaze sve kamiondžije, neja koga trucka - u dvorištu nema, šema golema, imat' trista žena, ne može od jada, jebati ni jednu. To bude zaboravljeno, osim kome se igra sa tim stvarima, kad se baš baš jedno u drugo zaljube, klize kurci po pizdama, samo - da se što više širimo, isto ko da za sve neće biti mjesta, de da sad proćeram, koga šiša šta će biti sutra, ja znam da sam probao, uspio, to ćemo natenane uz džoint, kad se slistimo u Glibači, otkači se zupčanik, koliko god je lijepa ta Zemlja, zgadila mi se, jer izgledaše kao jedan veliki koncentracioni logor životinja, smiju se kobiva - brkiju. Zabole me kita – kažem šta je istina, a ona je ta, svi smo nekada - bili krkani, najlakše je ić' ubiti onog šTo ne misli kao ja, onda ti ja nisam nikakav učitelj, nego kurčeviti pisac, sam sebe nazvao tako. Nisam više htio bona, nisam ni trave, ove zemaljske - ubiju u koljena, voljena moja, drži se, odo da pripremam nove trupe, one će svakog da vole, pa i svog – egzikutora _ nacrta nam dvije – ketamina, da ne volim i Hitlera, bio bi niko, i tako ti ja naletjeh na njega gore, kaže da se drogirao pogrešnom robom, doktor koji stvaraše postojanje njihanja populacije, napravi falš, ja pizdarije, ajte da to lijepo sve obučimo, šta smijemo kad je droga u pitanju, a to je – dvije tri bobe – godišnje dva puta, i to da bude roba provjerena, a ne da neko crkne od pole. Ne bi' kabulio. Vjeruješ li sad Travarije? - evo unuka rastura, neću reći kako se zvaše koja država, to više neće postojati, granice se ukidaju, zaboravljamo na podjele, svi idemo na prehranu biljem, popuštaj sa priuze životinje, na slobodu svi, do kojeg ljubimca, kuca i maca, more, sve nas ponese istom Bogu – lahor, ja l' roka ja l' roka. Klavir se utiša, zacepa violina, otkud, nejam pojma, nisam je nigdje vidio cijelu noć. Voljela bi da se još jednom pojebemo, za kraj sedme i početak osme, ona je najdulja, deveta i deseta, pred odjavljivanje, jedan'esta dvan'esta – kraj. Al' ovog dijela. Opet duva onaj isti što i neki dan, priprema se zima prava, iako smo mi sebi bili zafurke pripremili – ljeto je, pa ja jbt, drugi februar, mace se prcaju na suncu. Dvajest stepeni, odjednom minus petn'est, navcnjaće takav snijeg, pa ti se jebi, stavljaj lance, ako voziš kamion, joj joj, ne kreći sa šljeperom - ako nis' dobro natovaren, gume iz Kine – nećeš ga meni na meČku, idem Esma da izdrkam, jednom za kraj. Jeste da, nemam više tih nagona, osim pokoja sijeda što me tresne pogledom baka, ložim se na kravatašice, one iz vlade, zgrade na Budžaku, ma to nema ni bundeStag, okolo groblje, živo, ali groblje, najveći red – pred javnom ku'injom, kaže neće mrtvi oživjeti, i to oni što to već jesu, ratardikus porođajem, od malena sve od sebe dajem, samo da bi se pokazao na sceni, jedva dobi – trijest lajkova, mislim, smiješno, al' neka, cepaj, ovo je Sarajevo, nije jeben' - Teslić, ne moš ostati živ – od trač partije. Idi ti lijepo u Rastušu, pokosi i pripremi ono što je ostalo od Pere, ništa, spalio Slobodan, čim smože hrabrosti da se pređede sa Ramo, naručio i za sebe, onda kren'še krematoriji da lome kosti, mene tu nema, ja sam gore, smijem se sa oblaka, iako za mnom plače dijete, snaša, Mile, Mrile, Šnjilse, Dalibor isto zna istinu, nagovori ga da se trzne, skini ga sa pizde. Nije mi više Esma, zaista do toga, nije da ne bi' volio, nego se ne diže, moš mu svirat frulu, moš puštat zmajove, on je _ ko da je pizda, da se čovjek malo bolje ne zagleda, juče bi kita, sad je više nema, ostao smoki, kikiriki, evo ti ga ovoliki, de ti men' od vamo, ipak, ako mi se propne, volio bi' i ja – imati tebe, od ove trave njihove mi se ne seksa. Znam kuda ide dalje i na koji način reprodukcija, ostalo – igra, i samo igra, ako se dvoje više neće zaboljat, slobodno neka se raziđu, onda više neće htjeti niko normalan u brak, zaboraviše se groblja, ta priča Mirogoj, spokojna, mene neka na Jarunu – prospu u Savu, idem na vikend – kod druga – u Dugu Resu, to ti je dolje - kod Karlovca, odatle do Biaća ima sedamdesetak stare ceste, preuzele napor za uzbrdo – mančine kečevi, dok nadođosmo na euro šest, iskašljasmo u dušu matere – garež, neka bude zahvalna - što je nismo – atomskom raznijeli. Moš ti zamisliti tu tek silu? - ništa slabije labilnijoj _ od druga Adolfa, on je bio bolestan, samo zato što je pokrenuo rat, ostalo, sve je bio u pravu, prećero naglo, najdarovitiji čovjek tog vremena, na koljena bacio ljudsku rasu, sve zato da se nabudži neki tenk, od njega se stiže u vrijeme igrice istog tipa, neće više niko da puca zaprave, nego _ preko ekrana, od vam da te našijem - ovdje je to vrijeme ratno, bilo tetrisa, a poslije njega, super mario, pa se kreće na play statione, tristra marona, nek se sinak naigra, dok mu tajo rmbači u kanalu, ma jebo mu ja nanu, reko men moj, i tako i bi, nego prerano, ostao sam od majke šesti razred, nejam pojma kako je umrla, jer sve što sam rek'o za Slobodanku – slag'o sam, tog se više ne sjećamo, jebem ga 2023 je, do tad smo dosegli maksimum, samo ako postanem popularan, kako ću to, a daaaa, zapratim na instagramu sve te poznate face, onda odgulim par fotki kad sam naduvan, bude to odma bomba, međutim – čekao sam na sitnice, donio jaro robu – sa Jupitera, i tek je 2020 a, i skoro je bona sljedeća, crkla - majka Slobodanka, Đekna, još uvijek mrda, Venera ne silazi sa brijega, jebem ga kako se neće dignuti, de mi ga ovamo, kad tamo smoki, kroki kroket, turi ga Esma u usta, i dalje svi đuskaju, mi smo na vc u, neko na dasci nacrto, još jednu liniju, iju iju, ja kad nasrnu na nju, viče jadna prasica, ne vadi ga, ranić ga sama, kad tamo, pajdo bi samo rokao igrica, de ba, pa to je najnormalnija stvar, bolje i to – neg' kauboja i indijanaca, švaba partizana, modernije – stranki, pa ako nisi u mojoj, ne može ti dijete biti zastupljeno – folklornom zajednicom. Na to si se spustio međede krvoločni, samo bi da loćeš krv, žedan, probudio se jedan, uči sljedećeg, mir i sloboda se dostiže tako – kad se vrnemo na biljke, uvedimo reda u vlastito rađanje, prepustimo ostale Bogu, on ima način za svakoga, veli – vjetar, otišlo sve uvraga, neja ko nije grešan, previše na jednog Isusa. Jeste unuci – da vam se đedo bojao, nego maRu sadio, kako te se bona ne sjećam, kad smo krali selotejp po firmama, odatle sam krenuo u vode transporta, veli Mitar što nas ču dok vrištaššmmo, ne mogu zamisliti sebe sa strane - kad svršavam, moram se snimiti, pa nisam tol'ko nadrogiran, mada bi volio - da naletim na neki komad, malo mi se fotka, odatle se ja i ti znamo, iz voza – Esma, jesam ti viko, ne naginji se kroz prozor, mogla si biti Selma, kad, stvarno se baraba diže, nadiže se i unje suknja, ja kad je naguzi, nije to više onaj osjećaj, svršio bi čim staviš, nego novi, ne pripadaš toj osobi, voliš samo da se natičete, već posta stvar za incesta, pa mi smo jarani iz braka, smijemo tako, i zašto ne bi bilo normalno, da živimo u troje, dok nećemo djecu, kad je širiti podmladak, svi po dvoje, dalje su nam ista - braća i sestre, kupujemo spermu iz susjedne kolonije, ocjena stiže u predračun za ponudu, moreš odabrati na primjer od Madone gene, prodaje i ona bubrege za jaja. Mala moja, mala moja, nikad svršiti, samo guslaj, nabijaj se nabijaj, tek smo na zagrijavanju, klavir otpoče u daljini, ajmo još malo plesati, nastavićemo u kolima, parkirat' se neđe oko Stupa, taman kraj prodavaca uglja. Ostali onako – za reklame turizmu, niko više _ se ne grije na drva, pojeftinila struja, ostavili se nafte, da smo davne i davne, al' nismo – džaba žaliti.

Ele ktro ni ka, niko nema novčanika, jer se isti, više ne koristi, imam ipak ugrađen čip, rašaro se na prstu, mi sa Gliba nemamo to, kad se sad rastanem sa seksom, više nikad - dogore, jer moje je spolovilo preobilno za Zemljanke, vrhunac svega, opet klavir, al' ovog puta - sa tamburom, udara Osman u istu, suzu pušta kamen, nikom ništa skrivili, a najebali, nisu čak _ ni jeli mesa. Ma ko te to pita, vidiš da je još većina na istom, polako sa tim objašnjavanjem, da ne izazoveš kontra efekat, pa sve pobudali još gore. Ma more, bolje i tako, nego ne upoznati ovaj merak. Međutim, nisi stvoren za uživanja, život je robija, robijaš tvorcu filma, ne znajući da se ne može snimiti sa stvarnim likovima, ni jadna evolucija nije očekivala toliki napredak. Krenu predak – kontra, priča je izmišljena, i nema veze sa Mjesecom, puno sam i sa njega domahzajajku, zarolja neki Ciga sa – saksofonom, brat bratu, svi smo Romi, ali onakvi - kakve mi to vidimo Cigane, u to vrijeme, ne može jadan izaći na fuka, da ga neko mrko ne pogleda, to su za mene odavnina braća, još kad smo švercal' gaća, linija preko Matuzića, sedmično tura, nećU - reć gdje smo rastural', jer smo delali na crno, uzeli pare, i gas – Švedska, evo vam vaš – Balkan. Nabijte ga sebi takav

– u dupe. Osta rođak naroljan iza šupe, od rakiješine se upiš'o i usr'o u gaće, a mi odma nove, sto marona, neš usran dalje na feštu, slavi se odlazak sina u vojsku, pa to prijeđe na osamnaesti rođendan. Sve do danas kad se slavi svaki dan, dobar vam on, dragi čitaoci, ajmo mali aplauz, za klavirdžiju, iju iju, baš me briga koja je bila, sad je deveta, e sad slijedi – ono pravo. Završio se žur, vratio se svako svojim prečicama doma, na Palama, jazbina Osmana i Kristine, nas dvoje smo neke daljne loze, odrodili se prije desetak koljena, Dalibor – muž iz naleta, upao u brak Glibljana, sasvim slučajno.

Odlučio sam, postaću žensko, moram da shvatim kako jedno takvo – razmišlja, naročito kad ne zna za prave veličine - muškog spolovila, zanimala me ta strana, još sam odgledao par epizoda _ Osmeta i Kriste, nije mi se više dalo sjećati patnje djedova. Pa sad kad ja postanem pička broj jedan, daću onom' ko me ne voli, bolje me ne može nijedan jebati, usput na tadašnji internet naletjeh kako neki pajdo preko ruke, ugrađuje onu stvar, kakvu poželiš, i mene odnese trava _ reko - neka budem žensko, probudi se na stolu, iskružen kića, nova taze pica. Netaknuta sisa, devetka, kakva bona petica, oć' da dojim junaka za bitku, a ne nekog mlakonju. Znači, strašno, još se udaš za nekakvog nedojebanog stvora, kažu, moraš ga trpiti, sve zbog narodnih običaja, doo priglavak. Opanak ne skidaj Mila, zovem se tako, otkad sam zaplakala majčinim rođenjem, 1989, dešavanje radnje, dvije hiljade deseta, imam dečka, ali ne voli seks, dobila sam konačno posao u trgovini, radim na kasi, i ujedno uslužujem, sve mi je posao, koga kod ti to mladog skontaš, sve bi on to istjerao na pravac, ali preko mojih leđa, nedojebano sve pa et, i da oćeš, nemaš koga zavoljeti, ne mogu nekog ko je ispod mojih shvatanja, to sa Duškom je ok, nego da mi je neko malo iskusniji, volim seks, pa et, nije da nešto krijem, mislim, to niko ne zna, osim mene i pisca, a on će vam ga mene odati, ma nikad. Živim sa strinom, i to od tate, ženica sitna u poznim godinama, ime joj je Džana, porodica Muslimana, sa druge strane moje Majke Smilje – sve Srbi, ja koji li su nejam više pojma, smirio se rat, prošla usrana – devedeset treća. Zaboravljen Han Pijesak, dječak seb zbavio preko strica kamion, oženjen, ima dvoje djece - kćerka mu peti, sin prvi. Nije bio toliko zgodan, nego smotan i sladak, nedojeban, vidjelo se iz aviona, poslao mi je poruku na fejs buk, medena si, u meni se nešto probudi, šutjela sam danima, zanimala me ta budala, zašto, nejam pojma, mati mi se i tata razveli, tad ja odoh kod strine Džane, onda se oni pomiriše i dobiše moga brata Ranka.

Nisam htjela radi njihovih shvatanja da se dogodi incident, ko vele, vid rospije Mile, spava sa oženjenim. Provlačilo mi se to ko nit kroz uvo, kontam kakve to ima veze, pa svejedno su ti svi brakovi, za učešće zajedničko, ako nemaš sam za kifl-e, a dvoje mere, odma se vjenčaj, hrli za ostalom sirotinjom, onda služi nekog bega, koji ti ne da ni za obaveze, za platu ne pitaj... kako ti znaš da sam medena, kad me nisi nikad ni vidjeo, uopšte te se ne sjećam da kupuješ tamo gdje ja radim...? znam znam, nije prošao sekund, ko da je čekao moj odgovor, ako krijem da mi se ne sviđaš, lagaću, imaš nešto što u meni budi svaki osmjeh prema tebi, kako gore, tako i dole, volio bi te jebat do zore, da ne kažeš, malo je. Ti nisi tačan, još si na to oženjen, tvrdim pazar, znam da se na to lože, de da ga malo provozam, a i meni je - pričam vam _ do ozbiljnog karanja. Varanje njegovo me ne zanima, to neka uzima na sebe, valjda zna kako mu je u braku, a ja sam svejedno u prošlom - bila muškarac koji je sa kolegom imao suprugu. Vozila sam crnu corsu, bješe benzinka, tri klipa, samo klepće, reko, nećeš ga uturt, to neka seljačina, da baš sam to, jebe mi se za tvojom malom, nego ti kažem, jbt, sviđaš mi se, u braku sam, a kao i da nisam, reko supruzi - da hoću razvod, ona ne da, veli – rad' djece, i šta ti sad hoćeš od mene, da ostavim nejač koju sam stekao, to sa kim ću se ja kresat, to je moja stvar, alo, sviđaš mi se, koji ti par opančića nije jasan, imaš dupe, da ne svršim nikad, sise bujne, ako ikad onda na njih, ne prestaj me ljubiti... de budalo jedna, koji ti je, nisam ti nikad ni čula glasa, moram ga još malo privući, ne čini se loš, u suštini, poznam ga ja, iako neću da se još zna, dobar dobar, samo moram sakrit' dobro, da se meni sviđaju i žene, jednom smo ja i moja drugarica hodale šumom gole, ljubile se među noge, k'o da se cmačemo u usta. Ne sviđaš mi se toliko, koliko me pališ, taman mi treba jedan takav, ali nemoj da se zacopaš, pa da moram sa tobom devert skidanje sa moje male, nemaš ti pojma kakav te bedem čeka... nego, gdje si mislio, moj auto je mali, ne znam je l imaš ti isti? - znam da te viđam u nekakvom kamionu, vozio si ciment komšiji, šta ako saznaju tvoji? - malo je mjesto, moramo se skloniti od sela iz kog smo stigli. Otišo do Rastuše, osjeko kitu, nabila vaginu, sad sam Mila, sa Bulet'ća, zašto sa njega, pa nemam koje drugo selo navesti, pa reko aj bilo koje, bitno je da je priča, doće produkcija sama, neka se samo sije trava, jes' ti na tom, ja inače ne duvam niti pijem, ali bez cigareta ne mogu, i bez seksa, Duško me keca, ali radi većinom na terenu, pa nema kada, udaću se možda za njega, ako Strini djeca – oduzmu kuću, ostavila ih male, otišla za drugoga, od njihovog ćaće, kad dođe jebe me cijelu noć, samo što je to dva puta u godini, ako kome kažeš nadrljasmo, na mene će zvono, na tebe ljaga, i eto nemira u Danskoj.

Španskoj i Turskoj seriji stiže kraj, pa i svim ostalim nebulozama, zaživi pisana riječ, od nje ne bi veće zezancije, međutim, meni nije do toga, dođi do Jelaha, pumpa na izlazu prema Tešnju, tamo ima jedan potok, samo vaki dolaze, ali ovim danima rijetko, pored ima parking za dvajest auta, ima i pored toga - put dužinom vodotoka _ tamo ćemo se zavući, ti svoju korsu ostavi na toj pumpi, dalje ćemo mojim kolima. Aj fala dragom Bogu, imaš ista, mašeš li ključevima i to? Mahaću ja tebi, samo ti pričaj, ne zezam, se, sviđaš mi se više, nego na prvu, mislio sam da si neka napumpana, kad ono raja ko i ja. Ne smeta mi što imaš Duška, ja nikom neću ništa pričati, inače se zovem Vito, moreš me zvati koRleone, zezam se, Milanče, da ne rekne neko, vid ga jest se prepo, ko je rek'o tako da se prezivam? nek budem Spasojević, za tvoju malu, vidim da su ti krakovi mokri, kad te nataknem, ne računaj skidanje sa istog, do uzoru. I šta ćeš uzoru, možeš li još, ja kad svršim dvadeset puta, mogu tek na miru kući? - de zezam se, opali me pet, ja ću biti prezadovoljna. Moj Milane, mnogo si mi drzak, inače, nisam ni ja toliko naivna, isto ko da mi žene ne volimo karanje, ma jelde, pa to je i smišljeno za nas, vi ste nam sluge, jebaćeš me cijelu noć - samo da bi meni bilo dobro, koliko mi ga staviš, toliko me voliš. Onda mu se nisam javila sedam dana, reko - da vidim da li je mali naporan, imaš ti svakakvih budala.

Kad, ni on ne odgovara, osmi dan, je l tvrdiš pazar, il stvarno ne daš? zezam se budalo... volio bi da te upoznam, da mi se sviđaš, sviđaš, ako je ostaviti ženu, odmah ću, neću te teretiti ničim, osim srcem, to što mi se sviđa i tvoje međunožje, to je napobaška, grijeh bi bio da ti to nisam rekao, pa ti vidi, slijedi još sedam dana ćutanja, reko ok, vidimo se u današnji dan na toj pumpi, pola osam, čim se smrači, budi tačan, ne volim čekati. Onda smo čavrljanja prekinuli, htjela sam i ja njega _ da upoznam, djelovao mi je smotano za velku kitu, ko zna, nikad ne znaš, ja šta bi ja svojoj pički radila, samo da imam dokon kurac. Kažu da su ovi iz braka ko maniti na mrs. Samo bi da turaju, još ako voze kamion, to ti je sve Severina, gasa gasa, prevar ženu što više puta, to si veći baja, nema fotku na fb, ja ga znam, izdaleka, dobro izgleda, ali stavi šminku nastranu, možda je neki nafilani dopisivač, ni ne slutih pisca...

Zagreb na nogama, došao i Džoni, pozvao ga Dordž, slušao kaže tak neku muziku, pa se sjeti njega, mada je ovih dana prvi puta probao kokain, reko de nemoj mi pričati o tom, to me ne zanima, na šta se ložiš, i te spike, samo mi je do kvalitetnog seksa, ko zna da li mi uopšte mirišeš, čekaj dok se vidimo, slutilo je vrijeme. Kako se dan primicao, noge su mi klecale, jbt ideš na sastanak vezano za upoznavanje, nije da se i on meni – ne sviđa, poruka me njegova svaka skida do koljena, gaće taman na njima, on me zguza nabija, obukla sam suknjicu do tu gdje bi bile gaće, pa skinula, ipak ću u hlačama, jesam željna kurca, al' nisam raDodajka, a i sa nekim mi se priča, dojadila samoća, nema ovog puta, zadugo Duška, strina šizi bez tableta. Ipak ću u tolama, vozila sam požurno to veče, mada uvijek dobro pazim, kao da sam jedva čekala da stignem, iako je on sa drugom u braku, meni se sviđa, baš takva protuva, neka protutnja između mojih nona, pa nek dalje kurlija kolom, ja ću za svojim poslom, utom će i Dule iz tuđine, pa ću otići od strine, neću daleko, sprcaću njega nek opet radi, ja ću sebi naći zagondžije, najbolje je da mi kad on dođe ako ćemo ovako - raskinemo, ali kako ćemo, kad sam ja njemu dala prst za prsten, plac dva duluma - moji za kuću, ostale peneze njegovi. Kontam jesu l' normnalni, il' nisu, pa se sjetim da Duško nije takav, dalo bi se sa njim, samo da se više viđamo, imamo prostora za nas, on gore nema inetrneta, samo se mogu dopisivati sa Milanom. Kontaš, ma neka, bolje nije moglo, čovjek izgleda top, samo bi da me taki nabija, ako dođe do toga, malo ću odugovlačiti, tvrditi pazar. Al' aj, malo se tresem, mada mi to nije prvi oženjen, imala sam ih već, neću mu dozvoliti da mi išta daruje, ne želim nikakav interes osim za večeras – upoznavanja - na parkingu me on već čeka, opa Mila, vidi frajera, na njemu duks i hlače do koljena, ugrijalo, ugrijalo, kakvi mrkli mrak, još se vidjelo, dok smo se smjestili uz potok, nabaci zaista noć, septembar pri kraju, mirisao je na neki meni nepoznat parfem, inače nisam znalac istih, ali ovaj je cepao, radio je prenosio nekakav miran bluz bez gitare, ko da mu samo ona fali, kad smo stali, zategao je ručnu, ovaj misli i na našu sigurnost, e sad da se upoznamo, ja te znam iz viđenja, jednom sam iza tebe hodao, nisam ni primjetio koliko si dobra, dok me nisi profulala pogledom, prelazila si žurno, od tog dana skupljam hrabrost da ti pošaljem poruku... sunce moje milo, ovaj nije ko ostali, nekakva baš dobrica, ovakvog ne zaslužujem, vidim da mu se digao jednom, pa drugi put, usput je zagorio, odraće me, osjećam već prije nego mu pružih ruku, drugom sam iz džepa džempera izvadila dvije čokoladice, ostale na kusur, nisam htjela pričati dok svoju nisam pojela, onda me gledao dugo, ja nisam treptala, naprosto sam uživala u svakom momentu, onda me zgrabio munjevito, kao najveći znalac mojih pokreta od malena, zario usne u moje, jezici se polomiše da dokažu koji je pravi, već mi je zgulio cijeli džemper, pojma nemam kad mi je hlače svukao, natakeo me tako jako, da sam odma svršila, al' odma, nastavi punim kasom, zaista na puno, poslije pola sata guslanja kad je svršio po meni, sise se više nisu vidjele, e o tom ti ja pričam, izašao je vani iz auta, onako go pišao u žbun, vratio sa sa vlažnom maramicom preko glavića, ma skidaj to i dolazi vamo, sad se i on ustrašio da se neće dignuti, kad sam je raširila ispred njegova nosa, taman zadigla dupe na sjedištu kola bez imena, ma za tren je opet bio u meni, nabijao me ovaj puta laganao, ja mislim da me od tog nabijanja sutradan bolio kutnjak, utjerao mi je sva dobra svijeta na to teke rupe, svrši po njoj, ja po njemu, iznenadi se on, reko šta ti je, nisi nikad vidio da žena svršava, de me ne zezaj, a vid' kakav si jebač, svaka čast, ajd još jednom, pa da bježimo, za večeras dosta, i da znaš, ne možemo se viđati, osim jednom mjesečno, nemam vremena, a i hoću da sačuvam vezu, barem dok se ne vrati, neću sad da izdam, ovo mi je što sam baš zakrizirala, jest đavla, stiže me poslije tog i kod skretanja do pumpe u neki sporedan put, pa me opet skide, veli sad će na brzinu, uturi ga dva puta, ja zaista svrši još jednom, po njoj se zamazala sperma, jebaću te ako ostanem trudna, nisi u mene, mislila sam da ćeš imat kondome, kad ti to ovak, daj ga samo malo u ruku, da mu čestitam... cmok cmok, i to. O tom o tom Mila, jedva sam čekao da ti pokažem, dok sa ženom, ni naopačke, ok čujemo se, otišao je... sat za dvoje stao, ja l' me dripac izjeba, ne reče ni dov'đenja – odera me ko jarac kozu, iznateza ko pravi, zaspala sam, pa sam prvi put prespavala na posao, došla bez grudnjaka, sise ko stršljeni, štrče kroz majicu, toga dana pazara more, dam i strini stoju za tablete, od bakšiša, nek' seb' kupi i džempera, više ne dolazim ovakva na posao, misliće neko da sam sponzoruša, uvijek čokoladica, i rekla sam mu ako mu se svršava u mene, nek kupi kondom, kaže neće, mada bi volio sa mnom dijete, reko brate, nemaš pojma sa kakvom lujkom imaš posla, ne želim da čujem ime tvoje supruge, djece, ništa, samo mi je do prcanja, al' ko sinoć, sad bježi, znam da si vješt sa riječima, nema viđanja do daljnjeg, peti dan mi je poslao poruku, kako si? – kontam _ baš tebe briga kako mi je, tebi je do pičke... nije mi do toga, pitam te kako si, sam sam, malo se plašim, de ne zezaj me, idi dalje, znam da si jak, i da foliraš --- ok, nestao je, poslije me grizla savjest, nije loše ništa da sam ga saslušala i onda otišla, ima vremena za sve, pa i minut za njega, nazvala sam ga, odbio je poziv, sad je kući, pali auto, kreće, druga treća, evo ga zove, reci, kao da nije čuo telefon, sad ga pogledao, propušten poziv, kako ga je odbio, neja pojma, valjda mahinalno, rukom dok vozi, drugo veče me skinuo već usput, prst nije vadio, klitoris mazio vrhom malog, ko da mu veći ne treba, i da ne prijeti ofanziva takve kurčine, kakve ja nisam mogla ni zamisliti, prije. Helo Kity, svršila sam opet, pa opet, čovjek ne prestaje, ko tucaća mašina, pogled koji kaže, ja te želim najviše na svijetu, vadi ga pa meće, vadi meće, vadi meće, pa ga turi skroz, ko brzi voz kroz tunel, e sad me više ne vidiš, svirnula sam mu na rastanku, na ovo mjesto zaboravi, ovdje smo se natucali fajn. Muk mjesec, niko nikom ne piše, pade meni napamet opet češanje pizde, ako bi isakim, sa njim bi, gdje si ti? - ništa dan, ništa drugi, treći, evo me, bio vani skakao do Austrije, malo bolje ture cimenta, mora se - djeca sitna, ženu neću spominjati i tako, kako si ti, gdje si? - malo sam bio slomljen poslije našeg nalaženja, sanjam te noćima, ali kad se nešto mora, onda ok, de me ne zezaj, ne možeš me voljeti odjednom, nego si ti prigorio dobro, bi l' ti njega večeras doveo na jednu lokaciju? - tamo nema signala za mobitel, ponesi nam nešto slatko, nemoj da se učiš žicat, ja sam dva puta čokoladice... ok, samo reci gdje i kada, sutra ti se javljam kad završim sa poslom, pripremi sebi poziciju. Obrijala sam picu, izgleda ko tamburica, slagao me _ da se zove Milan, to mu je lažno ime na profila, preko njega dolazi do pizde, jadniče, ne zna se reko bi neko ni udvarati, kad mali me nabuca pravo, još večeras mu dam, i nećemo se vidjeti ko zna kad. Pojavio se na mjestu, mostić preko rječice, tu ću ja ostaviti svoju korsu, dalje ćemo njegovom šklopocijom, došao je sređen ko da me prosi, u kosi gela, u ruci cvijet, de reko mani me se te spike, jesi ponio kondome, i nešto slatko? Poljubila sam ga tako sočno, osjećaj dizanja njegove poluge osjetio se u zraku, vozili smo se duboko u šumu, tu ću mu očitati lekciju. Što mi nisi rekao da se zoveš Aleksandar, pa dragi Aco, zar ja nisam tvoja Mila, pa da me lažeš imenom? - izvadio je drug Sale – kekse integralne, reko brale, pa na čemu misliš ti da se cijelu noć jebemo, na to teke keksića? - ti nisi normalan, mislim, ok je meni, ja ću raširiti noge, tebi je turati, nemoj poslije vikati svako malo, mogli smo se vidjeti, večaras, i možda se više ne vidimo, stiže mi momak, moram se udati, kad to reko, on iz gaća, skide me skide me, i ne osjetih kad, odma me natače, pa poče guslati, usaftašmo se za sekund, mljacka kurčina po pički, kretenu, opet nemaš kondom, ja kad mi ga onda zabi, pa ga izvadi, pa stavi, pa stavi, pa stavi, pa izvadi, svrši opet po sisama, gurnu mi ga pod usta, ja onako sjebana, šta ću, neg prihvatiti, cijedi mi se niz vrat višak, on ga nanovo gura u malu, nije ni osjetila kad je izaš'o, došao dva puta veći, ja kad me onda razveze, tresu se jaja od vrh guze, izvadi ga iz ove, u onu utače, natače me – al' baš natače, jače, on najjače, samo me obuze nesvijest, blažena, svršavam idalje, ko ribar sa ribom, međutim, ovaj ga ne vadi, izgleda sam ga podcijenila, da vak' more udarat' na integralcu, nisam znala, kaže da ne jede meso, ja njemu da nije zaista u vinklo, treba otići kod doktora, svrši mi po vrhu pičke, pustila sam malo dlake, jer vidim da ga to loži, poslije sve poliza, svrših mu i ja još dva puta po nosu, e onda ko da ga nešto podbode, veli nećeš se još udati, zabi mi ga zguza, al' do zuba, ne popušta ni milimetra, reko ovaj će kroz mene proći, neće stati, taslači li taslači, kad će svršiti, razguli me, ali da nekako ne izađe, sad bi mu rado rodila dijete, vraćaj se Mila, on je oženjen, ima djecu već, to će biti komplikovano, nisam ja za to, ja se volim seksati i sa ženama, brak to ne dozvoljava, vadi ga vadi ga vadi ga, izvadi ga, obasu me bijela tekućina, ne vidim se ispod snijega, noge mi otkazale, ne mogu da se pomjerim, niti to želim, svejedno mi je što ću umrijeti, poslije smo se ljubili dva sata, samo ljubili, cvijet između nas skršen, iznad kroz prednju šajbu, Mjesec, priča nam tajne njegove, volio je i on jednom jednu mJesečicu, puno puno. Alo, rekla sam bez zaljubljivanja, svako sebi, ti imaš ženu i djecu, a ja sam u prošlom životu bila muško koje je bilo u braku sa još jednim muškarcem i ženom, nisam ti ja za normalne šeme, naročito, još nisam spremna da imam dijete, momak mi je ok, ponekad mu se na mene digne, tad me nadere, al' to je rijetko, ostajem sa njim dok sad ne stigne, ipak raskidam vjeridbe, hoću da sam slobodna, kad mi se sa nekim pojebe, da ne moram misliti šta će mi reći – moji kod kuće, odrasla sam osoba, koja seks shvata kao igru, ti jesi ok, i znam da me voliš takvu, nisi se mogao sakriti, ali ti si već oženjen, i da preokrenem na priču dalje, neću, neću ti reći da te ne volim. Sve to stoji, ali ja za to još nisam spremna, za dobrog seksa, da uvijek, ali za to treba dojebano muško, ti još sliniš za sisom, da ti nije ok u braku, ne bi u njemu bio, razvedi se, ako ti je stalo do mene, i onda kad ti ja kažem, nema me, ne cvili, nego da ti je jednim kurcem, u dvije, malo ti se osladilo, ostao je gledajući pravo dok sam izlazila, ne ljuti se, znaš i sam da je tako najbolje, nekako su mi noge bile teške, ajd reko, mogu mu dati još jednom, na samom kraju menzesa, nek' svršava kolko hoće, ovako se usteže umene, a vidim mu u očima koliko je željan da je prevrši, dao bi joj život, nije što je moja.

On i ne zna da ovakav sport nije održiv, brzo bi se upoznali bolje, i to bi onda bilo incesno, i jopet, ko u braku, na kraju postanete drugari koji se gade na jebanje, bude im to fuj, voditi ljubav, e to je već nešto drugo, obožavam kad me ljubi u bradu, kaže da mi je najljepša, niizčega, poslije me cepa li cepa, ko da pičke nikad vidio nije, muca da sa suprugom odma svrši, dernula sam ga šamarom, jesam ti rekla da je ne spominješ, ne zanima me ona, ovdje smo ja i ti, čim sjašiš sa mene, ti slobodno nju uzjaši, ali dok smo tu, ne spominji je. Nastavi mrzovoljno, al' nastavi, pa kad zaboravi za kućne probleme, opet bude onaj stari Milan, pa drugi dan Aleksandar, saznala sam od drugarice, kao pitam kako se zove ovaj lik, ne daj Bože da reko kako sam se pojebala sa njim, ne bi znala ime, jbt, ja sramote za Bulet'ć. To da spavam i sa ženama mu je ostalo nejasno, ali mi se nije krilo, vidjelo se na licu, podočnjaci su dotakeli žicu po kojoj hodam ja, hoda i on, sad u nju, deri je dok imaš jaja, ne odustaj dok ne pregori mašina za spermu, jalova sam ove dane, poslije večeras – nećemo se vidjeti – nikad više, ništa nisam osjećala, osim njegov kurac. Taman prošla menka sa umakom od crvene paprike, krv lije iz nje, potocima, reko, samo trpaj, sad ako ostanem trudna, raniću ga zaista – samaaaaaaa aaaaaa, kad na kola, njegova supruga, navali macolom ko manita, on nikako da dođe sebi, reko silaz sa mene, pob'će nas, kad kakvi, baci se zapomagati što isprljasmo sjedišta, ona je digla kredit za ista, bila joj žirant jaranica iz šivaone. Spade strast, izletih ispod njega za čas, eto ti Aco - tvoja ludača, neka te pegla, ne bi više legla pod onog koji se straši žene, pa da mi je ne znam kol'ko sladak, kupiću sebi vibrator, kako je dalje sa njim bilo, nije me zanimalo, do neki dan, otad prošlo pet godina, listam instagram, živimo u istom sazvežđu i dalje, ali me on ne zanima, gledam kako da namaknem kraj sa krajem, a i strina se još više razbolila, naravno na nerve, nisam se jebala poslije njega, ni sa kim, više mi to ne treba, ne znam kako je kod njega, dok ne naleti na fotku, dobio prvu nagradu za roman, ali nije prisustvovao dodjeli, pravio se da ne čuje, reko vraćaj vamo pizdo zasluge, da nije bilo mene, ne bi nikad pogled'o, poslije ženu prevario sa još jednom, nisam znala da je fukara, i pisac, onda ga ova naćerala na zajednicu, ili će se inače – objesiti, šizofren karburator, potroši udžaba gorivo, samo bi se svađala, od tada njega niko nije vidio, pojavio se sa pričom koja je zavrtjela srca publike. Kako nemam vremena da čitam, pa i ne znam gdje ko šta, izgleda još bolje, brada mu dotjerala zrelost, a i djelovao je pečenije, već mi se – previše sviđa. Ma de ba, on mene sad neće ni pogledati, kad je ludak to učinio, a da nisam znala, jesam zatupila, ko sikira..

Ćao Mila, reko jbt , ja sam Mila, sa naglskom na i, ne Milava, prenuo me iz sna, baš takav kakav sam ga opisala, na njemu neke vojne hlače, zrači mirom, oči mu sjaje. I dalje nisam progovarala – ćao Mila, ja i dalje šutim. Ej, zar me ne poznaš, pa zar ti toliko ništa – nisam značio? Ne ne, promucala sam, nego si me iznenadio, otkud ti, gdje si navalio? Ma idem tu do ćoška, da kupim tablete za mog malog smješka, nešto mi se prehladilo. Ko ti je to, neko od djece? - pravim se nevješta, iako slutim na koga misli, sve slike iz novina su mu sa šarenim paščetom. Zove ga Pero, ja svog izgubila – u prošlom životu, ostala sam poslije smrti Isusa, da svjedočim njegovo postojanje, niko i ne sluti da sam to ja. A i ime si zamijenio, sad si Ramo. To umjetničko, ili? Gledam otprilike da nikog ne oštetim, ajmo negdje na kafu. Ja, opet ništa, mula ko mula, dabogda mi otpala pička... od tog dana više se ne sjećam ničega, mnogo sam se zaljubila, živjeli smo na selu nadomak gradića Teslića, dok on ne poludi, skrenu skroz, ja uzmem štrik, pa se objesim, onda se sjetim odakle sam krenuo, vid dokle sam došao, čak bio i žensko, podmećo se pod kurac. Pisac je mnogo zajebano biti, nije lako istinu zboriti, i živjeti je. Nekako se stopiš sa tim što jesi, više se ničega ne bojiš. To bi' što se tiče mene, čisto da se ubacim, povezano je sa Afterom, nadomak Dubrave. I nastavkom Vrtača

Od Osmana, ni okada, Kristinu nijednu u životu nisam upoznao, neke jesam, al' to nema veze – sve sam izmislio, jedno jutro se probudio u Zg, sanjam da me goni djevojka u bijeloj plahti - preko tvrđave u Tešnju, i ja ti se lijepo zaputim tamo, kad na tvrđavi žena, mnogo ljubazna bješe, pitala me – kako je kod vas, razdijelili smo se inače, na RS i Federaciju, pa do Škreb'na kamena si kod kuće, poslije u tuđini, sa koje god strane kreneš, da l' odozgora, ili odozdo, reko, otišo sam ja, davno .. prema gore. Inače, kako vidim usput, dobro je, manje se truju psi, jest da je bilo jedno tako skoro ponašanje čovjeka, al' to se već zaboravilo, i moj je Pero - tuko iz puške ćukove, lako je na drugog, aj na sebe, pa napiši kojekakve nebuloze, ako si preko partije – svi te čitaju. Mislim, htio sam reć' - preko stranke, pa me ote uzdah za Jugoslavijom. Mene baš i ne dodirne ta tema, mnogo je to bilo sablasno doba, da bih ga se – treaaaooo sjećati.

Budimr Trajković, taj sam, – tukao je voz bez šina, Sarajevo Beograd, i nazad, neće preko Zagreba, jer ne mora, odozgo za oba grada – ima direktna linija, samo do Broda, idu istom putanjom, tačnije, putnik za Bosnu presjeda, do Ercegov'ne. Nisam ga skontao ništa, vraćao sam se iz Niša, bio kod kolege, nije bilo busa, pa sam vlakom, sad i on ide preko Srbije, dok voz more preko Hrvatske, za mene su ti države čista glupost, i moglo bi se natuknuti – lopovluk goli. Samo da se živi sa nečije grbače, novca se dočepaše lijeni svojoj guz'ci, željni tuđeg znoja. Od' ga napi se, trljao je ruku od ruku. Kaže da je i on nekad pisao, ali govor mu bi u tom trenu – nerazumljiv, sijeda kosa, kaput do zemlje, brada brijana u kasno proljeće, devedeset treće, avgust mjesec, otišao sam gladan – za vojničkim kazanom, govorio pravo, džaba, istupio zube, vidiš kako frkćem, žena me i djeca ostavili prije trideset, otad se potucam, od ludila do ludila, teke kad me pusti, to je kad vidim dobre duše. Mogu ih skontati, volio bi' da ovo preneseš unucima, ja nisam bio odlučan, a samo mi je to trebalo, vidiš kad si ti dodao prcažu, kako se raja naloži, e to ti je već iskustvo, pored talenta, bez napora rada i učinka, nema naprijed, ili ima, ali dugujemo, uzdamo se na bankomatu plusa, a on nikada izaći. Kako si rekao da se zoveš? Budimir Trajković, iz Čačka rodom...? Jesi se još čim drogir'o kad te vako prebaci? I kod nas se ne smije duvat' od milicije, al' nju više niko ne ferma, pa on' da povataju sve duvatore, i stave sebi na ranu dva dana, ma propala bi svaka, pa i Amerika, zemlja se ne posjeduje, države su izmišljene da bi običan čovik sisa veslo, neka ti je tako ljudina, samo ga cuclaj. Slažem se – kako reče ti da se zoveš, non - stop mi skrećeš sa teme? Zovem se Jasmina, žensko sam u muškom tijelu, ostao - k'o spermatozoid na terminalu. Ni tamo ni ovamo. Ramo jbt, prije sam se zvao Željko, dok nisam otišao živjeti sa Slobodan, vratio se u kaljužu odakle sam inače, oni su najstariji narod, svi im se trebamo klanjati, a ne da kad mali Cigo svrati u disko, mi mu se – smijemo. Mnogo me to poslije boljelo, morao sam se pokajati, to što me stisla baš ovako starost, to je zato – što se je ne plašim, znam gdje idem, odakle sam stigao, i gdje sam sadee. Zašto, isto znam, tako da nema dileme hoću li napisati roman, tebe sam sreo - ne bez razloga, ima da to bude knjiga za primjer - sa najviše psovki, opa cupa, i to, ko da smo svi nastali bez učešća, a i šezdesete na startu nisu neke godine – za spolovila taje i majke, mnogo ih voliš, oni će se prcati da tebi stvore – sestru - ili brata, onda nek se igraju rata, samo da se tenk usavrši.

Mir donosim, tebi prenosim, nisam udžaba osijedio. Dobro Ramo, sve ću ja tako, nego ako me razapnu kad objavim sve to? Hoće li mi ko dignuti spomenik? Neće Budo neće, koji će ti? - zaboravljamo na igru groblja, sebi sam uplatio kremiranje, to što ostane kad srce stane, bacite u Usoru, dvije babe naduvane, obavezno priču nazovi, testament od đede Travarija, nije moj – nečiji je. Poslije priče nadovezujte, svaku drugim imenom. Ujedno, to je i objašnjenje kako da se riješimo strahova, preko pisanja, tek smo na pomolu buđenja, do Gliba je daleko, to se ja i ti možemo prebaciti u drugi svijet, ostali ne, zatrefe ih kojekakve usputne patnje, pa nemaju vremena nizašta. Zašto Ramo nisi radio? Ne izgledaš mi neaktivan. Care, to što ja ovako izgledaam - ne znači da nisam aktivan, u tri firme – pozornik, u dvije varioc. Pa koji kurac meni prenosiš to? – de ti piši... neću zato što mi Bog kaže, da ti to uradiš, de ti sad dokaži da ja ovo nisam platio nekom da napiše, neko će reći, a jesi ga vala i dobio robu, ko da je nogama gacano, a neko će se upišat od sreće, da bi postao popularan, i veoma čitan, moraš osvojiti publiku, a to možeš migom, vi što rokate prave romane, vi ste zajebani, već Balkan ima dobru postavu, pridružili se i Slovenci, iako oni nisu zaista na Balkanu, na Zemlji jesu, nema granice niti žice, među braćom, ogradio si se od izbjeglice, sutra ćeš biti ista, nabije se na ogradu, srna i lane. Jevropa diktira, i neka – hvala Bogu, još samo - da se dočepamo plana za ishranu biljem. Razmatranja par budala su pokazala - da bi to mogla obična trava, il' maRa, kako je ja zovem, bil ti duno Budo? Reko, bi, samo ne znam, da ti nije skank, to ne volim kod vas Zemljana, upravo sam prošli tjedan sa Pala, bila pred polazak neka žurka dobra, sjećam se samo klavira, i da sam pisac, gas gas, idemo vozom bez lokomotive, ko da je sve – malo nizbrdo, to lolooooo, to lolooooo. Oće to od sličica – „Stole". Ostani gdje jesi - blesavi starče, idem nam po čaj. Kad sam se vratio – starina plače, kaže, da mu je kod komše ostalo pašče, dok on bješe kod neke druge – u posjeti, isto Niš, i ona piše pjesme, pa se ponekad sa istom podruži, vidiš ti kako je mali svijet, kako baš tebe da sretnem, imam kome prenijeti istinu, ona je ljubav, a ta nema veze sa seksom, ne moš' nekog iskreno voljeti, i jebati u isto vrijeme. To ti tako laneš, da digneš tenzije teme, a ono niđe veze, shvatiš to kad prođeš kroz jaz, zvani strast, smisli Bog svašta - da se produžimo do nas dvojice, nikog nema sa nama, ti samo tubi, ideš dalje za Zg, ja ću izaći na Brodu, odo preko Dervente kući, živim sa paščetom, šta ću, još to mi od života – ostalo, ostalo, sve u svijet otišlo. Volim i ja Zagreb puno, naravno i Beograd, Celje previše, gore sam imao firmu, zatvorio - kad se dizel povuk'o, ostali kamioni onako, kraj ceste parkirani, prije toga sam skontao drugu propast, otišao u bizniz sa mrtvačkim sanducima, dobi dozvolu od Boga, da vam ovo sad kažem, kad krenem kroz Zagreb u Ljubljanu, kod kuma na žurku, svratiću, tad sam ionako - samo za turizma, jer kad idem kod njega, stvarno sam van svih obaveza, živim od prodaje knjiga, ali pare ne uzimam, nego ih ništim, ne tražim - nit' koju motivišu dukati _ niti kojekakva sjećanja, svejstan sam svega, i gdje idem, i odakle stižem. Na noge Balkan dižem, reko – hrabar si care, nego ne kontam spiku – što da ja ispaštam za to što ti misliš da je tako? - de ti to, šta si se prep'o, otaslači jednom, ako imaš priliku biti pisac, pa neće ti ih Bog sedam puta davati, ma ni dva puta, ne lažite nejač nevinu u cvijetu mladosti, nikad ne odustaj, ni zadnji sekund nije kasno, ovo što sam se gore napsovao, to je da me ne čitaju oni – kojima sam blizu, mislim u ophođenju, niko me takvog ne zna, pa ćeš ti to odraditi, kako valja, imam u tebe povjerenja, otvori starina tabakeru, u njoj tri džointa, smotao za puta, pa kad fulasmo jagodinsku pivu, opletosmo prema Avali, put se razduži, nikad stići u Beograd. Gore da dođemo, dan smo u tom gradu, čisto kašnjenje je – isto _ turistička atrakcija, pa ćemo uživati u čarima Bela grada, estrada, ima taman neka tehnaža, pozvao me da idemo, ja reko lika, ljeb te jebo, gdje na njega naleti, pošto u Plani krenu vlak na spavanje, prije odmora u smijehu gradine, ostajemo u malom mistu, tu nam nasijekoše paradajza i paprike, krastavaca isto, malo soli, i ulja od masline, Dalmacijo, ti si baš tamo gdje jesi, sve su ovo svih nas pretci, i vrlo dobro se razumiju, nego ne

112

smije se izaći iz kolotečine, to je fašizam, numero uno, zato što zavisiš od tog šta će Persa reći - nastradoše mnogi, ma stavljaj obloge za take, valja se, drpa mi se ćošak gujce za Persom, il Mirsom, nek se jebu o sebi, uglavnom, da mi nisu na grbači, tako sam odgajao djecu, osudilo me socijalno za krivca, pa sam eto ovim putem i njima se obratio, ne dao vas Bog nikom, koga vi usavjetujete, ali i kako ćeš to u braku, kad ti je to institucija, sama od sebe – komplikovana. Zajebana do jaja.

Pa jesi se razveo? Jašta sam, niko me više nije mogao trpjepti, osim Pere, kera koja više ne može da naskače, nisam ga ni pustio kako valja – na dvor, da se iskače, kao slobodno pašče, pojesće ga druge, imaju u sokaku jače, nadjačale krmka sa kljovama, podivlja nerast, posta pitom, rađaju se sretni prasci, kompijuter obračunava, sve nabroj, postoj, postoj, to mi je zapovijed, nemam više snage sinko, napisao sam ja mnoge romane, ali mi se na daju objaviti, nisam ja to htio, nego previše zavolio maRu, desanku majku seksopoljku, nije mi više do toga, sazorio, sad bi malo da me svi puste na miru, pa i Pero, nego eto tako odem na par dana, pa mi neodstaje, jedva čekam, da po meni veselo skače, nije ga komšo pušt'o vani - jesam jesam, pa kako mu bude, nije lako maloj kuci, debela runa, do zime preko sunca, avlija puna, pit bulova, vola niko ne peče na ražnju, u njega vam je treb'o pucati pop, ali to je i opet nesvijest, piše, biće nade da će čitanje jednom – biti popularno.

He, sinko moj, meni to ne treba, neka bude da je djelo napisao Budimir Trajković, i neka bude sve zaboravljeno ko to jebeno djelo, ista ne postoje, to su sve prelađene spike, umišljenika, ja sam pisac, vid' ova mi lajkala, vid ona, daće pičke garant, samo da je pitam, pustio bi bradu umjetnika, nimalo me sramota, vola kako naskače na kravu, on pravi belaj, ne daj se nerađanjem, nemoj utur't' ženki u vaginu penis, možda te neko isprne. Prošao sam i sito i rašeto, ovaj put ne zakazujuem, sve ću ti predočiti, nećemo stići, ni do Šida, granice na Batrovcima, više je nema kao nekada, dobra je bila Juga, nisu vođe i sljedbenici, sve ludak do ludaka, nerad proizveo zaduženika, koga jedva dočeka, kapitalizam, i njega vodiše željni kamate, de dvajest posto, de trijest, de da ti dam na glavnicu još tolko, jer vezan si za švicaRac, moj se predak jedan objesio zbog toga, bio žirant rođi za kola, ja budale, ja l' bi se ovog trena nasmijali, ali nije Zagreb tad – gdje je dočaran ovom pričom, isto kao i Beograd, svi su probuđeni, ajd ti sad – budi pisac, ja to radim iz gušta, samo me mrsko na svoje ime izdavati. De Ramče ne seri, nego cepaj, taman si me zavuko u žižu, mogu misliti nastavak, dobro ti ide, koji ti je, barataš materijom, sreo si pravog, ja sam taj koji će da odluči, smiješ li zaorati, svijetom pisca, šta ti misliš da nema niko nad tobom, dok još pojma nemaš, i to se otimalo kontroli, vladaše mesne industrije, prije je bilo – mnogo zajebano – de ti nastani tamo gdje trebaš u pravo vrijeme, ne skreći sa teme Budimire, đe si ti onda u toj priči? - ja bi' - da i ti sudjeluješ, nije ni meni do slave, nego kad više učenja slijepih nisu potrebna, onaj ko ne gleda okom, dela nečim drugim, na primjer pipkom, zašto ja i ti ne bi mogli, živjeti u braku, meni je dovoljan Pero, peder on, peder ja, kud nismo ista rasa, samo se seksamo sa ženama, ostalo - sa njima ne živimo, volimo što smo takvi, obaveze između odnosa, rana piće, ovo ono, de reko svaka čast – dijelimo, kese nam nisu iste, brak je više od toga, zaljubiš se u drugu, vratiš se staroj, ostane osjećaj pripadanja, de da živimo kad nam paše – ostalo – de se podijelimo, ali ne na krčevine, namnožismo se mnogi, radi medicine, ali svako će od nas posegnuti za tabletom, čim glava malo – zaboli, ne kolji ovcu sad u Zagrebu, il' Beogradu, i tad – nije isto ko u Sarajevo, ovi na Islamu neće krmeće, kao bolji od ovih, a to sve ista bagra, čim se ograničio okolcem nacije, prno si u čabar, mravi su bitniji, vidim da to dobro znaš, onda ću ti pričati, pa ko objavi, možda neki samoumišljeni pisac naleti, sročiću mu zveku, tri kile, men' mora biti za godinu, ono što prodam knjiga, kupim sebi motiku, i traktor, ostalo uložim u naftu, pa kad već jako nestane, pet litara, trista milijardi, ondašnjih dolara, danas opet dinar skočio, sad je dvije iljade, sedamnest tisuća eura. Ako hoćeš da ti čukununuk bude mijarder, ostavi ipak, pet kila nafte. Moraš znati kurs, kroz koju oblast lebdiš, da te neko ne zajebe. Kuna posthumno razvaljuje, samo nema tolara, vala – kad se dočepa i drug Tale - Slovenije, malo odanu dušom, oni nas spašiše, pričaj ti šta oćeš Ramče, donese kumče dva bonbona, eto žurke, vidim ja da si toga pregrmio, a i neka si, droga i jeste za dojebane, šteta je takvog nastupa, objavi, čisto da barem jedna ostane zabilježena. Ciganka me majka rodila, to što sam mrk, to mi je na ujaka, prijek na strica, nisam mogo trp't' – žensko, mislim, jesam, ali kad se dočepam inspiracije, de razguli, tačnije, i ja bi da na bijelog konja – uzjašim, pun mi je klinac prinčeva, i tako ti ja ostari, nedojeban, sviđa mi se treba, ima trijest, ja pedeset, seks ne upražnjavam bez potrebe, pa se skupim uz jastuk, dok zahrče kerče kraj nogu, nije ni on nigdje išo, a ni ja, suva kurca spavamo, de ja malo lanem, što bi se reklo, preklinj'o te on – dabogda dabogda, kora od majmuna, nije od mene, ja sam pojeo bananu, na njemu nek bude zvono, nakrko sam se čvarcima nije smiješno, nego redovno, tako se svako – zveko, što masnije Mile, da nisi Budimir, zvao bi se tako, vidim ti na čelu, nego – odakle ti, ako smijem pitati? - ja znam gdje ću, nego kako je kod tebe u Zagrebu, spomenuo si da i ti pišeš, za neke novine, il za radio miLevu, njom se pokrećemo na temu fašizma, preko narodnih običaja? - ajd ti tad to nekom zabrani, moraš vjerovati popu i njegovoj vodici, još za to platiti dvadeset marona, od toga on seb' kupi kola, a ti cepaj u kanalu, kad si glup, nek ide zaraditi, kao i ja, posebno ako je sposoban, nije da mi to smeta što je ona mlađa, nego mi kosa previše duga, skratio bi koji milimetar šiške, ti si se mnogo zapustio, mislim sređen si, al' to više nije in, malo se more i u starom, moda je tu da pokreće biznis sa šivanjem, pa sad i krojačice voze poršea, samo više niko nema čorbe, do ja oni – pet lića, došao momenat kad mogu, zezam se naravno da pišem, radim uz to još u par firmi, dižem na noge, posrnulu privredu Balkana, reko svaka čast i na tom - opet, mada nemaš potreba, to je već na nivou koji i može podnijeti neke žrtve, mnogi stižu spašeni, onda postasmo svi, ali to više ne bi život, nego plutanje energije iz jednog dijela – u drugi. Do finita, valja otrest dva sata – preko Rume i Mitrovice, a mi još nismo ni do Beograda, opet se ne zna ko to tamo pjeva, Đekna dopuštana na prikazivanje i u Crnoj Gori, mada se guralo da se ne pusti u javnost, nego je to trebalo za svaku respubliku kao državnu instituciju, neka svaka ima svoju Đeknu, pa kad jedna umre, eto sujede da je – zapali, polije me sa to teke gorive, neka me nema, ma mene Budo više ništa ne zanima, dosta mi je sređivanja groblja, ispado ja krivac za pokoj nam duši, namjesto da kažem, ustaj, ljebac vam poljubim, znam da ne treba, nego mi do zezanja, koji ti je, opusti se, uzmi još jedan dim, kad stvarno ja pričam sa Ramom, kao da pričam sa sobom, namećem temu. Vidim o čemu misliš Budimire, eto dokaza da i ja i ti možemo bit u braku, htio sam tu da se presiječem konjakom, nego progledah, nikad ponovo alkohol, više od dvije bone tri pet najviše – godišnje, ne treba mi ništa, i nikakva molitva, bolje u tom slučaju dati za drogu, neg' za crkvu i džamiju. Ma tako je bilo na sve strane, nisi Ramo otkrio ni toplu vodu, zaljevaš nas hladnom, znaš li spasa sada, kad se ništa ne događa, stala prcaža, gdje si, ima li te igdje, premlad si - kako se nisi zapustio?

He, vako bi ja - I dobro nam je - kako je alkohol i cigara slobodno na trafrici, a maRija nije, bil' možda - da još jednog rodi?? evo nas - milijarde - vaskrslih, stiže dan kad će svi mrtvi oživjeti, nebo će biti platno svačijeg života, kaješ li se? - ma nego kako - biću tajo - najbolji, de ti meni - da ja dunem, pa odo u zatvor, što sam sebi posijo dve tri stabiljke, podnosim zahtjev - dole navedeni - opštini - i stanici milicije - u vlastite svrhe - 08.02.2018 . ako me zatvorite, pa time nanesete štetu dobronamjernoj sili, čuvajte se - kad se prvi puta dočepam - pera, bolje vam je - da mi date dozvolu, izvagaću koliki je urod, svaki ispušen - zateftert na kijeru - kredom...

Ako sutra ustanem, radiću ka tome, ako ne - razdužujem radnu knjižicu, neću ni ići u penziju, dok itke mogu - delaću - delaću, i tijelom za Deželu, može se bolje, naravno, samo prekren preko Gradiške i Bregane, ma brale, svagdje je stanje duha - haotično, znam ja po sebi, da bi se probudio - treba devet cijelih krugova otući, i evo te - završi se radni dan, spavanje mi je na leru, brekće - ako ništa - veba, da nije tog motora, pomrzli bi se u kabinama, đijajući kilometre - prema cilju, pokucaš navigaciju, kad vidiš dvije hiljade sedamsto, samo se Bogu pomoliš, da ne stane, kad stane, onda je jeba, neku noć kad kamioneiscijepa, htio sam ga zapaliti, u hotelu nema mjesta, crkavam, ni da mrdne - kad ja skontah šta mu bi kvar, otad roka, dok bronda na sedamsto obrtaja, kod atega, moreš se zalediti - jes ga Švabo napravio, svaka mu čast, u nas zastavcom radiš generalku - svako sto iljada, sad ulje na tolko mijenjam, odradi milion, milion ipo, pa ti vidi, odakle mi pare, radim care, i dan i noć, i to je pitanje - kad ću propasti, ne plati ti ovaj - ne plati onaj, dobiješ Isuse, baš to što si zaslužio, ja ti viko - ne govori, međutim, ti de, nek' te razapnu, mene mogu povući za čunu, malo ranije - evo me - vaskrso sam, đe ste miševi, ovo ono, ima l ko šta smotano? Ostalo - roone, i ljubavi, prema svakome - ostajemo bez vode - ako posiječemo - prekoviše - ŠUME, oživljavam Borje - nisam iz stranke, imamo samo take stolare, cepaju po Vilachu, i Amsterdamu, ugrađuju vrata i prozore, montiraju skupe astale, primaća i te baje ... ubćusebtrojejaja, to ću uraditi u mjesec dana, osjećam mesana u sebi kao prijatelja, on mi je drugar - iz prošlosti, svuko se sa istog, sad smo oboj'ca vegani, nismoizmode. Nego - što je dobro, ne mogu od smijeha sebi doći, de ti to dogovori čovjeku - koji nema - da plati račun za struju, utrn utrn, imam ja teku, ništa ti ne brini, pisao sam i kad je bilo mnogo gore, sade vas sašijem kad hoću, nikog neć' oštetiti, moj drugar iz zeze rekne, ako ne mogu, ma to ne _ ja potreba, ako radiš i radiš, dođe učinak, osjetiš kako te diže mnogo jača energija, ne treba ti dva dima, da obletiš Mjesec... naravno da je sve tako, ko da vas imam raštaaa lagati, dođite da vidite, pokazaću vam gdje živite - preko displeja, de daj lozinku od fba, ma more jarane, ko da je to bitno, i bi tako - zalaufa era evrosvemira, samo da je pobjeći - samo da je pobjeći, jeste jeste, đećeš kad ne budeš im'o - kud???

Vrtim da sam ok lik, nisam neki ljepotan, a i ne gledam ko je vaki naki, svi smo mi dobri, samo traumamo traume, klaonice živina i papkara stižu nam za vrat, rat je od toga, ako ne budem bio u pravu,

trgajte me kud sam najtanji - neću ni trepnuti, ionako se više ne plašim smrti, nego svaki dan igram - ko posljednji, kad u krpe legnem - umrem, prije lijeganja, tuširam se po dva sata, boli me mauna što je onaj neđđđeeee žeeedan, grijem se na odžak, ukidaj smedeRevac daj elektriku, nju smo prodali, za politiku, odustajem od potrage za krivcem, i sam sam - čim sam jeo meso, prestao, doživio najbolje trenutke u svom životu, dobio pregršt iskrenih drugara, koji vam obećavaju - prenosimo istinu, ne mogu nam ništa - živjela Balkanska Unija, ako nika - onda pisaca - eto i mauna, iza uva. Ukurac i fur'na - Rokaj, kod Miholjke i Zorana – za tri večere, uču Tripuna, oni su mi drugari iz paprike dana, zajedno smo znali sve pijace, od Teslića do Bijeljine, šta sam otud dovuko kupusa i lubence, hej, ne bi ti mogao sabrati - blaže rečeno - mlogo, jedno trista šlepera - malim kamionom - do sedam ipo tona - ukupne, korisne, u vrh glave, tri, to more samo iveco, al' on strune na prvom solanisanju kroz Avstriju - ko vrganj poslije kiše, oplete sunce, on se isprsi, samo se osuši, priča ide dalje, jadničak ni ne vidi - kako se na tačno stalnom mjestu - ponovo rađa - reko, ne daj Bože nikad, meni vala dosta, odo da plutam, sam sebi kažem, zaslužio sam, kad vidim kako se to sve bahati, dođe mi da vrisnem. Jest da nisam stariji, više se na te spike ne ložim, volim svakog, pa kad ti mene kamenom, ja ću hljebom, svejedno jednom liježem, to će bit baš u tom trenu, a ti duraj kol'ko moreš, otprilike, na kakvim si baterijama, ako ti je govance dizelmesico 6r, onda nanovo rađanje, samo lako moreš biti taj, kog najviše ćopaš, men' kad je to spoznaja rekla, gledaj Ramzes šta ćeš, ja se sjetim i opet - svoga druga Željka, brak prezimena i imena, ima nas nekad - i trojica, ovisi kolko nam je do društva, skontao sam se da bi ove godine mogao kod Adema za Bajram, moram ga pitati da me ugosti, turistički, ne kao druga, nego da mi pokaže kako bi Bugara i Kineza, sakrij ražanj - nabćeiTarzu - žuti nadiru, men' drago, to sve braća i sestre, srokaćemo vas - rižom i kumpijerima, kako do toga stići - bez dobrih sredstava informisanja, ja otkad ne gledam tv emisije, ako nisu dokumentarnog karaktera i filma - mlogo se ljevše osjećam, ostalo mi je koja fotka na instagram - učim se biti fotograf, onda sam skontao da to ne trebaš izučavati kao nauku, nego kao drugara za pravog imati, mnogo volim kad me Bog nagradi za neku, dole na Zemlji dobijem sedam lajkova, i to je dobro, ja ne lajkujem ništa, osim fotke modela, i koju dobru pjesmu, čitam šta mi paše - nemate me više, ostalo je vježba i vježba, namotana na klupko, kom je suđeno, da bude zamršeno, to što pišem - to je moj zid koji vi mislite da je živ, a u stvari nije, umro ima deset godina, samo se pravim
_ da sam insan - nasto iz penisa i vagine, ja dima - ljeb ti poljubim, zabi

nas djeda iz jaja, rano se trn'la sijalca, šta će rad't' uz babu, od šest naveče - do šest ujutru? - većinom smo iz tog logora, pa nam i vjera promašena, darujemo vragu - prase i jagnje na ovalu, kristal od bijede, okrnjen, on tako upravlja, kad mu je do rata, samo zavrne na vrata kuhinje katanac, ota bi radna, otvori se preko zadružne - ratna, na kazan, usput dobiješ pušku, ideš pucati na brata, jebo nas ćaća koji nas napravi, kad smo tako pogani, ma ne, to nije ništa strašno, nego vrlo dobro, svi stižemo ubrzo na iduće polje, nemojte poslije - nisam kaz'o, u nabavci sam sjemena, lija uzorana, čeka tanjirače....

oJ Tripune - Tripune

Valentinovo provodim _ zaljubljen u život... pilot tijela moga poručuje korektorima – da se dobro drže, sve vas voli – grešan je k'o i vi, niti gori – niti bolji, vredniji isto, al' koliko mrav, ljubi kao brata – kamen. Znamen mU ne dižite, već kad crkne, naručite kakvog dobrog dj a, da otanca ples demona, ustaću IZ NJEGA – treći dan, ko iz pepela, do toga, tijelo u mrtvačnici ne dirajte, nego ne stajte – dok drugi after ne osvane, tri puta ne, more biti i da. Spreman sam _ da zavrnemo rukave, ajmo Balkan, ruke gore, šta ste se stisli, nemojte poslije vikati, stranci nas prave glupim, mi smo mnogo dobar narod, nagovaran na zla – zbog sukoba svjetskih sila, nema razlike – svi smo iz jednog plemena, kako iz jednog, i otkud oni ovdje, to jest, mi, nije đedo dosad smio reći, odbiće mu milicIJA bubrege, danas je to liberalnije, šta to znači u tančine, zaista nisam nauk, rokam odoka stih, pa kako ispadne, tačnije, neki drugi iz mene, prozbori, ja samo pišem, dišem od danas do sutra, kad naveče pidžama zaigra kolo vilovito, bude mi isto – ko da se neću iz sna _ probuditi, odnijeće me vrijeme u zaborav, ni ne treba me se niko – sjećati, pjesme su odraz mog povjerenja vama - sada, pozivam – za mnom, znam izlaz iz krize – poezija, budi iz sna zvanog život, u sasvim moćnije biće, svemir ko – KLIKER, IGRAJU SE BOGOVI - bliže!!!
Čeka nas Simolj, bogoprimac, slavi bivši punac, više nisam u braku, a ti Budo sine, kako si, imaš li svoje? - izgledaš premudar, de nam zbori koju, neću samo ja bit naduvan, šta o tome kaže Bog? - ti imaš iz rukava keca, de ga prikucaj, daj da ja i ti zapjevamo, ne da mi se kad sam naduvan, tad najviše volim biti sam, idem da spavam, sutra je novi dan, krećemo iz Velike Plane, ćeramo najzad - prema Begradu, niko ne zna ko to tamo zavija, mislim da je komšija dobar čovjek, ostavio sam mu Petra na poverenje, malo derle podletjelo pod kola, šepa na dve noge, prednju lijevu, i zadnju desnu, pjesmu pjesmu, ostao sam za nju samo, ne da mi se to više objavljivati, tražiti kojekakve sređivače

118

teksta, deee ja i kolega stavimo tefter u koverat, pošaljemo načelniku milicije, legalizuj marihuanu, u to doba, ajde jarane – de je ti legalizuj, ma daj, kakva fora, vidio si kakva je vibra oko tebe, drugi nisu, ukorist zgrno – pet miliona, zbavio kola od sto iljada, a neće men' platiti – račun od pedeset marona, ma more nabijem te, i tebe i tvoju reližen, ako je spala na te grane da kupi od sirotinje, namjesto da istoj daje, ona na sebe, i na svoje aljine, ma da mi je iz oka ispo, neš bit đilkoš, i da neš zaduvat nekad, ako ne mereš dima, ti pojedi kolač, nemoj da te vidim sa pivom, cigaretne bacaj, štob reko moj Ćaća, zvao se Osman, njemu djed Slobodan, ovom Istok, dok suprotnozapadnom ne stiže pismo, stigao je poštar sa torbom i motorom, uletio među žene, poslije kopanja pile kavu na sred njive, taman ispod vrbe, pokraj potok teče, klok klok, ja te ljubim cmok cmok, samo ti Budimire ćuti, mislim sam u sebi, i sutra nam je putovati, sa druge strane – samo hrkanje, i mrmljanje ispod jastuka, jesi – dosadan. Na ekran ciknu linija, oživi misterija da bude riješena, oćemo da vidimo đe ta Rastuša, ja sam Ramo otud, to ću vam još opričat, pa odo i ja u smrt, rodiću se, kad se probudim, i tako evo, sedam miliona godina, - nikad ništa novo, daj to vamo, sad će vam đedo reć – oklej je ....

To ti je selo oko Hrnjna brda, sa dva doka brane ga Sokolina i Glavica Markovća, ja sam do Marića, preko puta Pjeskovića, i Gorana, taj sam Ramo, nemojte mislit' da je neki drugi, neću se sa'ranjivati, nego k'o pepeo – baciti u Usoru, odo da sam blizu dnu, boli me čuna šta će biti kad isti crkne, ionako znam šta slijedi, idem da plutam, nejam kad gubit' vremena, otup zube pričajući, guslajući guslajući, uz tarabu deda babu opali, rodiše se naši roditelji, koji nas sklepaše, kako nas odgajaše, de samo budi pošten, ko nagomila onda tol'ke lopove, ili je to naše poštenje, zapravo nepoštenje golo, isto da Bog ne vidi, vidim da vidiš šta se smješkaš, sviđa mi se jedna Mila – mnogo je mlađa od mene, tačnije trideset, ona tolko, men žezdeseta, slag'o sam, ako sam usput reko, kako sam mlađi, nije uopće spika ko ima para il' nema, nejamo nijedno, nego smo slobodni, i moremo činiti šta oćemo, ništa nikome nismo dužni, odosmo da se prcamo, ima sise brale, ko dvije jabuke, natako bi je i bez kurca, kako kako jebaču, ahhahah jebaču? To nema veze sa seksom, to je želja za moć, radim isto što se volim igrati, kako ostarih sam – na to sam zaboravio, međutim, to je sve na sviđanju, loži me nema govora, ali joj neću prići, gledaću je izdaleka, za nju mi ni bolest ne mere ništa, osjećam inače nemoć spolovila, odavno, da volim i želim njena – dva bubrega, samo bi da se seksam sa njom, međutim, znam ja kako to ide, odemo da se kresnemo, pa de opet, i to ode u vražiju mater, nema joj kraja, pizda dokoljenka, valjda dođe tom truplu od čovjeka – da se istrese, nus pojave doze injekcije zvane strast, jer da ne bi nje - ne nastavismo vrstu, nagon nas savlad'o, tačno će nas biti nabroj, reće kompijuter kol'ko i ko – i kojim redom, nema se roditi prerano, za kog ne bude mjesta na ovom svijetu, ima samo do Gliba, trista miliona stanica, na svakoj je sad Zemlja, ko današnjih trin'est, imamo viranije kol'ko oćete, bi li se onda ganjali za među? - međutim, to se još nije u selu pročulo, i to je ta Rastuša, na koju sam zaboravio... Malko ko da sam na Kus'će, moja baka povukla gene ispod hrasta, narasla joj na čelu – žira, ne bi bilo čudno da ne bi bukova, kola narockana kladama zapadaju u blato, za transport trupaca – uprežemo sanke, Ružonja i Garonja prde od muke, ne pitamo se kako to mogu – od samo trave, vuku za sobom tolki teret, nije od toga što su se nadepali – luka i slanine, narodni običaji, i nadalje, najveći neprijatelji ljudima, pust šta đedo priča. Posebno onaj što se tuče, takvi mi je preko glave, međutim, trebaju pravi, da zavedu pravdu, moderan gladijator, lavu popuši, izdrka mu, pa onda zajedno povraćaju smradom ničega, toliko je to bitno Bogu, što se nas tiče, nako nam je kako smo sam' sebi zaslužili, ali kako bi ja i ti bili ovdje da samo neko nije mrdno kako jeste, mog'o je jednom samo reć' drukčije, i ode sve do đavla, međutim odraste on u nama - pogolem, već ko zna koje koljeno, siječemo koku za ručak, aj jaje što progutaš od neke živičarke, to je opušćano, samo se ležite šareni, stiće vas lonac nekog, za Bobija, naubija jastrijeb, ostavi po njivi, ne mere pojesti, misli na našeg druga. Za mog Peru nabavljam o''tle, malo bijela mesa, sa leđa kukuriku zločinca, iskopa suparniku oči. Ni ona nema nikog, niti ja, osim Petra, centar svijeta nije krigla, nego smotuljak – ćilibara, de nam zamotaj, rekao sam – čim smo se probudili, želim se sjetiti sna, drhtao sam u znoju, nisam imao temperaturu, trnovi obuzeli tijelo, moreš umrijet kad se sjetiš, samo nebu odletiš, naravno da ćete me spaliti, koji ću kome kurac, da mora još neko dolaz't' na groblje, more mante mi se toga, kad bakutanerke dunu niz Usoru - prelet, tad ne staj, samo tancaj, đuskaj kume, uspjeli smo, on se zove Simo, ima brkove ko i njegov sin, odavno ih nisam – vidio, otkad sam se – rastao sa ženom, sam sam u braku sa kerčetom, ova mi se sviđa, ima dobre guzove, he he, jebaču, he he jebaču, dodaj vozač sirenu, u pod dasku koja je ispod pedale, brale – ja kad zatrftulji, dim iz vebe sunu, progrija, umalo se i tad nisam smrz'o, sanjao sam da joj ljubim sise, između nogu drži raširenu ruku, taman joj gurnu, između kažipsrsta i srednjeg, dok doprem do nje, proće godina, otima se istina - za to teke spolovila, i da iz njega bljuca, iz kurca ko iz pizde, pa ostade trudan muškarac, rodi sebi govno, mnogo bitno je to muškarče, što imademo žensko, nije samo Tripun, već dan zaljubljenih,

120

morao bi je upoznati, ali se meni to ne da, samo da se prcamo, poslije se ne poznajemo. Krene svako svome toru, odatle nastupamo, ko da ništa nije bilo, nikad se više, nećemo sresti, bili smo jedno drugom u naručju, više nismo, tako da mi je to sa ženama dojadilo, svaka bi da sam njen, al' - da ne pušim travu, neću se ni sjećati, idem oprati zube, pa krećemo na stanicu, ćiro se već zagrij'o – za prevaliti preko Banića brda, kad uklizimo za Beograd, nadamo se da neće biti, bombardovanja, ne smiri nas niko – bez atomske, de reko - mani me se, i ti i ta tvoja priča su trulež, nikaj ne činiš ako nisi svjestan cilja, ne mogu kopat kanal, a da nemam za to ambicija, iako je zbog 'ljeba, ambicija je, namijenjen za budaka, pritisnem taj reset, dalje sam u tom radnom odnosu, nisam se stidio nikako zarađivati, samo da je legalno, al' aj ti sad reci šta je pravo, kažemo da je Hitik zločik, a mi nismo, dok ijemo meso, jašta smo, i to gori od njega trista puta, on bi se čak mogao svrstat u branioce, evo vako veli Bog, Adolf je bio vege, govorio ne ubijajte živuljke, vi oćete, da nije slučajno na kraju – zlo najveće pobijedilo, čega se bRko i bojao, samo nije stigao obuzdati pad, loše ga dalje nosila slaba roba, nemaš se ti tad čime rokati, osim mišomorom, i ko zna šta je sve tu bilo, dojadilo mi slušati lažljivce, isto ja ne znam sve, ako je svako po Bogu, onda je deda od Germanijee, ništa gori od nas, ja šta smo mi sa svojom porodicom za životna vijeka – poklali pečenica, ne stitidim se sebe iz tog toba, nego svjedočim uz komad, taman na izmak Velika Velika, planu cika pod točkovima, neko zateže ručnu, jebem im mamu nenormalnu, dreknu Bude, jesam vam rek'o jest Budi grlat, de ne ser Ramo, vidiš da umalo ne slupa čelepenku.

iGO

Napolju jezdi tanka zima, izjalovila se, pa umjesto snijega, zasipa nas sunce, ceste prljave, od preprljave rizle, moš se okliznut kad god se sjetiš. Pa se sjetim kako su mi te ulice drage – kad se dočepam asfalta na Balkanu, samo da mi je da zraknem – šta je u Tesliću, dobro je, inspiracije bruka, da sam mog'o birat mjesto za pisanje romanaaa, ne bi ni blizu, ovo što imam – ne dam, u grudima je, i nije moje, tako da – imate me – ali samo za tijelo, za ovo drugo, vidimo se poslije, očekajte dvije godine – narod je žedan istine, ni ne sluti da ga ona – ističe ko zločinca, da, sve ružno što me stiglo, zaslužio sam svojim odnosom prema životinjama, dragi Budo, kajje naij se slanine neće prelada, ja otkad je ne jedem, nije me izvrn'la nijedna – treća godina bez gripe, kako? – de ti men reci, ako osjetim da grlo pecka, to je od prekoviše džointa dnevno, mada za to – nemam vremena, zaposlen sam – u dva preduzeća, preguram nekako kraj sa krajem, ide se dalje – do sljedećeg sunovrata, jezdi li jezdi, dođe mi da se roknem, pa se sjetim robe od drugara, samo mala voza, imaj na umu da ja ne upravljam avionima i raketama, duvam kad pišem, to mi loži adrenalin – da ne pršćem maline, takvo voćarstvo će biti, iliiiiii – nas neće, pa kako oćemo, ako želite da nestanemo, samo navalite na pesticide, pobijte njima pčele, onda zbogom svijete. Nema više ništa, tišina, bruji bumbar, vratila se i malena, matica meda, samo nas nema, niti smo doživjeli prosvjetljenje, niti se u kakvi klinac – uzdali, uzdali. Fali Mana i Mercedesa, kakvu bona zastavu, da se sa njom otisnem do Švedske, imam i Dafove, imo sam jedno vrijeme ivece, pa sišao sa njih, mnogo Talijana odere rđa, tanka šasija, ali to tad bila dobra nosivost, do sedam ipo tona, do tolko moremo ići u Jevropu – bez dozvole, malo da vidite u kom sam još svijetu mimo pisanja, pa sam još na tako sto strana, uporedo, neko viče poludjeću, od aveti koja dere svinju za ručak sebi i djeci, ne mogu biti luđi, ubijao krmka – ja čojeka, isto je – nema razlike ni grama, sad kad bi ja to vama branio, postao bi Hitler, ja ne mogu biti ni on, niti mu smijem suditi, moje je da čitam sa zidova, i ne komentarišem, osim ako test nije iznijela stranka, il partija. Nejamo se objašnjavati šta, i zašto - Reko – da neko i sMoga – ima šta, a da ostane bez teksta. Nego mašta prošeta kroz sokak pun bilja, od rokanja ostao kanabis, svi se smijemo do zore, nakon nje – neka nas nema, tad je prava prangija, ija đibra, ne litaj po cesti, tebi tu ni nije mjesto, nego na slobodu, sve životinje pustite da hodaju, šta će biti između njih, to neka se Bog muči, mi smo prevazišli sa takim dumanjem, i tu priču, od sebe pravimo mašinu koja će samo učiti i učiti, dok ne crkne, trebaju mi informacije, pa kad vam ovo pročitam za pet godina, rećete – vid' stvarno, to je dovoljno, samo da neko dokaže, ma de, pa pokazo se Isus treće veče, ovi bi ga i danas razapeli. Tačnije rečeno, i dalje rade, dan za danom – kolju se – milijarde, postali smo stroj – koji ubija, njegovog dijela – više nisam, probuđen sam, znam kud treba dalje, tačnije, imam navigaciju. Preuzimam kormilo, ma de, jašem sam!!! Jedva čekam Švabe, za pet godina će na Balkanu bit kvadrat placa, troje tačke zlata, ima li ko da bi se kladio - u petere :-) upitnik mi glup, posvađali smo se, pa ga neću ni ovom prilikom, ma marš - bleso jedna ??? Pa ja, vječiti zaljubljenik pitanja, ko dijete, šta je ovo - šta je ono, onda se pobro nalije vina - misli - prosvijetlio se, jeste, samo što ne mere taki ostati, ako se ne popravi, ne vidim razlog zašto bi bio, kad iovako funkcionišem - sjajno. Moram se pofal't', to se zove život. Od sreće bi puk'o, nego neću, ostaću strpljiv do kraja, pa kad prsnem, zvijezde će se pomjeriti za cent, sve ulijevo, što se tiče ovog svemira, vaki nas naporedo ima u užem krugu -

122

trista, moš misliti kad slete vanzemaljci, sa objavom ovom, đe Ramson, od vamo da te nagradimo, vade neku njihovu skankinu, reko, ništa prskano, jarani moremo bit, al' ako je domaća, ma kakav prebačaj, maRa im ko zmaj, obiš'o sam sa njima - isto dosta, sljedeći vikend - idemo na Jupiteriju, poslaću vam pozdrav - mogu da letim zaista, izađem iz tijela, popnem se na plafon, pa gledam Ramera - kako šepera, oće se digitron za pisanje - raspane - ko tetris u rovu, za vrijeme prošlog rata, ti Budo uteče, nakon kojega se dvajest godina - još uvijek igramo nekih brigada. Moja lijepa majčice, kako ne bi kren'o tebi. Jest, onda zavrnem rukave, napadam sa svih strana, samo da Vas - osvijestim, meni kako bude, da ne ispane kako ja navlačim vodu na svoj mlin, nego to - zbog zdravlja, valja se, skuvat' crvenog luka, al' to sve - ako si se oslabio - paštetom i salamom, de čistom hranom, a ne drobom crkotine, pa ćeš vid't miline, iza krivine - Germanče djevojče jahaše konjče, to bi, nadomak Šija, propiči, više se tonobili ne voze, osim što neko uzjaše - ja neću brate ni na njemu, MaGarac je što se tiče mog' dupeta - slobodan, imajte u vidu - kako sam drug sa psima, od njih sam naučio mnogo, iz čista mira - sletjeh u kanal, lako ću imam šperu, na crvendaću, ni auspuha, otpo pored Prnjavora, iš'o sam na Gradišku opet, obišo i Liku i Grbavu, nisam bio u Rastuši, dođite u moje rodno selo, al' nemoj ko slučajno - da uznemirava miševe u spilji, u nju posjet, svima zabranjen, ni blizu Markovića, rampa na Dubravi, tačno smo na međi, odatle se preže Puškranica, nadalje je sve Begova zemlja, deda mi se krstio, tu ćemo after poslije kraja. Onda mu Osman naskoči na ženu, i osta moja neka tam prambaba trudna. Ista ti je to pizda, iz koje iskačeš, da l' bila Kristina, il Martina, voliš onoga ko ti kaže da je roditelj, šta ja znam čiji sam, niti me to interesuje, to su moji prelazni mostovi - od rođenja sperme - do svanuća na maminoj sisi, jesam je podero, de reko Ramo ne seri, jes tad promijeno vjeru, dotad si bio Srbenda, zvao se Slobodan? Na njega je vika, oš ti igrat šaha dok ja u rovu trunem, e neka ti je, de još prošvercaj, i proćeraj kroz guzicu, ajd da ti nisi devedeset osme skako sa jugoslovenskom zastavom, pa da ti nešto vjerujem, nego je Beograd ostajao bez kase, ne kažem za ljude tog prelijepog grada, nego na tadašnju politiku, koja je posebna sorta. Slovenci odavnina znaju, da smo nedokazni, ja sam ti neko moj ti Budimire, ko je skroz okrenuo priču nabolje, možda nisi čuo, u to selo, svi su vegetarijaci, ponekom se otme jaje i mlijeko, al' to od divlje koke, i još divljije krave, ova muče - dok druga kokodače, samo ako je slobodna - košnjaka i priuze. Prije ubijanja pilića - slijedi faza omamljivanjem, onda ih onako krakate proguta galeb, raspali se na sred mora, potonula lađa, zbog radi - prekoviše kafeza. Od toga smo bolesni, oslabili da se borimo sa novom najezdom - komaraca. Maleni ispod Hrnjina brda, nas od njih - upravo brane, kakve bolan turističke posjete tom mjestu - ni blizu. More jedna godišnje - Rastuškoj pećini, ali pogled bacaš - sa Stražbence. Znači, moreš od centra Čečave nazad za Teslić, il' preko Dvanestog, il' preko Ukrn'ce, na Memić brdo uđe Radovan, smijemo se do Trećeg. Google Maps me navukao na fotkanje, onda sam počeo cepati modele, i žena me zaprave - ostavi, volio sam ja nju, samo to nisam znao pokazati, znao bi samo - kad je izgubim, međutim, tad bi prekasno, ja sam se zaljubio u neku Ruskinju, odvela me do Moskve na deset dana, ostao tri pune godine, kad sam joj se vratio, znaš šta mi je rekla, ja sam trudna, nabio me komšija na kitu, pa se ti sad lijepo - puši, reko de nek si, vidio sam _ da je i to žensko, zapravo nedojebano k'o i muško, samo bi se prcalo, goni ga nagon taj na trljanje klitorisa, ako more kitom, superpička, al' da ne svrši porerano, uspavao sam se bio previše kraj nje, ona nikad nije bila za seks, kad i ja, i obratno, pa kad se susretnemo, ja samo prsnem, ni ne stavim ga, nikako da oćeifim, de reko sad se još, pa nećemo više - nek si, nije ti vel'k' stomak, večeras dok komšo ode na posao, eto mene kod tebe, ne smeta mi što je njegova sperma u tebi, ja bi da te jebem već jednom, ne da pravim djecu, de se naguzi, pa da počnemo, i leže ti ona moj ti Budo na kraju, svršena, toči iz minđe potok, koljena - rasklocana, to ne mora značiti da moraš sa nekim živjeti zbog braka, nego ne trebaš ni zbog mraka, svako je za sebe, to što se udružujemo, to je zbog interesa, aj' dvoje tada sastavi na Balkanu, da imaju platu za kiflu, popoloviće je, ako jedno, niko ne prodaje pole, pa ja sebi uzmem kad krenem da partijam dvije bone, sve do kluba - polomim, na dva dijela jednaka, to se zove pola, više sam naučio iz drogiranja, nego u crkvi, tamo samo pamjata, na drugu stranu alah u krevet, de me se reko više man'te belaja, odem ja lijepo do svog rodnog kraja, napravim domačiju, sjedimo neki dan ja i piTa Bred, ostario dobro, viče, kako te onda ne znadoh, reko de opušteno, ni sad ti nije kasno, ja ne znam kako ti mene Trajkoviću - ne znaš. Mislio sam Ramo da si običan guslač u krivu trubu, jahač kobila steoni, rodiće motorku, da seb možeš - narezat drva, za kamina, suvaraka skupim, ne diram u šumi, ni lane, ako ga je spopao vuk, skupim se u kut, čekam samiranje, ove utrobe... moj Budimire, vidiš dokle su nas bili doveli, pijani đedovi. Droga je ok za dojebana stvora, pokazala nam je dosta toga, i da nije nje, na mnogaje bi bili dudeki. Al' ne smiješ prećerano, nije nalipaj se čega stigneš, to si, nego dva tri boba - od provjerenog trgovca, na godinu tako dva tri puta, - čista relaksacija, nemojte da vas lažu, kako ste narkomani, ne postaneš - ako samo toliko radiš, e sad ako se ti okrmačiš, oćeš još, sve dobiješ, do kraja ti je podjednako i dobrog i lošeg, samo ti sebi njega posloži kako voliš, uvatiš se na bijelom dobrote, treći dan razgovaraš sam sa sobom, pitaš se odakle si, trnci prolaze od vrhova prstiju, do lijevog uha, gledam djevojci u isto sa po metra, mrtav drogiran, pojeo deset boba, nisam normalan, tačnije, niko mi nije rekao - kako se drogira, evo da vam ja sade kažem, i to je to prosvjetljenje, ali opijatom nije zaprave, samo gledaš snimke, fotke, dok je to kod trave - zaista vrh, ali i to - kome paše, imaš ti ljudi pa ne mogu svariti mene koji duvam, i ja ih razumijem, de ti nam' njega srolaj Bude, pa kako nam bude, uglavnom, ajmo negdje dok smo u Bg, na dobru tehnažu, kad smo se 'vako našli, ali ja Ramo samo duvam, i kad idem na disko, duvam, tako da meni ne moraš zbavljati robu, a i biće toga gore, snaćeš se, jer to više nije zabranjeno, uzima se na kolko oćeš, moreš na mjesto mesare prodavat kile i kile koke, neće je više niko, stigli smo do sorte zelene, koja voza isto, a nikakvih - posljedica, i ako mi stane od nje čuka, za to ne žalim, sa ponosom bi' rekao, umro sam za legalizaciju kanabaisa, o drogama tek dolazi načelo, koje će se poštovati dugo, do zadnjeg dilera, ima li ko da zakera? pa de ne zazaj, znaš koliko ćeš prodati po slavama i rođendanima, niko ne fešta, ako ne šmrče, na brzinu sam ja to Budo, upoznao pisanje, odvuklo me od pakla, biti navučen, mada sam uživao i tako ću do kraja vožnje voza života, a ne ove skalamerije - što nas vlači - preko dijela zemlje – zvanog _ Srbije, i tebi i meni bratske, a ne da imamo granicu na Drini, granicu na Savi, i granicu na Moru, e moj Bogo, pa zar se i to radilo, pravili mostove jedni preko drugih, upoznah usput Raleminja iz Skadra, ima vikendicu u planinama, kraj starih rudnika olova, tu se valjala roba iz Stambola, dalje ćemo preko Podgorice, rasturalo se, narod duvo, i eto sad smo i u mom selu, svi prosvijetljeni, nije da se falim Budimire, uspio sam u naumu, ali ne svom - možda ti je Ramo to bila trauma od rata, granata ti isprala mozak, dušu ranila, rakija praškulja, potorila, niko lik, koga ne zanima ništa ispod nogu, samo gazi. Jest dok mala ne zajaha, nabi ja njoj drugi put do jaja, viče nemoj više, onesvijestiću se, reko neka ćeš, samo stisni zube, nabijam ni na pomisli svrašavanje, kad taman da klecnem, prešaltam se na tvoju Maju, a joj, sa njom je tebi bilo, ko devedeset četvrte na Smolinu, pa je prestegneš preko Blatnice, oće joj oči – iskoče.

Ti ćeš Ramče, da poludiš od kombinacija, ja delam sam, ne treba mi žensko, niti kakve droge. Pa ni kanabis, svjestan sam na primjer da hoću da budem pilot, to ne podnosi opijat, pa ni marihuanu, zato ću ja da vozim, idemo e klasom, iz dvije iljadite, vraćamo se mazdom pet, monovolumenom, imamo za zadatak, uporediti te dvije vrste...

Čekaj čekaj, samo da ti još ovo kažem, kad pođeš kod mene, nemoj samo Jugom. Izgrizli ga miševi – dabogda, svu jelektriku mijenjo...

Za slavu mi se odsad smije duvati, a ne smije piti pivo, hi hi hi, odma bi me razapeli, nabili na kolac – kraj Dragutina, nemam pojma kojelolaaaa, uglavnom sam dobar drugar i sa Ademom, ko i sa Rankom, za obojicu vozim – ograde za Mannheim

Pa ja, kupujem dva džointa, u Gračanici, sve ućerano u šišu, dok se na cesti prati isprekidana, vijesti su da neće biti bolje

Teslić – volim puno, isto ko i Tešanj, mogu sutra – ić Živ''t' u Zenicu, ko ne mere, ima golemi problema.

He, sad moram biti u poziciji kad trebam djeci objasniti šta je droga, to ti je kod nas geto priča, igramo se dilera, pa i zbog trave, legalizujte istu – da nam se klinci ne moraju povlačiti po grbetima ucjena – samo da bi se smijali, znači, ko želi da puši kanabis, nek' sebi posadi, nikom ne smije dati, nikom prodati... tog momenta naše svijesti – stiže ravnopravnost na Zemlju – za svakog živog stvora, ostalo, naročito na Balkanu, nije droga, nego ciment sa andolom, za to te neko ganja pištoljeeem. Nači, policija, obrati pozornost, al' država i jeste ta koja pušta dozu narkotika, u društvo. Opijat nije loš, ako ga koristi dojeban stvor, u svrhe svog umjetničkog sazrijevanja. Svi bi da sjamo ko zvijezde, vele – moreš samo na kokainu. Sve to ostalo spakuj i popišaj, ostavi hed, jednom dnevno svako nek' dune dim dva, garantujem - da će rat prestati, rakijuuuu - zanavijek zaboravimo, pa ćemo _ da živimo u slozi, sveti Ramo, ti nam pomozi, i da neću, roditelj sam, čim svom klipanu mislim dobro, kako da ne želim vašem... kod Zage na kiosk odeš po rizle, sjedeš u park, pa ko te pipne, ja ću ga smlaviti, sačuvati ga ne mogu zauvijek, jer je i normalno da ostaju i postaju samostalni, vidim to po kćeri – koja je već izđikala u stasalu đevojku. Zato, dajem na znanje, droge koje dižu na đuskanje nisu - da se njima mažeš po gujici – kad god ti se ćefi, nego dva puta godišnje kad odeš na žur sa jednim ekserom – provjerene proizvodnje, sasvim dovoljno za ludorije, ako ti se nečim non - stop popravlja, samo pali, ali dva tri dima dnevno. Je l' to lijepo đedo objasnio? - nemojte poslije – ma mi nismo znali. Pa kad bi' ja rekao da o ovome predajem u školi, razapela bi me i bratija – što pršće paradajz - kemikale, pored modra kamena i koprive trule, kobile, igrali se kod iste, poslije u njoj – bi logor, nemojte da smo zatvoreni po tom pitanju, o stanju okolo neću da pričam – što se tiče svega ostalog – stojim vam na raspolaganju, poslušajte me – o gore navedenom, pa ako treba do kraja ovog maaajeg života – kupiću smeće, kad je pauza – duvan'ću – što manje duvana, samo _ da može goriti, koliko ti treba – za opal't' se, sasvim ti je dovoljno i iz kolača od maRjana, ako ne voliš pušenje, ja prelazim ubrzo na te vode, spremaću sebi užinu od konoplje. Jer to će nas spasiti, vratiti na selo, gradska jezgra su postala – brezveze, tačnije – sva sreća - da imaš za liniju. I to da je to barem neka roba, nego smrad kerozina – osjetiš na metar, kakav sveti Petar – bez Pavla.

Ostao sam tu živjeti, molim vas - da se priključite akciji, mnoge ćemo tako nejači – spasiti od pakla ovisnosti – bez trave možeš – ostaviš dva mjeseca, poslije se diviš tome – što si trijezan, koristim marihuanu zadnje četiri godine, prije toga nisam duvao osam, nisam imo vremena disati, da bi mogao obuti i obući dijete, davati mu za ranu i knjige, svaku noć lebdjeti nad temperaturom, jedva čekaš da mu bude bolje, dao bi sve pare što imaš, samo da se nasmije, a ono dreči li dreči, danas kad postaju ljudi, ajd ti spriječi nedaće – koje će da ih zadese, zažmuriš, i samo pričaš, ako išta – bio sam iskren – barem – razgovarajmo na ovu temu, osmislio sam poziv za javnu raspravu, naćemo se na trgu, za prvi juli, tako sam ih Budimire odgajao, ali nije to tad bilo lako, da bi ti djeca bila van tog kruga, morao si im ponuditi rješenje, a ono je, svako sebi po stabiljku, odgoji je – ako oćeš biti zviznut, ostalo šta pipneš, a nemaš zvanje potrebnog, ima da te Bog – raščereči, sij i ostalo, tikve, krastavce – paprike, i ništa ne špricaj, osim što smiješ mutiti koprivuuuu, i zabac't' plavičastu zraku – brezovom metlom, umjetnost ti je život, ko i taj naš geto, u kom kafiću stasamo – taki smo.

Razmišljao sam dugo, moj Budo, sve sam ja to prošao, meni je lako, kako će onaj što nema pojma o čemu pričam? - a tada se ne drogiraše samo oni što nose masne kose, bilo je to u korijenu svagdje, sve zbog toga što je kanabis zabranjen, a alkohol nije, navodim jedan primjer, a ima ih trista, kava, cigare, slatkiši, ma nema o čemu ne moš biti ovisan, ako si krkan. Postim pravoslavni post bez prekida – treću godinu, ponekad pojedem jaje, mogu vam reći, vratio sam svoje zdravlje – kad mogu biti par godina – bez gripe, ni da kinem, ako me neka u budućnosti skrka, to će biti – zato što sam joj se pustio, nebu odletio – pokušao objasniti – zbog čega imamo problema, od toga bi crkla i politika, na slobodu otišla miLina – Šarulja, vime do Zemlje, niko ne muze, horde napuštenih životinja, trebamo mudrost za buduće dane, a ne, neće pošast mene, to kad krene, to ne ume da stane, vuče tri dana spid, e jesi ga pravi... na travi je to ok, trijest godina, nego ima jedna druga istina – najvećeg neprijatelja imamo kroz gujcu, na usta ulazi grijeh, i na nos, pa se poslije sastavlja jevtu – da se počeše, gleda kako će sa nečije grbače – zategnuti. Reko sam sebi - E vala je sa moje neće, kad zarade – nek' ne dolaze – sebi. Dvije marke dnevno, sasvim dovoljno, i to je prekoviše, ako oćeš pušt, posadi, pa i cigare, znači, oto dvoje more, ali samoproizvodnja, da ne budem prijek, nisam bogat _ nit' siromah, nego osrednja čova - koja je do vas – u selu kraj Usore, vidite da nas ionako nema, ali gdje god odeš nije ista spika, mnogi na to ne čekaju, pa su lijepo dali za legalno ukorist maRi, i napreduju, mi ćemo i tu – isćikati – kitobera, nekog sa zapada, ajmo uglas svi - legalizujete kanabis, u sve svrhe, ostalo – vojsku na noge, ne daj ni čašu rakije – pa ni za slavu, kao pravi je domaćin onaj - kod kog se sroka – deset litara. Jest, ne kažem da nije, al' ako je vode poslije kađenja – iz lule. Nisu to bogohuljenja, ovo je čista, pačista – prosvjeta. Ali tada ne bi, lako je tebi u Zg, a kako je meni u Tesliću? - ništa drugo nema od zabave, osim kafane, pokoje teretane, kino u tri mjeseca, pisca ni na zvizak. De ti nam smotaj, brzo ćemo u Beograd, opustiti se u bratskoj Srbiji, sad smo najjači, sa nama su i Slovenci, Turci, Bugari, nema ko ne sadi, skontali i mi – da ne budemo dežurni krivci, Ameri i Rusi, eto vam Moskva i Vašington, pa se ganjajte, drugi dan na vrata moj Budo, osvanu milicija, morao sam obrisati profil na fejsbuku. Kakav Solunac, i kurac Onda sam se povuk'o u sebe, i sve do sad pisao, razumiješ li me zbog čega te molim, da ti to objaviš? - tebi gore u Zg, neće za to reći ništa, dok ja dole, mogu najebati, još sam u Tesliću, zato što su mi dole uspomene, živim u prošlosti, iako su djeca već odavno otišla od mene, sin mi je u Kanadi, kćerka u Australiji, mada se i ona oće kod njega prebaci, ma de to mani, ja ih nisam učio tako, nego da ostanu, zausuči rukave, za pet godina ćemo mi biti vodeći, litra vode – ko tri tankera dizela, ne navlačim istu na svoj mlin, nego kažem izgled – očitog stanja, gdje sad Zagreb, a gdje nekad. Do kuće rodne moga nekog tamo đeda – grob od Mujke i – njegove kobile, dvije lijeve mu biše u žene, četvoro je djece – pobacila, ona ga sahranila zajedno sa konjčetom, smazaše ih ajduci, nakotiše se mnogi, stasali na muci junaci, sad ćeš ti unuče begovo, da popaseš bostan. Ućeraše vam Grci sa kreditima, ko da su mene pitali... Na te teme moj Budimire, još svi idu preozbiljno. Nego Ramo, na šta si adresiro? - na Boga Budo, na njega, pozovi na kraju djela _ da se njemu pomolimo... sprašimo za Thesaloniki.

Njemu je pismo moj Budo--- od Bosne do Grčke, putuje mjesec.

Koverta spremna, opucam marku, i evo ga – spas poplavljenima... oDsad rimam u kapi, dA _ mi pjesme budu toplije, isto, ko – pa su one iz glave moj Budimire – moraju se pametniti. To je stereolik, bitno je da se zezamo, kako će ispast' napisano _ koga šiša. Zviznu voz ispod nadvožnjaka, niđe pruge ni tad. On svejedno zna _ kak'i sam. Mogu od vas skriti istinu - Od njega ne mogu, Tvoj sam presvijetli oče, do zadnjeg me slova – muzi. Ko šarulju, krmača pripeta na lancu, kraj nje

128

sedam prašćića, pripremaju se za odbijanje od sise, poslije toga idu na trg sa slaninom i čvarcima. To je ta naša čistina, po kojoj se vatasmo – holesterola, pa kad srce stane – mi bi zvali svevišnjeg upomoć. Ne kontam, kako će te pogurati u svijest zvanu – mi smo biljojedi, ako ti sam nećeš. E u tom i jeste kvaka, nisam ni ja htio, samo se jedno jutro probudio, skontao - da ja ubiti nikog ne mogu – Osim hljebom, pripremam u svaki džep, ponesem da ima cukov'ma usput, oni me tome – naučiše, inače, više mesa za njih. Kiše jedan gujcan, njega nam ostaviše za kopanja, udeblja se na trijest kila, mrljam u retku kuruza, šupak se raznio od hemoroida, krvava govna ostaju da đubre urod. Kakav rod, takav nam i porod, dođe do toga – Zemlja posta – jalova. Prekrivena betonom, onda vode nestade – pogoresmo ko – licne. Tacna sa luben'com, čast za kuma, poslije ćemo jedan smotati, dolazi dole, za vikend, ima Lea i u Banjoj Luci, samo još nije bila – u Rastuši, to je zbog slijepih mišova, više nema pucanja kad počinje neki fest, to je postalo odavno glupo, i tim samo prepadamo cuke, i to je to - što nam je trebalo, da progledamo, pa da se malo proveselimo, napisao bi nešto, kad više ne znadoh šta, raspali po Razvalama – u svijet preko Ružev'ća. Stanica Teslić. Autobus za Zagreb, idem se upisati u – srednju školu. Ma de – đe to, prije se putovalo vozom, kad moram na radnički – Prestojim od Dragalovaca – do Zapadnog, odam tako, dok ne banem na Glavni, tu ospavam dok ne svane, kolodvor svjetski, ja dijete iz seoceta u kom se iju krmci - daleko od centra opštine na koju se pišem, petnest kilometara. Došao sam do vrata raja, samo treba da ih otvorim, onda se zarati,

I ja odo drugim putem, kroz to sranje – do danas vjeran jednom cilju – sloboda za svakog – ko nije divlji, za njega šuma, bez nje H2O – neće da može, koža i meso – sami ne funkcionišu.

Pričao bi i ja tako – naširoko i nadugo, no moj Budo, ne da mi se, a i komad me – popustio.

Djecu odgajam i tako, neki dan me kćerka pita šta je spid, ja joj ispričam, dočaram joj da ga ne treba, to ti je prelada od tehna, ne znaš koristiti derivate, droge koje dižu su namijenjene toj umjetnosti, a nije da se rokaš time non - stop, neg' dva puta godišnje po dva boba, da Budo, to smiješ, ostalo duvaj, al' aj ti to tad ljudima – dokaži, oni niušta meni ne vjeruju. Tačnije, tako to i treba biti, ovo što ja pričam i pišem, ti ne možeš, ti si neko drugi, ko će meni izaći u susret, da se ja ne b' zajebavo po malom gradu, de ti ovaj moj rad daj nekom nek gore sredi, neka napiše da je izdo Boško Buha, pade dijete na Jabuci, nadomak Pančeva, tamo sam ćero papir, otud skrob za ljepilo, ili tako nešto, već sam zaboravio, za pare ne brini. Ja koji si ti čudak Ramo, ja ne mogu vjerovati, kakve veze ima, objavićemo na tvoje ime, nek se vidi da si postojao, nema veze što je ta tvoja Rastuša mala, silna je, ima šišmiše, molim da im se niko ne približava, ako ja postanem poznat doće seljaja - da posjeti moje rodno mjesto, navaliće na pećinu, pa da tog ne bude, nek' hrle turisti za Zagreb, ja bi da ostanem anoniman, ako mogu, to mi daje za snagu, da sklepam završetak, - ovoga dijela – drugi pišem uporedo, malo tamo, malo vamo - od Bg a do Šida, ja ću motati i pričati, ti rasklapaj šklopociju. De Ramo, nisi normalan, upamtiću ja to... ne, samo piši, ništa ne pamti, ujedno ćemo se upoznati, pa kad se sljedeći put sretnemo, moremo zadrogirat' – opušteno, dva boba u džep, idemo da se molimo Lei, kojoj toj? - ja je ne znam, nikad nije dolazla u Rastušu, bogme jest u Teslić, posvećena knjiga technu, onom iz srca, rokaj mala, vid'ćeš šta radi, kad ode u Zagreb, dolazi redovno u Ljubljanu, odem na tehnaju kod kuma, pa zalomimo dva dana, after strogo otancamo, u nekom od lokala, ima ih bar pet da cincilaju do dvanest, onda tako napunjenih baterija, raspalim u brazdu, orem sve njive po redu, e da je sreće, i tad bi tako bilo, i ja i ti se ne bi morali – ni sresti, sudbina ti ovisi o đedu, on se naroko rakije, ubio babu motčištem, ženio se pet puta, poslije vik'o, samo da mu je neku – koja će ga služiti, prepisaće joj penziju. Reko Žene, ajte za mnom, da take polemamo, nego rat ni to ne razdvaja, već po babu i stričevima, i kojeeem kafiću – pripadaš. Pripremam pare za restoran zdrave hrane, samo će se u njemu služiti organi biljaka iz domaće radinosti, ništa prskanje kojekakvim kemikalijama, najbolje da ni pčele nema, e kad ni nje, pravo zaladi, nema ko zagrijavati stepen koji znači – život, zamre svijet naš – svagdašnji, pričam dok je još cajta, kad iskapa zadnja grumen pjeskare, ode mjesto Zemlje u prazno, Mjesec na naše, nateže Mars, vratismo se tamo – odakle smo stigli. Mi smo ti takvi, niđe nam ne valja, niti dovoljno slabi, niti dovoljno jaki, da zagrlimo slobodu, to je lako moj Budo, a znadeš i sam, ne treba jesti leš, jer smo mi stvoreni da pasemo, ostalo kako je, nije do nas, motam prvi, i on će prevagnuti pod Kalemegdan, postaja Beograd, odosmo u provod, mace i to, jer mi smo poznati jebači. Ma de ba, nismo mi taki seljaci, mi smo oni što su se modernizovali, pa ti se stvarno danas ne drogiraju oni što nose masne kose, nego svi odreda, pravi domaćica pogaču, zateže naiskap liniju jegera, gega se do alfe, devedesetka, čo'jek zaradio na miješalici, kiti li se kiti, samo na picu ne liči, nismo se najeli, otkad odosmo iz Niša, u tom se slažemo moj Budo, ko ti majke ti dade tako Ime? Ja se zovem Ramo, al' ljepše je, nego Budimir, vid stvarno nije toliko ni ružno, Bud' Mir, to je sasvim dovoljno, idemo da kupimo robu. Na kiosk, Srbija je legalizovala upotrebu i mariuane, ima tri godine, nećemo se sjećati ovog vremena kao nekog ljeta, nego čisto, doživjeli smo, more se dob't i po dva eksera, ako imaš člansku techno kluba, Balkan se proširio, do Bremena, oće i Šveđani sa nama, jes vidio kakva postasmo sila, a kakve smo jade bili dočekali. Čisto da ti dočaram gdje nekad Zagreb bio, a đeeee sad, u Ljubuškom, voza se u mercu, e klasa, zaista vrh, al' do dvije iljade osme, skonta najjači, vrijeme je za povlačenje, valja se vozat' na struju, a nje nemamo dovoljno – ni za sijalicu, ostavljaj šumu, vrati rijeku, pa je upregni nek laje na Boga, ovaj odozgora kad grmi, ti vataj u džak munju, pa upali mrak - dan, jedno jutro sunce ne izađe, šta odande, i kom se Bogu moliti? - istom ovom, samo nemoj jesti meso, dovoljno je to troje, nači, trava, voda vazduh, dodatak – biljojed, i to je to, prosto ko pasulj, sa druge strane – obećani raj. Al' to mora svak', ili nema ni za kog – spasa. Osim za mene, ako uspijem u nakani, da se knjiga objavi, ja sam svoje odradio, poslije idem da štijam za kanabis, dok ne lipsam, bacam se u te vode, do slobode do slobode, prolazimo – pored nas spomen na nekadašnji zoo vrt, raspuštan i on, sve životinje vraćene na nebesku poljanu, pa spomen ovom, pa spomen ovom, nigdje groblja, više se ljudi ne sahranjuju, nego kad im se pepeo baca u rijeku, cijelo selo duva, tad mora svako, ostalo, ne moraš nikad, ako ti ne paše pušenje, ubacuj zelenu u ranu, dodaj malo cimeta, da se ljevše smijati.

Nekad sam ti i ja dok sam bio mali momek iz Rastuše, maštao da budem poznat, sad vidim da sam udžaba trošio vrijeme, dođe ono kad pišeš, raduješ se što će to neko drugi objaviti nećeš ti, pisao sam romane za brisanje, kad sam ga kidiso deletirat, to je bila spoznaja, mogao sam dalje, sačuvaj sve ako ti se da, zeza da neko zamjeri nešta, nego, na ovom kiosku sve sami spajdermeni, da mi je da me nešto zvizne, i usput drži, kaže lik dok si ti čekao, mrki Zagrepppčaninu, otkud ti da si bio – na Palama? - ja sam se tam' sustavlj'o, kad idem kuć iz vojske, služio je u Trnovu, i okolnim brdima i planinama, prebacili nas ko raketiste sa Han Pijeska, umalo me zarobiše kad sam se jednom evakuisavao doma, ustopao generala, pa ja i on – razvezli, on viče biće Srpsko, ja u sebi – ma nemaš ti pojma. E vidiš Bude, mene su zarobili, prilikom tog događaja doživio sam transformaciju i evo tačno pa će mi otad – život sto pedeset deveti, puta deset što sam dugonog, igrao sam ko mali mlogo - košarku, preduvana lopta, ja se sve protezo, onda sam isto - bio Osman beg, nadomak tvog tog gradića, sa druge strane Tešanj, kulu zida sirotinja, prikloniš se vladarima, i eto ga – 'šence, rado bi ako hoćeš, da ja to dam toj djevojci, ona se loži na izdavaštvo, a i ko da je bitno ko će knjigu potpisati, bitno je da se cepa, znam šta si htio reći, idemo po robu, počeće disko sa radom, a nema nas dvojice, ko pjetlići od šesn'est, samo - da im je biti glavni, dozvolimo im da budu na travi, neće dirati ostale opijate, to ne moreš sa njom, ma kako ne mereš ak' si nedojeban, danas su ti djeca pametnija, pa ti vid kod kojeg ga dilera pusti. Tačno znaš za kojom dugom žudi, samo pogledaj – gdje osjeda. Ne radi niko ništa, kako neće bit' propast, ok je duvanje, ali za pauzu, ostalo – delo, ljeb te jebo, da te on, i da nikad više nisi psov'o, ni ti Ramo, ni ti Budo. Odavde izvinjavanje, pa nismo trebali tako, pa trebali smo ovako, Ramo je brat Budimiru, iako nisu ispali iz iste pizde, niti isti ćaća, bruderi, poderanih gaća, već je ekonomija doživjela procvat, sad svako sadi konoplju, niko neće pivu, podriguj podriguj, onda ćemo usput do restorana – nešto još pojesti, eno ga kiosk koji tražimo, kad na njemu hrpa novosti, i naravno rizla, de nam reko po dva dinamita, da se noćas izđuskamo, trave ćemo ponijeti, da moremo sutra zaspat, presjedamo za dva dana – na drugi voz – isto bez šina, samo nako šara preko sela, Ramo će sići u Slavonskom Brodu, dalje ide e klasom, zbavio seb i mazdu pet, pa je sad proširen za vidik _ seoski turizam, razvozi svugdje - samo ne blizu pećine, odvoji srce i dušu, povjerovao Ramo Bogu, i evo ga – kraj zapletanja, sad ćemo na razrolavanje, after, pa svako sebi, da ne bi da ne bi, požuri, već osjetim da me hvata pola, uzesmo giros vege sa astala, jer poslije ne mogu ogledati ništa, osim vode, ponekad dunem, i polke dodajem, ujutru ako mi ekstaze zafali, nađem od negog još malog, i pocepam do podne, poslije ne dolazim na žur, tri mjeseca, jesam li ja Budimire narkoman? Nisi Ramo, opušćano, pust' šta kaže pop i hodža, nego ih zagrli, svi smo božija djeca, pa i oni, da njih ne bi – bi l' ti ovo sadee znao? Ma de Budo, bilo bi lakše, ne brani bagru, samo se sazdaše u lovu, i to sa tuđe grbače, roblje izginu, generalov sin studira u Novom Sadu, reko – dašta će neg Srpsko, jebo nam pas mater takvima, da ne psujem ružnije, okalja obraz zbog gamadi, napsova se - a reko da više neću. Međutim kad to nije opa cupa, smije se, kao ovo je sramota, obična igra dvoje zaljubljenih, meni se više zgadila, al' volim da plešem - sa lijepim ženama, do općenja spolovilima mi noćas nije, i kad idem na partiju, tu pizde ne tražim, tebi po volji. Ma i ja sam ti isti, nose me zvuci – dobro se sretosmo, da i ja napokon priznam, ništa zaista – nije slučajno. Umalo nas pokupi tramvaj. Dragi Budo, ipak ću ja biti glavni, odavde dalje, samo ja pričam sa tobom, ti sa mnom nemoj, opalila te bona pravo, uzimam taksi, dva dinara druže, na vratima ćenife socijalni slučaj, miriše ruža, fetiš sa cvijećem. Pucketam već prstima, Budimira iskrivilo, popij vode lolo, i nemoj sa drugom polom, ni za dva sata, pregleda nas straža bez oružja, čisto da nemamo nešta od svog pića, još

132

je ta neman zvana prokletinja u nama, i nije čudo – što ovo pišem, šišmiš je bitan, nisam ja. Pa ja, kolega, vid' ludila, ponio nas val od plime, naraste more do preko brijega, niko ne osta – nepotopljen, zalijepi marku na čestitku, kako ti se zove cura? Neću ti reći, pročitaćeš kad objavi roman, donijeću ti ga na poklon. Doću drito u Rastušu, prenu se Budo ko da nije ni drogir'o korak, nego momak samo taki, sad pali komad, dok ne stasaš za drugo pola, a i muzika je dobra, da nejaš potrebe za tim, pravi si jaran Ramo. Osjetio sam da smo jedno, reko neću mu to govoriti – dok i sam ne osjeti, obojica Perini, on se na kraju izjasni ko Rom, i tako jedan bi Budo, drugi Ramo, da ugodi okolini, pritisli svi – i sa svih strana, nije udnik više im'o snage – predo se, došle nove vjere, i tako se sve skupi u vreću, pa baciše u smeće, osim one – u sebe, i do sebe bližnjeg, a taj ti – ko naiđe u susret, koračam naprijed, koračam naprijed. Odjednom nas dj spoji preko ploče u jednog čudaka, spreman napisati svašta, samo da privuče pažnju, nadijeljeno bišmo dvojica osrednjih smrtnika, naletjeli na zabavu, a i Beograd je, takva se prilika ne propušta, u malim gradovima ne bi jedno vrijeme kina, ni u pet mjeseci. Potonusmo, vidimo se ujutru, afterom započinjemo odjavnih dvajes' trijes' strana...

Jesi se svez'o? - idemo dalje bez krila i motora, u let bez mahanja, nema tijela _ da te drži - jer njeg' ravnoteža steže, puno je vode, da nje nema, ode nebu ko pero, šta ako je tako, a svi mi ostali griješimo, ponijelo me prelo u Bg do zajebancije, te povuc sooovim, te povuc sooonim, ukrmačiš se bez potrebe, postali smo već drugari, on zna da ja znam kako je on u stvari ok, samo treba thc - daa ga pogoni, iz ulja ne vadi, iz kolača pogotovo, sve nek' lupa organizam, samo će tako narasti u diva, biće oslobođena đedovina, od domaćih parazita, ovi strani, zaista nisu ništa krivi, osim kad se itaju bombama, bombama, nismo mi njih napali, nego oni nas, spašavaju jednu stranu, jedni, drugu drugi, i dođe ti do rata, u kom misliš da je Hitler bio najstrašniji, danas kad vidiš kako se dole kod nas cepa slanina, smiješ se apelu upomoć, de ba, nisam ni ja kido štalu, nego ti meni hoćeš Budo cijelo vrijeme nešto reći, samo nikako da izlaneš, znaš šta mi je? Da, znam - boluješ od multipla skleroze, ozdraviti možeš samo sa kanabisom, vidiš gdje te tvoje pisanje dovede, vjerov'o si do zadnjeg, sad i da umreš, ti si spašen, dajem ti melem za rane, uboje nećeš osjetiti, kraće živiš pet godina, a i bolje, kud na kraju svega ostaje tama, mi mislili – svatovi nebeski, jeste jeste, znam ja to, nego ne kontam kako nijedan doktor to ne skonta, nema na kakve preglede nisam iš'o, doduše, i ja

133

sam mnoge krio simptome, i mislio sam da je to kod svakog, znaš ono, imam tik, probudim se na pijaci, probavam tole, uzeo neke na peglu, gaće usrane, ja sam Budimire odatle, stvarno se nije imalo, i danas se nema, djeca trebaju na školovanje, otac bolestan - nikako ne pripada, manji smo od makova zrna, samo to ne znamo, e sad ćeš ti Ramo – da progledaš, čim priječeš granicu - javi mi se na viber, prvi poziv s' tobom, neće biti snimljen, završićeš poslije roman po mom uputstvu, i čujemo se na kavi, vodim te na Šalatu, tam' gdje sam za vrijeme svog školovanja, provodio momačke dane, svi smo rođeni da pišemo istine, samo zašiljimo pera, nema toga koji ne mere barem jednu, da - ta neka se zove sloboda, za svakog živog stvora, progled'o si da ti treba ishrana na bilju, Ramo, ti si car, i mene si zastidio, ja inače ne pišem, samo obavljujem, noćas đuskaj, kontaj da smo u Sarajevu, i slobodno duvaj, ko u Beogradu, estradu mnogu poznaj, vidiš onda, joj što sam džaba htio biti slavan, meni to ne treba, kažem ti, zbog slijepih miševa. Ništa ne brini zbog toga, nego neću roman pod svoje ime, nego pod tuđe, držim čvrsto fige, žen'ca, da se ima - solidna - njoj da vjerujem, iako je varam, sa kojom god stignem, možda i ona mene, stvarno ne znam, niti je kad pitam, otkud mi pravo na to, moram istinu barem, djeci prenijeti, il' ne moram, apostol je usput, drugar sa duvanke, samo duvanki, samo duvanki, dimi se na odžak gandža, namjesto dima cera, nema sjeć' šumu, tocilaj svaki dan, da proizvedeš struje, i kad budeš im'o jake rijeke, upreži, pecaj slobodnu ribu, ne tovljenu, to treba zabraniti, ali kako, kad istu ribarnicu drži drugarica od moje kćerke, i mi smo do jučer jeli meso, učimo druge da to ne valja, pokazujući... al' možda sam u tom pogriješio, pa imam take uboje, malaks'o sam nekad u mišićima, duva me trava, i tad na istu zaboravim, mislim da sam zdrav, nego, kako misliš to sa uljem, šta mi je, reci skroz? Ti već imaš bolest dvajest godina, nastala od stresa u ratu, male bijele ti napale mozak, pretvaraju te u živog duha, ako ne budeš im'o kod sebe na neki način kanabisa, bićeš satrven, kako god - ne daj da se Esma puno naginje, nagovori Dalibora _ da natiče kurtone, previše će biti, gospsode Arsov. De majke ti, odakle ga znaš? - on sa mnom bio u domu, rat još nije počeo, devedeseta, mi lutamo ulicama, najljpšeg meni tada grada, volio sam ga zaista kao svog, on Hrvat, ja Srbin, jedan dan sam otišao, on sebi... đe si na njega naletio? Ništa ne pitaj, nego slušaj Ramo, moraš legalizovati travu, ja sam inače diler iste, i znadem da griješim, ali mi dobro, a i ja sam se naklepo, dosta mi je, sad ću da dijelim, vidim da pare nisu ništa, tek kad skontaš kako te piči neka bolest, padaš, ali tad se ne daj, daj još ispod jezika jaču dozu, doživi stotu, ili pedesetu, ako si svijest ovu doček'o, svejedno ti je – kad umro, tačnije _ sam se spremiš za sanduka, ako me šta strefi prije, ostavljam na znanje, svima ovu priču, kao želju, da kako god me sahranite, ne smije da bude tuga i dernek, nego veselje i post, nikakvo mi obilježje nigdje na ističite, nego - da mi niko nije upalio svijeće, obično gubljenje vremena, otiš'o Rami zapaliti istu, a mog'o sam se šetati livadom, to je bezeveze, a ne veza sa vezom, u kojoj samo profitira, tvornica gubitnika, ajmo se baviti medicinom, za mozgove i duhove, sve ostale bolesti će nam odnijeti – duga duga upotreba, okrenemo tako jedno koljeno, evo nam ga spas, na sav glas, kanabis, kanabis... de ne pričaj, da je to mene spopalo, još ja vidim ne diže mi se kita, i kad se digne, to je na to teke žene sa kojom sam još uvijek u razvodu, nikako da shvati, da se ja ne – posjedujem, niti ko od bližnjih, to je pogrešno utubljeno, sa kolena na koljeno, onaj ti je takav – na kog naiđeš, imaš svakakve mrake, pa ti aleluja proda ubica – ubio prije ručka kokoš, moraš psu dati nešta da jede, ako nemaš mesa, strada, nismo ni njega trebali pripitomljavati, kad se tako nešto desilo, de da onda ćutimo, ćutimo, dozvolimo si riječ.

Dobro doš'o spasioče moj, kako te nisam dosad pozn'o? Bolest pritišće baš taj dio, kad hoćeš da napišeš slovo, prst izda, ostaneš ko pizda, na tastaturi kojoj se ni kita nije digla. Međutim, nije tu sva istina, bila jedna mala – što se i meni sviđala, radila ko konobar'ca u kafiću, sisa joj miriše, nego ako i spomenem ženi da bi išo na dvor, on javče, jebo je ćaća njen, koji je tako nauči - preko majke, proizvede šmokljana treće koleno, leb ti poljubim, bez j. More mrš Čmeljo napolje, isuka ga Ramo _ na hodnika, salijo još jedno pivo, pa se prosro, nije izletjelo govno, nego prdež preko njega, ne moš gledati – kolje se za oči, skoči i ja, pa ga nabi nogom u gujcu, više stvarno alkosu, nemaš svrhe, imaš travu, duvaj, ako ti smeta dim, jedi kolača, il' se maži uljem od tabana do zuba, svršavaj u thc u, joj vidjećeš kad oprobaš taj lijek, istjeruj kapi iz konoplje na silu, usput joj pričaj, kako je voliš, moraš da zaboraviš na sve, sve je rentammmbilno, sad jeste sad nije, ništa više, ne vidiš dok te nešto ne pegla, smeta mi što fulam slova, pisanje mi je sve što imam za sebe, tačnije za svakoga, onoliko ću reći, koliko Bog kaže, najtačnije, nemoj me liječit, ako ovaj odozgo nije dao signal, a da, jest. Bolje mi je kad duvam, de to probam, već fulam i korake, ofulam stepenicu, pa poletim - da se razbijem, sreća u tom trenu, ne izda ruka, pričam doktoru, on kaže da uzmem table za žgeeravicu, mamu mu nabijem, nepismenu, u dušu, kako more bit' kadur to reći, vid' kol'ko sam vremena izgubio, mogao sam se do sada izliječiti, možda mi sad bude prekasno, marva, ja njima još čokoladu, aj kažu, valja se - oni mene napraviše idiotom, još stoka drži pod ključem lijek, ma neće dalje moći, dobro si ti meni to reko, od Slobodanovih sam ti ja, samo seb' predio, na Muslemansko ime, dojadilo više slušat svoje, jadikovke dopola gole, nabija ih zguza, onaj što je umro. Ramo Ramo, ja znam da si ti car, nemoj naglo, da ne zglajazaš, znaš kakva je dole – milicija, zaštekaj koji dinar, za velikog predstavnika, boli njega briga, on je igrač stranke, tačnije – njen vojnik, dosta nam je svjetske politike, nju najprije goni, domaću, nabij na kolac ustrajno, pa ne mereš sa stokom drugačije, kako bi bilo – da ne bi Hitlerea i njegove nakane? - niko ne zna, da nismo kaznu zaslužili, džaba mi se možda, i tim mazati, nastaviću dumagijati, dok ide, ide, kad neće, ok, idem dalje po cvijeće, sam se bacam u Usoru... sa tobom Ramo, i ja ću, da potonemo na dno, gdje ni ribe ne slijeću.

Evo jedanest, sad je zateže, ko tamburske gaće, skače skače čuna, samo nema našta, nisam više bolestan, imaš li još tog namaza? - smaza Ramo cijelu dozu, taman fulasmo Brku... Polako, sad stajemo na odmaralištu, otišli smo predaleko, prebrzo, nismo trebali pregoniti sa drogom u Bg, mada je žurka, bila do jaja, cura - ko u snovima, kad sam Osman, i smijem imat tri, nego mi se ne da, zaljubim se u Kristinu, sve prodam da je – usrećim usrećim. Vodeći ljubavnik u čaršiji, piše poruke povazdan, ma ne skida se sa telefona, mene moja kad bi pogledala ispod ekrana, odma bi me morala napustiti, ni brak mi nije na tom levelu, nego, kad se vidimo vidimo, hodam po stepenicama pored, iako gazim čvršće tako, molim sa da isto stanje nije, ofulale popadije i odžinice, ne obukoše gaće, vire male – obrijane ko i kod onih što sam gled'o povazdan, mislim ipak - da mi se seks ne vraća, osim ako nije sa ovom iz kafane, ima male sisice, ko rumene jabuke, kad dođe da donese piće, nagne se na mene, nemoj me spašavati, ako mi ona neće dati, a da mi to žena kod kuće ne sazna, ja se bojim Budimire zaljubljivanja, kad je tako, kita fercera, eto ozdravljenja, nemoj se ni seksati sa kim ti ne paše, jednu malu bijelu, ofarbali u mutno, ne vidi joj se pupak, od spermića, nijedan se ne uvati kroz kožu, sa matericom. Nije mi još dala, - slaga Ramo, pa čak i za kafanu - al' ja i ne mislim na to, ako imaš kakvog spasa, možda sam bolest – zaslužio. Sigurno mala radi u trgov'ni. Nije tako, ja sam supruzi rek'o - da me ne mora trpiti, more sve uzeti šta imam, radim koliko mogu, čak od njih krijem eto toliku bolest, niti ću im reći, neka se ne brinu, to što se ja i ona grunemo, niko neće znati. U romanu moreš svašta, samo ti meni nabaci, šta da pišem. Otpočesmo čaj na odmaralištu. Po svom Ramo, znam ja da ćeš ti to odraditi kako valja, poslije se liječi i dalje, ne staj samo na tom, moraš napisati za godinu, pet romana, šta je to, za čovjeka koji ionako zna svoju sudbinu, unaprijed, piše o sebi, a da ga ništa ne tangira, to volim Ramo, kod tebe, bićeš broj jedan, iako za to nećeš ni znati, tek kad umreš pričaće se o ovom djelu, tad već svi će tubiti - da ne trebamo uznemiravati slijepe mišove, ja i ti ćemo sretni, doskakutati do Rastuše. Preko Vrtače.

Doživjeti raskoš boja – ovoliki nisam očekivao, dubina prtine, nije ni do gležnja, mećava modrih pahulja„„ rastura čistinu – nigdje drveta – da vjetar spriječi... kad ono – muuuu, muuuuu... VEEeliČanstveno, nisam se džaba rodio, kad sam ovo vidjeo – mog' odma' – odapeti, živjeti je ništa – naspram toga. Sloboda od Boga – ljudskom rukom spriječena, ejjjj – jebem ga, ako ne opsujem, k'o da nisam ni pis'o, moraš, ne moš gledat' zla očima, iza apoteke – u štali krava, grad, ja bi' prije rek'o – na zlu glasu – selendra. Drži je baja u garaži, ni blizu _ košara. Trica, priznata, iako bješe – linija, crta sad svako, nije bitno je l' u Londonu, il' Drakseniću, posij tikvu, posij tikvu, pa je skuvaj krmcima. Inače je i ta živuljka biljojed, prešli smo mesožderstvom – na stranu krvoloka, ako nam to ne smeta, onda deri, nismo više svjesna bića. Ološ, kojojdabisatuđemuke – surutke. Krute... nego, više ne psujem, samo pišem zapise, novinar – novina – koje ne postoje. Pjesma je – oružje moje, protiv nepravde. E sad kad ću ja nestat' odavde, to će reći, čiko gospođa, nije više momak, nego žena, osjekla kitu i jaja, stavio minđu i obratno, onaj ko promijeni sssspol, a kršten, ne mora se ponovo, duša nosi tijelo, da l' ono bilo muško il žensko, il kako god možete umiksati, Njojjjjjj, ne smeta.

Baš ovako kaže spisa, et, i ja se slažem, ako ti se ponovo ne krštava, imaš pravo na to, nego, već jednom sam, ost'o što jesam, nisam ništa mijenj'o, ponovo ne bi, dok ja toga - ne budem svjestan, lice treba lično prihvatiti neku vjeroispovijest, a ne da mu se ona pripiše rođenjem, krštenjem dok još ne zna ništa, već kad te djeca počnu vući za rukav, il' vjeruju sad Budi, Muhamedu, ja vjerujem samo pravdi, ostalo nije slučaj kojim ćemo se baviti – za ovog života. Svi smo grešni do zadnjeg, dok kupimo andol. Ne sudimo, da nam se ne sudi, onda kad vidiš da nemaš pametnija posla, negsasobomsebaviti, možda bude dockan, kreni raditi po sebi, mijenjaj barem frizuru, ja pustio bradu, zamjena povoljno popu, dok je na godišnjem, trista maraka petn'est dana, odeš sebi, pa zaradiš, poslije dijeliš u hramu sirotinji, ukidaš prilog na ikone. To je Pravoslavlje čisto, pogano je ovo sade. Ni na Istok, ni na Zapad, branim Balkan – odavde. Nisam više sam, ima nas dosta, poezija – preŽIVA. Gotovo je, nazzad _ nema. Buraz, nisi džaba raspet... Poste li??? ma kako ne, jedva čekaju – da se omrse. Istim dotjeruju liniju, i misle na zdravlje svih, sasvim ispravno. Inače je to način života, kojeg je predstavljao Isus, baš zbog toga smo – gggaaaa, ucmekali. Ko za pokrižak ovna, na daj se onom bez biljega, fešte oko sprovoda –

zaboravljaj, uskoro se neće sahranjivati niko, nego pepeo – bacaj u Usoru, i ostale rijeke, ne daj svještenom licu – sto leura – za opijelo. Mislim da sam bio jasan. Ovo kad popeglate, stajem uz vas, ma koju religiju kitili, Imate Ramu, inače meni testise pod bubrege – zaista ne možete ponuditi, jervokareka ih ne jedem, neću obratiti na tu spiku, neg' što ću ga na miliciju prijaviti, jest jest, pa dam lola dođe na vrata – sa puškomitraljezom, čim je Šarulju turio u garažu, nadomak apoteke, i odatle eksploatiše proizvode – stečene na toj muci, nikad niko – bez tablete, neće nitke prizdraviti. Poprekidaćemo se – ko prištevi, ljudi nestali, idemo dalje bez njih, i nije neka šteta. Otiš'o narod, al' nije ostavio iza sebe – nepoklano, svako je svoje živinče utuko. Nije pustio na dvor _ jako gladno – nema se riječi, nijanse žute brišu bjelinu – opet moram skrenuti sa teme, plavog' snijega. Nabijem ga, ledeno. Ko da nikad neće ozelen't'... Sklopio se kraj kamina, Pera samo oteže papcima. Na kraju samo mi, i divljina, iz nje nadiru zvijeri, nećemo se braniti. Predati organe utrobi _ crne _ svrha mase, dole dublje – ilovača. Meni gine, idem poslije zanavijek, van Zemlje, biću mali zeleni, crvene štrafte preko guzce, na ušima kraste od ujeda bataka, kokodak, kokodak, More i krilo? Rekokakonemere. Inače, izvodim kornere, na dnevnicu, to za fudbalere, samo idem mušterijama – što dobro zarađuju. Šta ću mijenjat' sirotinju? - nju nudim ko turistički rekvizit. Nemam ništa, niti mi šta treba – đe taj? Evo me, do kraja scene u kojoj živim pod ovim imenom i prezimenom, probaću to – i dokazati. Na primjer, evo jedne, ne moš jučer stuć cenera, a danas se pitat kako nemaš dvije cigle za komad, svaki dan – ravnomjerno, to što ću prije, il' kasnije – to je opušteno – onako je – kako je zacrtano, pren' se u nevrem doba. Gandža preskupa, ko da kupuješ bijelo. Boljedasamidaljebio – k'o giculja – pod sikirom. Od od draga, sad ćemo te ošurt, prrr prrrr mala cura, od vamo od vamo, vataj za nogu, nož pod vrat – jašta je neg zdrava – slanina, slanina, samo je derte, natrpajte se uz to bijela luka, laprdajte uz rakiju o tome kako smo najbolji, ovi drugi ne valjaju, prije, dok još niko nije ust'o, breme sijena na vrata garaže, ko fol ušuškavanje, limuzine, samo da muzojka ne zine – na sav glas. Il' je to, il' bi nervozna, da joj je vid't' – providna dana. Sad će lola sa njom – na ispašu, Ma ja ma ja, ne treba se samo stidjeti fasade – drečava – nit zelena, nit plava, Sad mi je jasna krava, nego mi nije jasno, da nema još - dvaeest ovaca. Kobiva, upo grada, ja sam i dalje pri tom, da je to na zlu glasu – selendra - Teslić. Kontaš, pa i kad slučaj izjaviš na mup, dragu damu ništa dobro ne čeka, ako mu zabrane, ode šarena – na klaonicu. Za burek, naš nasušni, daj nam danas, i ne uvedi nas u – progleme... Kreme za cipele, isto nemam, glancam špic, vlažnom

138

maram'com, gospodin – smrt, u vlastitom odijelu. More more Bogo – kad god oćeš. Samo nabac prije dva cenera, da se popravim kako treba, smotam dim, daću i tebi. Hi hi hi, da l' to bogohulim? De šut, zbog tog te isto mogu nabiti na T, dodati iza glave dodatak, da se krstom prepadamo, gradovi ko groblja, moj Budimire, sad mi je jasan i nastup bolesti, guše me prizori, sve više tonem u depresiju, nisam znao šta mi je, misliš da će mi to tvoje ulje pomoći? - inače cijenim marihuanu kao lijek već odavno, ali do sad nisam znao – da sam bolestan, ja sam mislio sve je to neki išijas, i to, malo prelade, malo stigo rat, Han Pijesak, zub nateko, došao za gardu, da tučem pasulj, sa krmećim ušima, međutim, to je stres saaaa _ mesožderstvom odradio, Bog me pogled'o, pa tebe poslao, neka hvala mu Budo, ali neka bude onako kako mora, nemoj ja imam pravo biti zdrav, a neko drugi nema, inače ne jedem meso odavno, da li sam time to načinio, gledajući sebe – kako jedem sir, naš nasireni - od istog takvog zlikovca?

He, moj Ramo, ne, Bog te odavno nadzire, imaš mene ko rezervnog anđela, isto kao što ti u priči mijenjaš fudbalere i popove, tako ja kad neki tvoj direktni anđeo zakaže, a i ovaj ti je non - stop naduvan, ko i ti, de vidi da više ne uzimaš nikad od dvije za dozu, ono što smo prećerali u Bg, najbolje da ne spominjemo, čitaće mladež knjigu, reće preosveštenstvo da ih navlačimo na svoj mlin, u nji brašno crno, kud ga šmrču, kud ih ne udara, džaba dali cifru. To što si to uvidio, bio ti je početak spasa, bolest ta baš voli kad copaš mesa, naročito bureka, nastaju bijele mrlje, na to teke mozga, nećemo se prekoviše bav't' medicinom, znaš isam – kćer ti je doktor, njoj reci šta te muči, ako dođe do toga, da ti stanje bude gore, pojačaj dozu, nikad ne budi bez thc a, jer te lako more savladat baja, pa nećeš moć više, tijelom mrdnuti, da ti je da se ubiješ, a ne možeš, nego nek' ti samo meću džoint u usta, mijenjanje pelena i pranje, dvjema babama – penzija, uvijek jedna rezerve, muški šovinizam je bezgraničan, da mu je za ženu, poslugu, ja nisam Budo na taj fazon, jesam u braku, a nisam, ako ne odgovaram sudrugu, more otić kad god hoće, isto tako ako žvaće previše, ni mene nema, već sada sam i tu u problemu, žena mi se – doduše bivša, ne slaže što duvam, moraću i njoj reći, neće biti lako, al' moraće se, dosadilo mi ionako krit, jer dole si ako puneš, narkomančina, niko ne vidi to što kažeš, da se liječim, znači Bog je i kanabis posl'o u moj život, sve upakovo, ti objaviš roman na tu tvoju žemsku, nadošli smo, niko ni ne sluti – da je sve poteklo iz Rastuše, zaštitismo slijepe mišove, on povataše prekovišne - komarce. Za nas biše krvoloci, da se i tu ne griješimo, brezveze. Kud postanemo zvijezde, bordo farbe. Već se sade – poznajemo – viče neko svana, crkla mašina, dva dana pauza, na

Sremskom frontu čistina svira, imamo još do Brke - zatrpaće vlak, odjednom – zaveja jače. Na prozore vagona padoše bijele zavjese, sad smo mrtvi. Vidiš li Ramo ikog da iskreno plače? Osim uže porodice, i ona nije na suzi. To tako i treba biti, ja ti kažem da mene tako bacite u rijeku, nemoj da se ne pojaviš Budo, ako budeš živ, pozdravi Vidovitu Joku, ona što prebacuje jaja naoko, a da ne trepne... jesi je guzio dugo godina -- ipak ti nisi nevinašce Ramo, ko što za sebe pričaš, sreća ti je velika, što sam i ja Anđeo, ljubitelj žemski, ne bi je skido, međutim jesi vido kako to nestade, ti mislio prosvijetlio se skroz, ono ti je to od ms a, ne spominjimo ime bolesti, to nemamo potrebe, to su budale smislile za apoteke, iza parkiraju kravu, pa muzu spas, namuzu spermu od bika uz jogurt, ne ide burečna bez njega, stane u grlu, pa ni dole ni gore.

Jesam nekad bio Budo, nosila me strast, mada to nikad nisam radio – sa osobom kojoj ne vjerujem, nekako, ako moraš se natezati, i širiti noge, moraš barem pasati sebi, kao voditelju ljubavi, sa drugom osobom, to je seks, isti pojam nema veze sa love, brak posebno, to su ti nastambe u kojima samo neko nekom smeta, namjesto da smo svi za sebe, tako zajedno do zadnjeg, kad zatreba, a nije de kad je umro, bio je dobar, meni takva spika ne treba, što se tiče pisanja, to volim, ako mi bog uzme ruke da ne mogu njima kucat, ok, to je to, predajem se dimu, ako mogu udisati, ako ne mogu, onda me i nema, ako ne srčeš dim škije zamotane u zelenom plastu, ne srčeš ni kisik, naš svagdašnji, pa razvuku mesa narijetko, na ručku baloni, naduvana kora, izgorla i ona, probodeš ništa, nije mene to Budo oćeralo sa mesa, ja jednostavno nisam mogao ubijati, i desio mi preobrat, počeo sam uz to pjevušiti, sad šijem, ti mi veliš da sam bolestan, ne plašim se, đe stanem, nastavićeš. Uzdam se u Zg, ovi u Bg, moram im se odati naklon, uznapredovali, otkad su sve droge legalizovali, uveo se red, pa se zna ko uzima dozu, tačnije, kad tad se sazna istina, ja ću ovu od njih Budo, dok itke mognem – kriti, kad ne mognem, onda ću to tvog ulja, doduše, čim ga se domognem, probaću, možda griješim. E zato se ti meni javi – čim granicu pријеđеš, pa ću ja tebi ispričati - legalizovaću i ja onda dole, kod nas vutru, pa se neću kriti od svih, što se njome liječim. Kad bi ja rek'o - ma to bi odma' poteklo med i mlijeko, pa de nemoj ovo, pa de nemoj ono, nikom na teret, i ja sebi gore uplaćujem staž, registrovo sam delo - u Celju, htio dati ime firmi, Balkan Expres, stid'la se knjigovođa, neka naša odozdo, da je Slovenka bila, rekla bi, udri Ramo u zubun, istresaj tepih, pa ti nisi više muško, nego žensko, jesi li razmišlj'o Ramo, da promijeniš spolčinu, bi l' tad tvoja Žena htjela - s' tobom? - il' vam je to ostala navika od dana parenja, nikada se ne dozvaste pameti, oboljeli od poslijebračnog sindroma, moramo živjeti

140

u njemu, a nama se zviždi, boli me racku Budo, što sam bolestan. Daj da vidimo đe kvar, odo ja kad se naduvam zavar't'. Spojim žicu đe nas prekida, vježbam mišiće, svaki dan šetam, imam Peru za drugara, kad ne mognem, skuckaću za kolica, pa lagano do parka, ako tad bude kakvog kerčeta kraj mene, značiće da sam uspio, i da ga nema. Dozivam ja to Budo pameti, al' džaba, još do nas nije, ni Evropska Unija, ne htjedosmo sa Albanijom i Srbijom, složiše dil CrnogoRci, - svaka im čas, jesu ljudine, imaše i oni muda, osta Hrvatska i BiH, Stigla 'eRcegovna, podjela je bila, Rs, i Fedracija, sklapaju brak, žene se nanovo, da obnove bračne zavjete, na dan Dejjtona - pozvaće Nastića, on djeda, ja djeda, cepa se cepa. Dobra ti ona muzika u Bg, kako si znao da sam u tom svijetu? - za kravu i ovce imam objašnjenja, nisam znao, a roditelj siromah, još gore, mislio da ćemo se oprav't', ako koljemo iste, eto zašto ih nema, zima se razvukla, pojela opanke, nego, ja neću ove godine do kuma, on isto nešto sa zglobovima kuka, pa otiš'o na dva mjeseca, ajmo mi i večeras potegnuti po jednu, dvije, ima neki diskać pored spomenika. Sti vriska partizana.

Da li je sretan pas na ulici, il onaj u kući, na ovoj studeni – pokraj vatre? – ne znamo brate, mi ne bistrimo sreću, moramo se nakako probuditi, najlakše će nam biti preko njih, stradaše i ovako i onako, samo da bi nama pokazali, izvedi psa na tutu, nije dobro, niti blizu, ako taj tvoj drug - nema slobodu, u stanu je to teško, zato smo Ja i Pera - otišli na selo, sad te poznam skroz, ti si Koviljkin, Isus, mnogo si se napatio u mladosti, ko isam, nis' k'o i'san - im'o kruva, lako je takog navući na meso, preko istog u rat, pa ti kusaj, ako nećeš uzeti pušku, mamicu im, natjera nas vojna milicija, ti men' pričaš da se liječim travom, ionako ja to ne fermam, sadim sebi, ne prodajem, znam ja Budo, da sam bolestan, nego krijem od svojih, oni misle ja prebačen zbog tog što pišem, ne mogu rime sročit dok ne zapalim, kao da se tad – probudim. Pa ako znaš, onda bi trebao i znati - da ti je to od bole, nije od zdravlja, trava napada male bijele, navlači roletne na pamet, gledaj dušom, to je ono pravo, ti si Ramo mrtav odavno, samo si vaskrso, i ja sam, dig'o se ponovo kroz tijelo ovog, u prošlom sam isto buko – protiv zabrane, međutim, dole ti je lobi - ko će prodavati, isto ko i gore u Zagrebu, samo što se kod nas radi dopušteno, ne prodaješ licu prije osamn'est, od komad dnevno, pa ti lez dijete gladno... gledam da im ništa ne pomažem, niti da oni moraju meni, pa kad ne mognem ni tijelom da mrdnem, ostavite me – da me odnese na nebo – vjetar, prnem daleko od ovog pakla, moj Budimire, znam ja - da je od nje, nego bi' volio vidjeti – kako to ona učineee. He, Ramo, trava nije samo za to lijek, nego za mnoge druge bolesti, pravi ulje, to je budućnost tvog kraja, ja znam da bi mogli uspjeti, a i priča se gore po krugovima visokim, da će i Bosnu pustiti u tu neku uniju, više u njoj nije niko, do Švaba, parTizana idalje sti vriska, izgleda ih zarobili, jača sila nad slabijom - ti je odraz razlike energija, ista struja kriva, ispravlja pravu, a ova već takva, varnica bljesne, ode osigurač, tol'ko ti ja znam o tome Bude, sve iz škole, tamo nisi jedno vrijeme mogao, naučiti ništa, osim da su dva i dva – sedam. Motaj i osmi, ja sam dojeban, to što sam bolestan, prepuštam Bogu na milost. Jeste, nego si dobro napravio što si izbacio leš iz jelovnika, sad uči dalje, vege ishranu, bez tog, džaba ti i kanabis, takav ti gra pao. Od toga si i obolio, navukle se bijele fleke, baš od slanine, bio si Ramo krkan, priznaj. Jesam, al' gladni Budo, nisam im'o šta jest. Pero zatek'o pred kućom pijana druga, naiš'o iz lova, onda se obadvojca naki pijani, pošopali, izgubi mu drug glavu, okinu tandžara, izbi Radi život, tačnije, skroz zaglavio - sad kad znam sto posto da me zeza rupa na mozgu, povećava se u oku, dok čitav ne oslijepim, ne smijem ni pomisliti, osim što ću glediti – kroz roletne, duša nebu putuje, da se sretne sa kolegama iz života nekog, odaju tako svemirima, pa se izuče zanatu, ovo ništa nije stvarno, nego predloženo za naš ispit, a ti budi – kaki si, istina se ponire duboko, brzinom istom – iskače na val, odnese jedan mene i tebe, de što si taki, mogli smo poneku povuć?! Kakvi u tvorza zbog tog što je polemo pse, jer se zato na Balkanu ne smije ni prijaviti počinioc, isti ti zakuca sa litrom i puškom na ramenu – očas posla... Nećemo Ramo, to je droga samo za tehnažu, ovi kraj spomenika, tuku narodne. Ne moš od cajKe dignuti glavu, sve tezga do tezge, nego – smotaću nam jedan od nove robe, još se ovdje smije - opušćano kaditi, gore kad prođeš Okučane, ne pomišljaj do Bregane, Slovenci gospoda, k'o i uvijek, davno davno, legalizovali maRisol, bol prerast'o u zadovoljstvo, pa se odozgo niko ne žali, osim na lokalne boli, tipa reuma, ko kod kuma, a i on ode u banju besplatno. U Tesliću ti je dvije milje eura jedna doza, znači – javi mi se čim uđeš na Brod, sad to više nije grad, nego krateri, Cigani dali za brašno - svo železo, leb te jebo, da te ne jebo, moj Ramo, smijali se – jašta su, i danas Rom dole kod nas ne mere otić na kavu – opušćano, a da barem neko ne prokomentariše, đesi peglo? Međutim, to ti je na kraju najiskreniji narod, baš je onako nama, kako njih zamišljamo, tačnije, ne kontam kako moš razlikovat čovjeka od čovjeka, al' i to je Ramo, do svijesti, mi na primjer nismo takvi, odatle dolazi tvoj spas, zaslužio si ga, sad 'oćeš umrijet' vako nako, jebiga tamo, biće nekako, samo gledaj dok ne moraš žmiriti, ne daj se prevariti nikada, nikada, motaj, i ne sviraj, dobar si čo''ek, et' zato imaš mene - za Anđela, ipak, ja i tooo - nismo isto, nisam ni mnogo više živ, tačnije – više više mrtav, malo ko oće ide od ovih mojih, na godišnji. Recept daj – samo lično, ovdje ga ne spominji, jer i bivše mi mogu provjearavati, spika u Hr i BiH, ista, sve zbog toga – što se šverca drogom, da ne mora, nestalo bi šminke za državu, od nje sve potiče, popušta kako joj paše, pa kad treba popaliti talente, pusti lošu robu, pokokaju se dječaci i djevojke, još sami sebi budu krivi, što su tu gdje jesu, zabraniš mu travu, de pusti ga cigari i alkoholu, od tog dvoga kreće priča, da te neko učia _ samo kanabis, ne bi ti padale na pamet druge budaliještinje, ali ne smiješ im Ramo zamjeriti, speri kako misliš ti da treba, ocijeni odoka, biće vrh, kad vide da je muškom maštanju o komadima i macama, pisala žena, muško golo na naslovu, ne bi zanimljivo. Ništa ne krij Ramo, sve saspi u lice, svejedno si obolio kroz živce, gledajući zla očima, da ne kla ranjenika, il' barem ne drža za uvo, ne bi navuk'o mrenu na mozak, sreća progleda, sad ćeš da cepaš, i kad budeš treb'o umrijeti, ako ne mogneš tipkati, samo duvaj, nek ti neko mota, al' za to ćeš morat' imat' TOGa nekog, i za to debelo platiti, sve otišlo za Njemačku, brinuti o starijima, koga ćeš dole naći, sreća, pa ulažeš u sebe kroz Deželu, uzdaj se da ćeš imati za škije, i opet je to malo, za dvije porcije mjesečno, toliko ti treba, da ne trepneš od bola, dokad kuca ti srce. Jes' vidio sad trice, volim košarku, naročito Đoleta, on te je ček'o na Palama, kad si slijet'o iz Maglaja, prije toga iz Gliba, moj Anđele, hvala ti na svemu, kako mi bude, a valjda će i voz brzo odlediti. Sad prelazi na tlo gdje je vlak, spomenik iz nekog drugog svjetskog rata, i to ne bi stvarno, nego zasluženi snimak, naporedo, u nekom drugom svijetu, ljudi su se doveli ured što se tiče rađanja, preko kurtona., Pa će stvarno Brka.

Zasvira violina, nije odamlo, odnekud klavir poče rokati, po jednoj noti, al' jako, ne razumijem se plao u muziku, al' zapasa, reko Ramo, ovo nije od mene, ovo je djelo neke žene, čim nas obuze vaka milina, vagine more, tihi ocean, mi ne klimamo tamo, već za bobom, podvalio si mi Ramo u vodu, ako odeš tom' rob postatiii, bolje ti je odma' – u grob leći, one ti pogoršavaju stanje, što manje ih uzmeš godišnje to bolje, prijeđi na druge sorte mare, ima ih koje oće tehnažu, kud mi nabobani, odaje se priznanje, i ustiče spomenica, odijela nam se opkovaše u značke, marašle maršale, pa tebe nisu voljeli ni tvoji, Srbi nisu rušili Jugoslaviju, al' to nije zbog toga što su krasni, nego lijeni im političari, ode kasa kojom više ne dopunjava se vrh odozgora, pametni ljudi – ocijepili se, da nisu, ne bi nikad došli dovde, bila je dobra Jugoslavija, kao i prije nje, i ovo sade, samo niste vi Ramo, ja sam Anđeo, ljudi su baksuzi, znam da neki nisu, ali govorim šta prevaže, ili nije, nego budžet izglasa vladajuće, ovi im daju pos'o na konto države, ostali – puše katran, nemaju za lijeka, jer idioti lakše sa bijedom upravljaju, preko alkohola, i ostalih opijata, ekstazi se složio _ da bude bezebjedan, al' u godini dva puta po dva boba, i više ako vidiš sebe, odma se trni, nemamo više vremena za gubljenja, i onda prekreneš da povedeš rat, to Ramo nemoj nikad, samo pričaj o miru i slobodi, jer moja bivša - baš neće svakom potpisati djelo, inače sam ja to kupovao, pa kod nas gore u Glibu, prodavao pod svoje, išlo ko alva, al' to je za dvije milijarde godina, ti si taj đedo, koji nam diže korijene u nebesa drveta visoka, dodiruje oblake, naraste do Marsa, moreš na njega pješke, ode sve, niko ne ostade na Zemlji, našoj cijenjenoj, i toliko voljenoj, jeste Ramo, pravi ste bilmezi. Nije ni čudo što vas brkati htio potrti, međutim, tu je ta prevaga, okreneš na ono, dokazaću da nije treb'o, nikako. Budi najviši, pa kad njoj dodijele nagradu za djelo postojanja ljudstva, ti plješći, i to ako mogneš, svaka čast Ramo, naklon do poda, spas ti moj ne treba, prepustio bih te sebi, rokaj dokle stigneš, kad više ne mogneš dignuti glave od knjiga napisanih svijetu, ti se sklupčaj u klupko, ako bude neko kerče tu kraj tebe prišlo, pogodio si, da i ako ne bude, biće ti svejedno, ti si ono – traženo, dobitna kombinacija, moram te držati još među ljudima, ničija besjeda im neće, ko tvoja dobro doći, kakva bolan sveta knjiga, naročito ona u kojoj daruješ ikonu, popu za merca, jebo te audi, skup za održavanje, a i vuča sa prednje strane, profi sam brale, da njega najviše volim ćerat zimi. Naleti dole kod mene Budo, da te provodam kroz zdravlje, koje sam otkrio kad sam spoznao da sam pomalo bolestan. Film jedan mora odgovarati glumcu, ili dva džaba glumi, na veresiju, rešiser ga smakne za kintu, ostane bez plate, objesi se nego šta će, uluzio dvije godine u to, kontaju ljudi, vid' jest lud, mog'o je neđe rad't' na betonu, jašta je, šta fali, pa ti si meni kobiva slavni, a na ovu temu mucaš. Svaka čast, čuo sam da si firmu darovao uposlenicima koje si dopratio do toga kad ti više nije bilo do objavljivanja knjiga, davao si svakome na dar, to što bi napisao. Izliječen si, više ti nijedna bolest – ne može ništa, to što više ti se ne prca, neka ostane neizliječeno, brezveze gubljenje vremena, na natezanje, pa kad više ne mere biti klipa gore, bude na sramotu, opkoljeni zavišću od trećih, natake ti neko suprugu... ma neka, ako joj je do toga, nek ide, ja svejedno napuštam lice prašine žute, sam, tako sam i doš'o, ni sa kim ne mogu biti u vezi, dulje od pet minuta, kad naletimo jedan na drugoga, naletimo, e sad 'oćul' ja tebi biti vjeran, to je moja stvar, možda ću reći i da ne vladaš materijom, sve je to baš, a baš, al' nije trajno, pokleknemo pod snagom opijata, reknemo što ne treba. Ipak se mora uzeti u obzir da si ti Ramo, izuzetan pisac, svašta

144

možeš izmisliti, kloni se savjeta drugima, dok sam sebe na istima, ne popeglaš, briješ baš ono, koje se drugom čudiš, Tako ti Bog otvara oči, džaba se praviš da ne vidiš, samo piši, rasturi scenu na proste ćoškove, iz kog vičemo svi – mir mir mir, niko nije kriv, ava ava ava – na slobodu krava, sa njom isto krmača, napolje i cuko i maca, samo dječi sijena, trave bale, niko ih neće htjeti, osim što se klepaše svatovi kolačima, torta od deset hedova, bode se čika cajac, džointima u venu. Reko, de ne seri, kad ti rupi mi za zadatak, jesam Koviljkin, a ko da nisam, samo zaposjeo njegovo tijelo, igrom slučaja, jer je on stradao od raka, evo oživio - da ti dam alat, za popravak kvara na mašini, ili Ramo ništa ne popravljaj, ošini po žutini, dok se ne zasja pod, oglancan ko špiglo.

Diglo te, sutra ćeš kukumakati, još znaš kakvi su ovi dole kod nas, uvate te driblati za džoint... nikad ja ništa ne nosim sa sobom, imaš to svađe naći, ne da mi se time zezati, jedino kad ti to navrati me na to ulje, i kolače bi mog'o, ima u nas dole za pušenja, za to je vazda bilo, to što si ti popustio, pa otišo za kafanom, jbg, Budo, vidiš da ispaštam, dosta toga je od – alkohola, od njega mi je rupa na oku, imam pedalj gdje ne vidim vako, nego naopako, pravo dobro, samo nemoj kako ljudi, odma' si vjeran istinskom tvorcu, a ne onom, ambicioznom, gdje ćeš stvore, osim da imaš hrane, oće da ima miljarde na kamari, eto ti ih – sade, znam da si potego crne zalihe, i od tate i od strica, šta misliš, misija kamioni, ofula, ofula, kuda si prispio? Neg' za volan, a ti nesposoban, niko ne da dinar, da kupiš sebi struje za ogrijat', đedo Nidžo, najebo je Ramo, sjećaš ga se iz pripovijetki, kako Beg ima tri žene, nijedna steona, jest ona što ga napusti, i ona prije, djeca ga se odrekoše, završi sa nekom na krstu, razapet nasred – đe je danas --- Trebević.

Odvukli ih - da malo dodiruju Sarajevo, tamo smo se proveli pravo, što me tad nisi poznav'o... ma jesi bio i ti Ramo? - ja zastup'o nekog pajdu, voli isto tehnažu, vala meni samo taki dopadaju, izgleda da ovaj što šteka, cepa narodnjake, čim odvali do mene pismo, mijenjaj me, ono sve isti slučajevi, malo bi šmrkali, pojma nemaju sa kakvim se vragom igraju, ludilo ludilo, počelo je počelo, krajnje bezobrazno, da ja i ti Budo, nismo tu, pravo si mi se svidio – ko Anđeo, spas zagarantovan, što men' taki nisu bili učitelji, možda bi se stepen ovakvih bolesti – dosad _ smanjio na ništa, u zdravom tijelu, zdrav duh osjeda, a đe onom što se razboli? - kidaju ga boli, duša puša, džaba vjerov'o, ma de pust to, samo cepaj, piši - da se svima – zavrti svijest, padnu u bendek, tad ćemo na after, pa svako sebi – do nastavka, svejedno sam zalut'o preko Han Pijeska, dopisivao se sa jednom curom iz tog mjesta, pa se sjetih svoje prošlosti, umalo me zaboli glava, sreća, od kad ne pijem kavu, nikad me nije ni štrecnula, osim što me nekad podbode nasred obraza, raskine sekunda. I to ti je Ramo, od fleka, upali se taj dio, pa šalje lažne signale, misliš da te boli lice, a zaista ti se – prdi, naduno se što si se prejeo... postio sam maunu, maunu, samo sam se na nju – nagojioo, imam trijest kila, neka, svejedno jednom od nečeg crkavam, tako da – šta će biti, biće, ako se ne uspijem zaliječiti, pošalji mi za sjemena duvana i maRijanke, majke presvete, ostalo ne treba ništa, ako rane ne da država, onda se sada poserem na nju, dašta ću nego, cepam jaro, ne prestajem, dajem na znanje i starom i mladom, da sam spoznao Hrista, duva lik, samo nikad skankana.

Poprskan samo zveči po trnci, još na to spidure, e tu si đe trebaš, dereš do neba, al' preko kablova, prekleman na bateriju do sebe. Tebe tebe tražim sjediš u garaži, da te nađem, evo me druže – tvoj sam, vidio sam odma' - da te odnekud znam, odatle je sve poteklo, iz pičke materine, tačnije i spičkanije rečeno, vagine, utrobe žene, u nju spermom stigao iz tate, brate brate, reko brateeeee, đe srolaj sad jedan, poslije ovoga pauza, i za mene, i za moje anĐele, osjećaš li kakav teret što misliš na mene, i tebi je do dobre zabave, pa se scena sa tim dijelom pretvori u smiijuriju, iju, caja strpa milju, pišaj se ti na svoj roman, pa ja Ramo, gledaj na zdravlje ko na blago, al' uvijek imaj na pameti kako smo svi bolesni, samo neki umru ne otkriju, neke ispriječi istina prije uspavanke, poslije se duše sele na pranje varakinom, crni se dupe uMale, ova mi se sviđa, budala nestade, kaže, samo mu se ne diže na suprugu, nju baš voli, čuva je za vidanje rana, što bi rek'o prosječan penzioner bez b'abe, bate --- bac'te je, međutim, niko neće, nije te sreće, oduzeše mu se ruke – prije, pa ne može ni naručiti spaljivanje, ostade gad – živ, opogani cijelu naciju. Dekoracija koja misli da griješi svojim postavkom, crno bijeli svijet – opet je u boji, vratio se smisao svega, sad ću da poderem na njoj gaće, biše zadnje riječi, ne pojavi se do pištaljke mog kolege Marjana, ulazimo na vel'ka vrata u Hr, tačnije, samo se zna – đe granica nekad bila, više svijet među sobom ne diže žicu, jebeš i tu uniju i njihovu penziju, kad se non – stop - nekoga plašite, murije za nedojebane, jašta neg' mora biti, al' prvo da se zabrani rakija i rakija, pivo popi jedno, nikad više dnevno, i to nemoj, imaš za tooo vodu, ne sijeci šumu, neg sadi sadi, i sadi, kad ne mognem, pušiću pušići, dabogda tako Ramo, doživio onl'ko kol'ko doživiš. Ni ja ne bi da se ne skrasi, taman za šank, popiću sok, voza me doza adrenalina, svršavam, nisam je ni pipn'o.

Crtaš cvjetove? - to me prvo pitala, reko crtam i velike i male, odgovorih joj dok me već vatala za jaja, anđeoska su reko, samo ih čepaj, onda me navukla na svog jezika, mrdala sisama ispred, đe nemoj

146

sad, hoću da te upoznam još... Štaš me upoznavati, je l' se tebi jebe, il ne jebe? nisam ja bolestan – neg' Ramo, kako neću, kad je on mog'o, pa neće aNđeo podbaciti, i tako nas dvoje sjedosmo u njen auto, skroman, al' utegnut ko pišća, na zadnjem sjedištu punjač za telefon, gdje nas vodiš, da l u Šid? znam da Ramo neće dok ne pisne nanovo zvižda. Kidiše pizda na nos, meni je do tucanja, nije mi dala da stanem do kuće, cijelo sam joj vrijeme ljubio sise ispod majce, utakosmo se na stepeništu, kuća ko dvorac, odakle ti mala ovo? - da sam ti ja anđeo, dao bi' ti nebesa, dopa'ne mi navijek neki kuronja, pa se jedva isčupam na prcažu. Nego, kako ti sa tim stvarima? Imam momka, al' nemam sa njim tih problema, i on nađe sebi, svi se tako taslačimo, sve se vidi, ne krije se strast, koja je što kažu popovi i hodže, grijeh, ja moj mili Bože, a i lijepi, pa svi smo tvoja djeca, nema mene gleda špiglo, tebe ne, ajde okreni jedan krug i za nas, da se nebesa zanebese, i da od tada nema više zavjere protiv nikoga, sloboda i za kamen. Ne daj Bože nekakva spomenika, pa da prepadam narod, ko za vrijeme Titika, jest bio budala, stric mi se predio sa Hasan, na Božidara, tako kaže bio u prošlom, pa kad ga se sjeća, da ne kvari istinu, ne daj samo sveišnji, da se ovde ikad više rodim, do kraja izdržaću, kako god bude, jedino ako toliko poludim i budem mogao nanijeti sebi povrede po život bitne, radije, nego vama, ako dođe do toga, posebno mi ne vodite popa, kad nisu išli dosad, ne moraju ni odsad, de nek me spasi on ako zna lijek, a nije zanavijek vikati – to je satana, a ne mere bit' veća od njega. Ramo je sa tog praga, dojebana, i sit ga brale – kurac napravio, sirotinja izrodila, navuko se doduše bio prekoviše na krmka, da bi reko čovjek, i ti si oče proklet, nisi nisi – neg lopov, čim si krao eksere sa posla, nema da nisi, kriminalac, mislim, to je na kraju bilo u čitavom svijetu, samo ne na Balkanu, sad nešto viču i Hr i Slo, išli bi sa vama, de Ti Ramo čuvaj se – trebaš nam još. Misli ti sam u sebi Budimire šta oš, ja kad mala najaši na Isusa, Isusa, Muhamed se šetka sa Budom pod rukom, Kristo viče da su pederi, ko da u vjeri se mora razlučivat' seksualno opredjeljenje, kako smo mi koji drkamo na rupe u zidu, kad neamo utičnice? Šta milite da smo, takvi ste u stvari vi. Isti bili, živi, pa vidjeli – kad se pojavi naš nastup, pretočen u nastup žemske, iz prikrajka Srema, malo guta naša slova, al' je slatka ko med, nema veze što je Šokica. Nije više od pola, ja najviše volim što nije ko ja, jer ja sam posebna sorta, - pobjego bi sa njom, stiže mi poruka od Rame, reko to care, to se zove zdravlje, kad te ne pita dan, platismo li struju? Nikola Nikola, da si sada ovdje, imo bi svijeću u ruci, da upališ živima za mrtve. I ujedno vidiš u mraku, meni ne pal'te nikakve, nikakve, ako odapnem prije, ti Budo sine nađi Dalibora, pa mu sve ovo predaj, kao apostolnasljednika krivične – za posjedovanje, pola džointa, od tog neko ne mota ni dva dima. Kog Dalibora? - vratih film, više ništa nisam čuo, uzajašio me guz, savim meni nepoznat, gužva ga između dupeta, ko da je ekser pedesetka, ubošće je, a neće, boli što je veći, iako je more nataket pravo, smanjen palamar samo za nju, ne posustaj, reko nikada, - za mog druga Ramsona, još jedna recka, ne da gledam tako na žene, nego im se dajem da me bilježe na zidu, drolja sam muška, iako po činu – Anđeo, - kob' rek'o da to more, al' et' meže. Beže, vrati, Begovnu i Puškarnicu dedi, da te ja ne razdužim za sva vremena, i onda pusti to kraju, prestajemo se ganjati oko međe, kad naiđe sretno vrijeme, naiđe, između nema ništa, osim savremenih dokonih sisara, samo se cajkaju, reko, smijem li da te fotkam, ostavi grudnjake i štiklu, slomi petu poslije, tad stabilno stoj, izbaci dupe, kasnije nastavljamo dalje, inače sam fotograf za Glib, tamo sam poznat, vole gore kad fotkam Zemljanke, kažu da su seksi, i ja isto velim, umanjio sam zbog njih kitu... Sve za tebe Isuse, skide deku sa sebe, pa se nalakti na frižider, na njemu sličice od čunga lunge, teče ono kad se zbog tog proglašava za vješticu i vještca, keca u rukavu nema niko, anjc anjc, cvaj draj štanjc, što više mulije prenese sa gradilišta, to je bolje uspio. Iskren si Ramo, zato sam tu, volim te slušati kako pričaš, zavodi ti melodija slušaoca, a to je veoma bitno kod pisca, ne da djelo dosadi, pa ti vidi đesi.

I tako zavejani, dva dana plesasmo, nismo stajali, od ta dva bonbona, svaki osvanuti pola, dosta krmku. Ne treba ti nikakva droga, da dosegneš san, ti si Ramo uspio, vrijeme je da se priča ovoga dijela - kravi. Istu ne pričaš, ni ja ni ti, nego Bog, sastavi nas da pocijepamo te nebuloze, uložimo najzad, vjeru u sebe, nema šta ne možemo, samo kad hoćemo, skupi na kamaru planetu, nema više igre, ugasi se ovaj svemir, nije bilo dobro, sve pokvarili ljudi, šta misliš da njih izbacimo? I o tome razmišlja Bog, ako ne shvatimo, ko smo i šta smo, zašto smo onda trošili udžaba trud? - za energiju, ako je više pozitivne, sijevaće varnice mira i slobode, to je ono što mi treba, i opet nije raj, moramo gledati kako se oko nas kolju, između sebe, mi smo tad spašeni, kako će sa ostalima biti, isto ko i nama, najzad Zemlja, što si nekad i bio, ovaj te dig'o među žive, ti njemu ne vjeruješ, e jebiga, ima li Ramo _ smisla, uopće pisati? Ima veli svevišnji, nagrnu minus, pa kad tebe jedan uvati skroz nasmrt – šta bi zaključio sa svojom oporukom?

Da, u pravu si, Anđele moj nebeski, iako si zamjena pravom, Risto otiš'o na godišnji, treba legalizovati sve dok ga nema, droge isto, pa neka se zna – kol'ko čega fercera, pijane nam generacije zbog toga, jer smo zabranili kanabis, dopustili duvan i alkohol, lijek protiv zlog tigra, izgubio bitku. Bolesni smo, a znam nam pomoć, jašta ću neg' Budo –

pisati, svejedno nemam drugog posla, mano se kafane na mjesec dana jednom, cepam, ne plašim se šta će biti sutra, ovo danas je – to što nam treba. Rodio se onog trena, kad sam ovo saznao, danas mi je sigurno – iljaditi život, pojma nemaš šta nosi jutro, a šta noć, kad ćeš poć' tvorcu na istinu, pa ti se ne pokaj, kajem se znaj, Bože, samo što ovo prije nisam spozno, a mogao sam kad sam htio, međutim, ćeo sam priču isplatiti, nisam volio bit' dužan, ajde potjeraj vam lovu, šta si se stisko, blisko ti je moje tijelo, nije duša, ima tajni koje ne želim Bože, da objelodaniš javno, svako ih ima, ako nema, onda je to milina od rođenja, tako će jednom se svi rađati, svjesni u pelenama, znaju da ne treba, ubiti pašče, ako ne moraš, isto ko i čovjek, dobije slom življa u glavi, pa ga Bog napravi zlotvorom, instikt te od takvog brani. Tačnije, nema ovaj odozgora ništa stim, mi sve sami sebi postavljamo, onako nam je – koliko vidimo u tom danu, padaš u postelju, ili ne, ipak se ne predaješ, ti si ovo znao, i prije deset godina, nisi slutio, nego bio ubijeđen, et' kako to krene, preneš se bolestan, do jučer zdrav.

Danas kad više nisam, osjećam se bolje, pa ti vid' kako je, milo ja'nje moje, kad te trebam klat. Poslije kad te nabijam na ražanj, za vrat ćeš mi sa visine srat', te plavim te crnim, pade kiša iz nas, pa pade i govno, ispado tako Budo i ja, nisam više nikom – potreban, ostario za mrijeti, vidiš da sam presijedio, a i godine su, izdrž'o sam zahvaljujući marihuani, sad znam i zbog čega, mislim, potvrđeno, uvijek sam sebi govorio, ma to je trip, pa ću se tripati da sam zdrav. I tako sam dogur'o do sada, stradali ventili, škripim, jer me još niko moj Budimire, kako treba, ne razumije, pa ni rođena žena, mislim, ta upisana, pa gumicom zamrljana, za mene su sve iste, osobe za sebe, duhovno ne moraš biti prijeke krvi, mislim trebaš, pa neće niko nikog prijaviti na adresu, ja i kum, smislili istu na stana, kod njega, zaradi i on neki dinar, dok smo papali ovce, prodavali smo i napletke, kad prestanemo se prema živom stroju, odnositi kao prema zalogaju, komadu tkanine, onda ćemo insane – progledati. Shvati, nema zdravlja u slanini, osim što ima bolesti, ni ne vidiš kako te bjelina od krtine odvaja, budeš salo, pa salo, nimalo ne voliš život. Oboliš, onda kad shvatiš da je prekasno, previše je zla u nama, da bi nam iko – oprostio, zaista je kako viču, svi smo jednom bili dibidus uspavani, vjerovali da treba dat' na ikonu, dvajest marona. Prič'o sam da osnujemo Balkansku Uniju, u nju turimo i Mađare, samo nek ostane međa, gdje nema žice, navalite Turci, čekamo vas sa mezom, vi ste nama braća i sestre, kao i Austrijci, šta je bilo bilo je, de da krenemo dalje, kako Bog zapovijeda, međutim, Budo, niko ni da mrdne. Nači, džada Solun... Pa jesi li ti Ramo mrdao, osim što si pričao? - ajd to što si pisao, ok, nego - de da vidim tvoje umjetničko djelo života, slika u trista poza, snijeg zaveeeeooo – vlak, da je zavejjjo, bijo bi voz, skroz ost'o bez struje, ima je – gdje god se okreneš, mi se tukli za među, ljebac ti poljubim. I sad gledam nešto, psi protrčaše kraj nas, slobodni i napušteni od ljudova, samo što i njima, osta šuma, nema grada da ih nema kod nas dole, pedesetak, sad, da l' je dobro to što imamo iste za kućne ljubimce, naravno da nije, oni ispaštaju, ali se daju, da i mi progledamo, sa njima to ide lakše, inače, buđenja znaju biti – pogubna. Prihvatam šta me stiže, rađaju se oni koji više ne vjeruju ljudima, ostajemo sami, niko nas ne voli, de pokolji i ovce, kad idemo gore na zapad, ne nosimo ništa, niti šta ostavljamo, osim karticu tekućeg, da more rođo platiti nam rate, ima ih desetak, to nije strašno, drž'o sam se dobro, nisam dublje išo, nego pliće, i pliće, i pliće, kad se više nije diz'o, skontao sam da sam dojeban. Tek tad sam mogao u život, prije toga me satralo sve, te firma, te kuća, djeca sitna, žena bronda li bronda, ako zalomim na pivi, nemaš se čim drugo opaliti, neg' tim, heroina ko ima, faca, i on ga ubije za dva dana, ne mora ga dulje uzimati, pa se pojaviše na dizanje supstance, niko ne objasni zašta je ekser, poprekidaše se djeca – njime i spidom, naročito naši krajevi, u to vrijeme još smo bili zdravi, dok se u Lj, razvaljivalo, znao sam zažurati, dvajest četir sata, ko ništa, da li mi je bola od toga? Ma to ti je bilo care, ja ti morem reći k'o moje krilo, samo tako, bolje nego da si išao _ svaki dan u crkvu, isto i u džamiju... za mene ti je to uvijek bio, turizam, nemam gdje nedjeljom, kad sam upoznao Peru, sve sam shvatio, i da ne trebam jesti meso, nego smije to samo on i vuk, ostalo, pod ključ, ali tu su sad ovi na cesti, oni stjeraše mace u budžak, navali zelembać, ne moreš živ izdurati, pa ti se vataj posla, oko toga svijest vodstva do koljena, a ni u meni neka, pa ko blebeće, taj i ćara uvati, shvati, mog'o sam se ja vratiti korijenima, kad već gubim nevinost, pisao sam pjesme, pa se srušim u te dane, sjebem i Han Pijesak i sjećanja na sve, naletim na pjesnikinju koja se zove tako, cepa dijete, svaka čast, mene bude sramota kad vidim kako rastura. Kaže, pije alkohol, i to vinjak u ogromnim količinama, nije moja klinka, šta me briga, da sam i ja takav, vratim se, reko odakle si Jano? Iz Han Pijeska, reče mi da ima momka, al' tek petnesti dan komunikacije, htjela je valjda da provjeri kako nisam neka pedofilska spodoba, spopala ga strast golema, koja će mu nekad biti vidjelo za dalje, eto nas, tad sam već uveliko znao, kako padam u neku struju, nisam tubio baš baš ko sa pečatom, da sam bolestan, pa sam odlučio, iako jesam i nisam, draufam ka cilju, najveća je vjera, vjerovati u sebe. Anđeli sami dolaze. Tamo sam služio vojsku, boleo me puno zub, kad sam stigao u redove – poslije se ničeg ne sjećam, osim da me presijeca – kako mi je djed Osman, sin Slobodanov, bio beg, zato što je mor'o, troš't' tuđe pare, a jesu slatke, još ako je od neke budal'ce koja vjeruje da si ti načitan, onda je to vrh, nema dalje, meni više iste Budo, ne trebaju, dao sam joj do znanja, da se mane alkohola, zbog toga – moram pisati, i da ti dalje turiš u produkciju, ja ne smijem zbog slijepih mišova, ako se pročuje za mene, naval'će se na kekskurziju u Rastušu, te pomama na pećinu, smrt fašizmu tome, po moje zdravlje, ne prodajem Pravoslavlje, niti Islam, samo molim Boga da nam osprosti, nismo znali, no međutim, sad već znate, nema dalje... kažeš nisi razumio, pa što nisi čitao? objavi pod Anđeo Brat, znači more srat ko oće, dijete mi je bilo drago, kao moje, zezanje čisto, međutim, opet je vidim ufotkanu sa litrom, kao fura fazon svoj, još je u njoj bebe, e takav sam ti i ja bio, umalo izgorio na flaši, drali se rakiješinom i pivom, nema trave, osim šibice trine, međutim, stiže vrijeme kad svako će pušiti, pa neće niko nikog, moć' zajebavat', znao i onaj koga para - mrljica na potioku. Poluoku zaboravi, ako može ikako, napustio sam priču, i dalje čitam njene pjesme, samo ne zalazim više u tu temu, ne mogu pomoći pojedincu svakom, kad ne mogu sebi u tom dobu, onda kako ću unučadi, de se ti mani, propovijedi lude, nariči stihove, nariči stihove, ako šta bude mišovima, zbog toga - da procuri kako sam ja to napisao uz dogovor sa Bogom, objesiću se drogom.

Da je nisam sreo, ne bi nadošao na ovo, mislio sam početi neku priču, čisto da se opustim od stresa, isto pripovijedanje mi vida rane, ko i trava, pa kad to dvoje spojim, rasturam, ne potežem za ostalim opijatima, dovoljno te dvije ovisnosti, naturio sam i treću, obožavam fotkati, nikad nisam modele.

Šesn'est godina spavao u sobi bez grijanja, tu učio, tu provodio dane, staso u pušnici, danas kad čujem ovu jaukaonicu, te vruće je, te 'ladno, sjetim se sebe, prokleta, čim otopli plata naovčanik sa dosta valute, ode razmišljanje u drugom smjeru, prelazim na gradsko jezgro sa korakom, kola samo kad ću barem - do Jelava, il' ću više putovat', il' ću bit zdraviji, neću izgubiti nikako, kao i uvijek, kad sam sa dobrom namjerom. Mislim, ona gola, ja da je ne poželim drugačije, nego okom kroz stop vrijeme, nema pokreta, a sve idalje traje, hodaću pješke, sad vidim da je to ujedno dobro za moje ozdravljenje, tačnije, ako ne učinim tako, obagav'ću skroz, neću moći sa Perom u šetnju, a i njemu je uvrh još pet šest godina, nikad više – takvog frenda, ne mogu se vezati za druge, hoću da se sledim slobodan od bola, ne znam kako ću podnijeti teret veliki, ako hoćeš da taj pas bude sretan. Nego nije, samo - ajmo van, pa poved' sa sobom pašče, najbolje bez povodca, al' kad se nabav'lo ljutih gorila, oće ujest, e sad ja o tome ne mogu dalje, nisam kadur mozgom, mislim da smo nadrljali, nisam učinio mnogo, onoliko sam koliko je to Bog od mene htio, thanks ni na čemu, tu ne stoji problem samo – ne volim pse, ne volimo sve životinje, al' ako volimo psa, onda zauvijek – ne volimo ostale, jer nam kuce copaju meso, kako da ga ranim, neg' kod mesara Ždere, on što ne proždere, to može svako, špadljičav sa 'ranom koja nije od leša, pa se tom ne zamjeri, nego od njega uči, gdje griješimo, da l' pušeći travu, il' ločući alkohol, bezbolnije je ovo prvo, mada i ono zna biti pogubno, slažem se za prelazak na ulje u ishrani, 'oću da sam nabuban, kad pržim paprike, dok je tako, neka samo smara tijelo smrt, ne plašim se, njen sam drug, polazim nebu, k'o kad se rješavam straha od letenja, pjeva ševeaaaa, pjeva ševa, odledi se vlak, pređe u voz, sad sve suprotno, a prije bilo spojeno, čim je zajednička kasa, neko ne radi, e do toga nam je, nesvjesni, da je sve dobro stalo u dumanje, a ne da prodajem romane, imate vi – koji za to uzmete pare, a ne zgriješite, gola umjetnost, ali na Glibu, drago mi je što si na mene naišao, neko ti ispriča usput do rodnog sela Koviljkina sina, Isusa Isusa, sad si Budo, u sljedećem Muhamed, rad sam ja teb' kako god okreneš, iako si zamjenski, skidam ti kapu, za dva tri dana, nauči me životu, mislio sam dosad da nešto znam, et' sad viđoh da nas čeka i after, tako da, nemojte se razići poslije kraja, idemo u Faaa, zatvara se, moremo se gore naći, žur je od jedan'est _ do sutra jedan'est, prvo veče drugo jutro, sve sa vutrom, i sa dvije pole, nismo mazgulje – da se pobijemo k'o klinci, drogirali bi se, da im barem ima ko reći kako, efekat sa dozom eksera od dva centa i dva na jednu dasku, savim ok, i pristojno za mladež, preporučuje se – kad ti se ne ide u crkvu, tamo popovi seb' kupli audinku, belu belu, ljeb ti jebem, džamija sivog, metalik, idu na trku, odža i popadija, a drpaju se odžinca i pop, samo ne pitaj – šta su im djeca, zakleta ćaćina ruka, iako ovaj kad se dočepa dopa, nema pojma gdje je, pitamo se što se uroko, gdje neš, vid kakav je to pakao, obećani raj, prema brKi - bi oblačno, al' više nismo neg' sa travom, kaže da ga boli briga kako ćete ga sa'raniti, uglavnom neće nikakve obilježene lokacije, nego ako se more da bude taj dan kad dvije babe bacaju pepeo u rijeku - tehnaža, cepaj u Faraonu, đe kamionska ekipa, lažemo jedni druge, kako imamo dobre mašine, od tačaka smo mi to moj Budo, sad smo silna preduzeća, oživjela Bosna, ruke Širi Herecgov'na, eto Rs i Federera da vade sebi gaće iz guzice, nije, naravno - da mi nije žao onih koji su ratovali – kad ste budale ko i ja, pa morali, niste gdje imali od gladi, jer niko ne da kruva za dž, u tom je poenta, nič se ne sije, drugi cepaju sa kanabisom, dabogda mi pocrkali, jesmo felerični, namjesto da preteknemo, al' i do mene je i tebe, moj Anđele, odsad duvamo i u Hrvtaskoj, ja mu kažem nemoj, on meni, pa šta će mi za džoint, ja imam još u džepu dva komada, za to me ne mogu osuditi više od uslovne, tako da, opusti se – moj Anđele, moj Anđele. Vid' budale, vid' budale, a malo malo zune, policija kroz hodnik, oni zunu, ovaj začadio, komad, a mi u torbama po kilu, ja budale, ja budale, budaletine. De to gasi, hoću da budem anđeo nekom cajcu, neću mrlju u dosjeu, ništa kriminalno. Pored nas Posavina sa koje god strane okreneš, da li preko Save, il do pruge, polja pšenice izviruju, ovdje ko da nije ni padalao, takav ti je Balkan, a već s' ove strane do Hunbagara, započe mećava, i upo proljeća, proljeća, - zima će još dugo mucaj Ramo, opusti se, veseli se kad te mala zagrli sa tim hendikepom, sjeti se uvijek da si ti takav - samo ti fali jutro, jutr, ooo, op op opuš opušteno, udaram se u bubrege, kad smognem snage, delam volane za folcccvagen, razbijam se od posla, oživjeo Balkan napokon, tako ja to zamišljam, samo da me iko poslušati oće, ma niko. Tako da, Budo sine, nikog ti ne spašavaj, neg' sebe čuvaj, i drugima ne podvaljuj, pa makar bio lijek. E jbg, šta da mu sad kažem, da vrati robu iz torbe? - koga jebe nek se nadere kazne, kad nema jaja nizašta, kažem mu lijek, on kriminal, kad si takav, budi bolestan, ja kažem ajd smotaj, smotaš, tad ćutiš, al' kad je posijati, nema te niđe... ma de, ja sam svoje Budo ukolijenčio, puzaju po zemlji, cajki viri od Usore, ja se pravim, da kopam krompir, sve je produžujem dalje, došla do kraj redka, ženka ženka ženka, odvojioo sam muške, samo za ishranu, i to onih koji se ne bubaju, neg baš zdrvastvenog tipa banja - da ste znali pokojnog sad, Milovana Gojića, ne bi vam imo, šta dalje pričat, ja i njegovi sinovi, braća, jedan stradao u ratu, sad ga se sjeti, pa se rasplaka od sreće, čim odem gore, moram ga naći, da odemo se provozati motorom, po Begovnama i Glavc' Markovća, on je inače bio iz Šiljkovne, tamo imam brata Nenu i Zorana, iznad Stubnja, Marjana i Dragana, to ti je taj zaseok, najebali, pa et, dobro smo itke normalni. Ja sam ti taj Ramo, odreko se svih vjera, samo nisam ciganske krvi, to su – svih nas korijeni, ako niste znali, sad znate, morate postiti svaki dan, da bi to mogli vidjeti, i to – nakon pet godina, ništa se neće dogoditi, samo ćete gledati na život psa, kao i na svog djeteta, normalno će bit' ako se braniš, il' u naletu straha, da na drugog opališ, međutim, kad je alkohol u igri, nije zeza, tad ode mast upropast, a i đe će otići, priča – peka i slanina, nadopuni istinu čvarcima i bijelim lukom, pa se na zboru kurnazi, ovi ti moji moj Budo, sviraju, gdje drugi ne smiju, ne smijem izdat djeda, ne smijem strica i starog, al' ako imam za to opravdan razlog, onda je to što se traži, od njih na dar, za nauku iz Rastuše, ime sela, prebaci u Stenjak, nek' tamo navale turisti, dočekaćemo ih sa poljskim miševima, imamo ih i u kućama, sasjekli instalaciju i na mazdi, duca li duca, džaba Tom i Yeri, kad niko ne gleda crtani, nego dnevnik, e on vam je neprijatelj, broj jedan, de se zezamo, ne moreš ozbiljno shvatiti poeziju, al' mežeš tur't' prst u struju, otresla te, de opet, nećeš, neg' kad naletiš na boks meč, naletio si, sad ću ti pokazati, nisam ti ja tezgaroš, vidiš da moš pričat' sa Bogom - kad se gruneš marom, što ne b' to činio, doprinio miru i blagostanju, svim doreda, do zadnjeg kamena, sloboda, svakom. Poubijani vrapci – lete za Italiju. Tišina, ko će da nas servira dalje, e tad prelazimo na drugi nivo, popovi i hodže nama daju, onda svi budemo svještena lica, pa preslužujemo koljivo, ne mere mi preslž't' za slavu, veća bitanga od mene, tek kad vidim kako ima ovakvih da vode crkvu i džamiju, pridružujem im se u akciji, de ti sebi zaradi, pa nosaj luč po selu, nemoj gledat seriju na moj žulj, jeste Budo, sad vidim koliko mi je trava pomogla, međutim, ja se neću da zezam preko granica s' time, posadim sebi stabiljku dvije, nema za pušenja dovoljno, amoli da imam se mazati po guz'c', samo škripnu nešto ispod nas. Opet je taj neki vijek – daleke i daleke godine, ima ih dvjesta sigurno, od tog kad jesam sad, sutra miljardu naprijed, živim na Glibu, to ti je jedna daleka daleka planeta, stigli smo do nje preko džointa, da, i preko njega se oglasi pobjednik, naduva dva galona, meni ne treba više od dva tri dima dnevno, to mi je za kerozina, ma de ba, kad imam vremena od svega, cepam, rokam roman za tvoju malu. Nesta Ramo, ja se probudi u Sisku, otkud u njemu i kako, nemam pojma, svega se sjetih nakon par godina, tu veče sam prestao duvati zbog tih crnih rupa. Jbt, kod njega ostala kila, idem da vidim, šta je bilo sa pajdom, okolo ću, već sam i ja više pri Ljubljani, imam gore druga, živimo u nekom selu pored, tamo nas je čitava kolonija, istomišljenika, kad je rijet da nam je politika, go kurec i pićka, sramota je o tom pričati, a nije da se samo prcamo, zbog toga da opstanemo ko vrsta, mislio Bog da ima vajda, vidiš Budimire da si zasro, ili si napravio pravi potez, listam - da se sjetim kako se lik zove, al' je govorio kako će poslati roman - da to objavi moja bivša, u mamicu joj, garant me za kintu ispalila, čekaj čekaj, da ja vidim, jer ako je iđe moja rima, mog' ja to naplatiti, pa kuću ozidati na tri sprata, dovest' seb' trista gigabajta interneta, e moja djeco, ništa nam đedo nije ni mog'o drugo, osim stati - na pravu stranu, de ti to objasni neuku stvoru, kog uči pijana učiteljica.

Niko mi ne ispriča stvarno, šta se dešava, nastava kako kaže stranka, il' partija, u te moji nisu išli, pa ni ja nisam mog'o preko njih, reko de se ti mani mene i te lopovije, nisam ja nauk za te spike, rike volova, rike volova, Ristu za vodećeg, mater mu Fata, otac Antun, Tun, sa najtvrđe č, naččči, č. Da ne budem nejasan, igrate se sa igračem zvjezdane staze devedeset tri, klasa i puk, minobacač, na njemu me zarobiše, preko nekih ljudi pustiše, samo što sam ja dobio slom živaca, pa ne mogu bez duvanja, od tog mi te rupe, pa se ne sjećam ničega, prikupljam dokaze i materijal, ima da razvalimo sve skupštine, na njih more vodeći biti, samo onaj koji ne jede mesa, konačno i takav predddsjednik, inače nas nijedan ne uči sčično, de reko, da ja probam, oć bit popularan preko toga, ja jaro ne mogu više ubijati – ovce krave svinje, pa kud puklo da puklo, odo sa kumom na zabavu, sljedeći vikend, eeF se zatvara, jedna smo od onih generacija, što se prenaglo dočepala tehnaže, samo što smo mi bili u poznijim godinama, pa smo mogli tim vladati, oprobaj slobodno ekser, al' de nek je on iz apoteke, i nemoj brate od dva više za noć i after, i tako nemoj više od tri puta preko godine. Znači, nauk za drogiranje u škole, nepismeni stvore, legalizuj kanabis, lijek naš svagdašnji, u svakom pogledu, pa i kad se duva, ako je ovakva smrt, cepaj rođoooo, neću ti reći, kako se prezivam. Nikad, da, volim žene i sad, al' na fotkanje, jer sam omatorio za one stvari, presijeda mi brada, treba mi godina, da naskočim na traktor, mada se ne predajem još, uzor'o sam za sjetve, prije tog israle tlo, od komše ovce i krave, sve je brale pušteno, pa one sad više nisu njegove, nego i moje, iako ja više ne jedem meso, sve sam svoje, do zadnjeg poklo, kad sam prest'o, možda je onda već bilo prekasno, bolujem od ms a, nikom ne govorim, umalo nisam nadero roman, safata me bola, sreća ulja na ruci, pa se povrati, reko, evo _ da i ovo završim. Idemo na After, Puškarnica, cica mica, odlaze kolica niz ulicu, i tu nije kraj priče, rolaće tri dana mace, mi ćemo samo kliktati aparatima, niko više ne nosi mobitel, već vezu sa svijetom, baš za tu umjetnost se ubila, intagram, tamo sam car, al' se ni tog ne sjećam, nego ponekad okinem, kad se vrnem na to - kakav bi fotograf mogao postati. E vidite, ja tako ne radim zbog toga, nego što volim, da nije bobe i trave, danas ne dogura do ovog, pa vi i za to vidite, i javite. Inače, prelazim na upotrebu ulja i kolača, zaboravljam na naviku, ćikanje ćikanje, ne utačem se u utičnice, barem dok ponovo ne oživim, ako moradnem nanovce, sve ću pojebati, da budem glammmni – jebač, shvaćeno sve na tu preladu, al' i to nagovori drugog, da đecu pravi, trebali su novi igrači, put u svemir vodi, minimum sto milijardi, kad nas bude toliko i pjesma uglas, jebo nas je Tito, sa pedeset godina, mira naduvanog preko pal'ce, niko ne nauči nejač, da se pomole Bogu, onda isti presvukoše dresove, u svijetu demokratije više ne trebaju crveni, pa se i ovaj sad krsti i klanja, meni takav ne treba, pun mi je kofer seljačina, nisam se nikad silio, ali sam vidio šta se dešava, išao sam sa dilerima frižidera, u krađu ratnog plijena, vozio frezuuu, na nju natovarimo – najviše zvučnika, ima da se ori u selu, kako sam go lopov,

kad se snaći za zezu, uvijek bio spreman, štaš neg' se ne uklop't', i nije
da nisam, čim sam stas'o, zapalio za Zg, poslije seb' zbavio plac na selu
daleko od Krapine – dvajest kilometara, otišo od svih, da napunim
pluća, pred to, kad se više neću rađati, idem plutati sazvježđima,
sunčaću se na drugom suncu, pored Majdanpeka, čeka me tamo ona
seka, nisam više za seksa, nije ni ona, to je moja drugarica sa grupe na
fejsu, i to je ono pravo, vjerujemo da nećemo drugo oštetiti svojim
postojanjem, pare nam ne trebaju, jer mi više ne prodajemo knjige,
pišemo za sebe, one što smo objavili pod svoje, to je da se nam nađe ko
podsjetnik, ako smo nekaj zgriješili, a nismo se stigli napostiti, ne jed
samo krompir, ne jed samo krompir, i te pite, krompirke, sa gljivama i
zeljem, sa tikvama, obožavam, namjerno neću da ispravljam, neg' vako
kako sa napis'o, popeglam, dajem na objavu, kome se ne sviđa, mora da
je dočitao do ovoga, e odavde ga valja za – Pale. Dj iz Stanić Rijeke,
odma tu iza tunela, kuća, kao pripada njima, a nije Doboju. Zezam se -
nek objavi ko šta hoće, najslađe je nezabranjeno voće, ne zavodim
takve cice, bona, ja pišem, de mi se skini, i ti i tvoj kolektiv, treći
semestar konkursa, tema ratna, jebem vam mater, da ne kajem
drukčije drukčije, more marš, i tak zakuavš, moraš – jednostavno
moraš, kad takav bude treb'o, zovite, pa ako je pucat', i na mene, reko
de ba. De da do toga ne dovedemo, osim ako se stvarno neko ne naladi,
al' ajd ti znaj da si prelađen, ako si samo dozivao ljubav, morao si jedno
jutro – osvanuti kraj drage, al' ne one, koju bi da posjeduješ. Nisam
oženjen, a bio sam, imam djece iz dva braka, ne fermaju me nizašta,
jednostavno nisam sposoban mu dati dvije marke, i eto ga golemi
problem, nego mu kažeš, ajde, pa ga zaradi, gradska jezgra, bolesno
bolesno, al' je i to umjetnost koje nema na selu, rukne samo meso na
sto iz mesnice, ne gleda se direkt klanje, zato sam vege, zaista je bolje,
neka priča ko šta hoće, doživjeo sam najbolje godine, otkad znam za
svoje bole, navik'o da živim i sa ms om, jednom kad budem poznat
strašno prekoviše, to će biti što sam se obećao drugoj, izađo iz
prethodnog sporazuma, ko da sam u najmu, naravno da ne priznajem
takav brak, to je ono naše fuj, pa u svatove obuci crninu, a kad se
sa'ranjuješ, peglaj tehnažu, slažem u glavi kako pravimo zabavu na
Puškarnici, Bred Pit glammmni, i to je što bi zabave u Rastuši, ostalo
tišina, za slijepe mišove, ne pišem knjigu da postanem poznat zbog
debelog novčanika slavne ikone pisanja, nego de da se ne čuje rike
prekoviše, poješće nas komarci, ako ih prščemo, samo će narast'
jednog dana tol'ki, da nećemo imat tol''''''ke – prskal'ce, stane planeta,
ne okreće se, pa moraš putovati na zapad il' istok, da doživš dan, il' da
dočekaš noć, poslije zalaska istog. Kad ću poći na istinu tvorcu

zezancije, a znam da je do jaja roba, svaka čast bratu Hilmiji, da ne bi njega, džaba nama naša – crkva, više se nikad – prekrstiti neću, a u duši biću biće - koje će dignuti i sebe iz pepela, treći dan ću vam pričati, kako i kad gorim, a mrtav, živ sam – samo više ništa ne boli, vidi se sve, i ko smo i šta smo, ogledalo samo fercera, nema sakrit' nikoga, tamo je duša stigla na pročišćenje, onda poturim ovo, de ti Bože vid, odakle sam lud, uglavnom, da ne bi maRojke, davno bi u grob okreno, ovako, cepam, imam šta poželim, nema ni te dvije, kad nemam ni njih, odo ja za Šveden, na more u Grčku, za promjenu. Ma de, u Tesliću je perfektno, sad vidim, pajdo se sa onom robom od mene, pravo popravio, legalizovo na teritoriju BiH, svima duvanje, alkohol se zaboravio, ko da nije ni bio, države nastale na kravljem vimenu, padoše u zaborav, pa više nije sila Rusija i Amerika, neg' Paljike i Konca, i tam ćemo, to je daleko od mišova. Ne, nećemo, što se Rastuše tiče, dosta, obeć'o sam Bred Pita _ da đuska uz nogu mog prevodioca, razumijem šta priča, nego imam uču samo za pričanje, slušam prefektno, do te sam mjere dogur'o, de reko da se oprobam na stranom. NemaM kadEE, to će uraditi prevodioci, prevesti svako na svoj način, izgubi se značenje Hrista, pa se post sveo na par sedmica, sad kad bjeho u Srbiji, malo pretužno, posjeta kod druge u školi, imala carica bibliotekarka muda, pa me dovela na njihov tv, takvog, ja se prije tog popravi na vc u, zamandališe se vrata, reko draga, Vidana... Odozdo sam ti ja sreo pajdu, šverco travu – i preko književnih večeri, šta ćeš, ludak pa et, kad je zabranjena, jebte je, ja nikom nisam niakvog –zla mislio, kad sam vidio od čega lik pati, jednostavno sam prespav'o, rastanak u Slavonskom Brodu, čim kroči preko Save, namjerno sam zaboravio, otišao pisati dva romana, jedan za drugim, oba zajebana, i dojebana, nastavci kobiva, a niđe veze, samo se ponekad – osjeti sličnost... Budimire, kakav si ti Isus, nisi mu barem natuknuo? – i to bi ono. Najbolje, samo se nasmijao, napravi prvo ulje, otkad protrča sa šezdeset kroz selo, svi za njim, jebeš više izbore, de da odemo u tom smjeru – za pravim, zdravim samo moreš biti, ako su životinje na slobodi, šta misliš da nisu pomrčili dinkači, a mi stigli se preorjentisati, mogu komotno reć kako je Zg i moj grad, rado ga se sjećam, upisao srednju, upoznao druga po Imenu Arsov Dalibor, do danas dok ovo pišem, nemam niku vezu sa njim, idemo na after, parking na njivama Gojića, poslije se otava uzore, i čuva za ugodnu, na ljeto kad se 'šence žanju, što se tiče obada, meni je djeda ubola jedna slična osa - pod oko, druga pod sisu, obadvije strijeljale smrtno, držao ih kao proizvođače meda, znači, da to ne treba, jer poslije lakrdija prijeđe na hemiju, zatrova nam izrod, i porod, god gospod svira diple, ide se dalje na još.

Dolazi zaista Bred Pit, pa se ni meni ne bi teško priključiti, on mi je model - kad god naleti kroz Krapinu, ja sletim iz sela kojeg imena neću pominjati, samo da vidim šta radi, reko de me kod Ramona na parti ubaci, daću ti ajfon sedam, kol'ka je vrijednost toga, mašem vam sa nokiom trijest tri deset, već kad si mogao poslati poruku svakom, osili se pisac, pa sms za sms om, vid danas, bizmiz cviijeta, ko da je Cvijeta Stojanova – gola na njemu, pička ko opanak, opala dlaka od starosti, prepadala me snaše – bez gaća, znaš kako, nismo ni kako pop, ni kako hodža, otišo sam sebi zaraditi dinar, pa ulož't' u oporavak, posrnule privrede Balkana... Mara nas spasi, de uglas svi – neka je legalna. Sve džaba – samo da se pojavim, kad tamo će bit i Šemsa, ne razdvajam se od narodnjaka, al' de nek je zid kad otpočme cajka, nizat među sike, jeuriće, dole joj dole, e moj dole, dole je samo niža energija, ova poput seksa - svrstana u način reprodukcije, al' otprije, sad odeš seb' kupiš u trgov'nu dijete, i znade se kol'ko ih moreš, imati nabroj, svako zrno graška, na minut, samo se piše, bi l' ti onda bilo zanimljivo? Bi, samo da ne slušam kojekakva udruženja, kad im pošaljem spise, on se pogube, viču da sam satana, e neka ste vikali, ja sam uspio, pomirio Bosnu i Hercegovinu, RemSo sutra ženi Federakinu, idemo poslije jutra i dana sa afterom, na tu svadbu, Bred Pit će trknut' do piTnjakove kuće, ima tamo kamper, da se istušira, pa lijepo preko Paljika pjeve, na Osevcu kod greblja, preko puta taTomirovog objekta, to lik jedan iz tog zaseoka, bavio se građevinom kuća, navlačio fasade. Trebali kome navući, da vam ga preporučim? - sredio mi ciglu na sušari, zaaaa dž, namještam i kazan za ajvar, al' sve de sačekaj, treba guzce za poduhvat, a to more dobra trava, vid šta napravi od Rame, a bio ko i ja, u svijetu neznalica, kad sam otkrio kanabis, već je bilo lakše, cepam odatle, preko Pite Brede, i u Hong Kongu, samo ne smijem letjeti, letjeti letjeti, prešo sa e klase na mazdu pet, učim se spriječiti – na tim kol'ma kvar, dok ne natrefi na Yerija – usput - upotreba dpf filtera, i zbog toga sam ovdje s' vama, ako do tad se budu uopće vozila kola, da bi bio populran na Balkan, moraš umrijeti. Taman kad smo zamicali Sisak, pored ceste piči jaro za talijanskim tablama, sa posla kući u Jelav, ne sluti kako se borio ko i onaj iz Rs – za nepravdu, čim kazan pun mesa kolo vodi, znamo o čemu pričamo, nikako svjesna bića, nego zvijeri. E pa da to ne bude tako, vidimo se za after. Odo još dvije jevte, srediti roman iz prošlosti, napisao ga prije ovog, onda ovaj završavam, tam' fali ovo, vamo ono. Kojeg ću prvo objaviti, vidjeće se, a i čuti, samo ćuti, samo ćuti

Nastup za dvajest dana, izlazimo ja i Bred Pit sa Ramonom na puškarnicu, oće nas ona prikaže Bogu, nikakav sam ti ja anđeo, nego švercer travom, molim istog da vako bude zabranjena, tisuću godina, ma de zezam se, to je sad legalan biznis, ponosim se trjema sortama, razvaljujem što se tiče Mađarske, njihove noćne klubove, nikad ne obiđoh, nisam stig'o, već sam tol'ko slavan, da imam svoje gaže, sebi mog kup't' kola kakva 'oću, odam pješke zagrada, samo kad trebam negdje dalje, palim stroj, povuk'o se u život, bez prekoviše tonobila, istina ti je ta, da ću do Teslića vozom, doduše bez šina, do Dragalovaca – pardon - i tad je bilo prilike, samo ju je trebalo zagrliti. Vjerni Titi ili ne, ja vam ne mogu ništa zamjeriti, isam sam krkan bio, tako da, ajmo zažmir't', pa progledati, sve što prodam knjiga, pare zapalim, ni one mi ne trebaju, osim da imam za rizle, jebe mi se, eto tol'ko sam poznat, da mi neće smjet, niko zamjeriti. Budimir, Isus, koji god klinac, Austrougari stigli, na noge digli rudnik, mi rudu kopasmo, malo je još prerano za aftera, reko osješćemo kod mene, na Kućer'ni, tamo sam staso u bejbi, nenaduvan pašćetom, neg' slaninom i čvarcima, ista govna, samo drukčije napakovana, prvo mahali maršalu, pa poslije predddsjedniku stranke, narađa se lopova malo više, prije nas je na okupu držala milicija. Odatle sam pobjeg'o za Zagreb, nikad se nisam vratio, međutim, sad je ta firanija puna gušterova, najskuplje mjesto podijeljeno ogradom, je l' žicom, na planeti ovoj, a đe Glip, a đe Plast, na njemu kad smo osjeli, spas dočepa vrhunac, svršavam dušom, volim što se seksa sa tijelom, nek' vidim kako je jadnim ženama, natovari se mrcina, samo bi pičke, reko _ od vam - da te prosvijetlim na tom polju, morao sam se nadovezati, od nakane da spasi malu alkohola, dođe do dva romana, u kom svi duvaju. Pa i Jana, anđeoska snaga mlada. Strada na alkoholu i ostalim mrtvim gudrama, crna vrana – pravi duplju na čelu, oće tu čuvat' crve, nek jedu mozak, ja ih nako gledam, oćete kurac, spaliću se, pa kad prošeta grupa gladnih crvića, smiješi se sudbino zla, malenom, ja bi zanijet time šta će biti kad umrem, jebe mi se i za to, dok sam ovdje gdje jesam, znam da nisam nespreman zakoračiti u još neke akcije, ko je sanj'o da će BiH legalizovati kanabis, niko, a sad zatehnažimo na vrh sela, đe žive mišovi, njima ne primičemo, uspio Ramo pojasniti cijelom selu prije nego se sjetio moje adrese, ali je ovaj roman nazvo po mom djedu, i sad smo mi svi znani sa Bred Pitom, neće burek oglejat', pa se zatvorše sve buregdžinice, ostaše pitare da zveče – cinge cange, cinge cange, kreče vrane zavratom, nisu crne, nego bijele, seru makarone, sa tunjev'nom, joj joj, podmazan šupak, na broj kuraca, duša koja promijeni ssspol, ne mora se ponovo krstiti, sjetim se onda popa što valja skank, pa se navratim na to, na dobrom su putu, i trebaju tako, samo sadi, i ti popadijo, odžinice posebno, pa kad on vječnaja pamjat _ navrat sa cenerom, Il' - Alah je velik, a u bašči zeleni audin, nov taze, viči na sav glas, ne seri, samo sadi domaću, nisu mi bili u dure zbog tog što nikad nisam volio, prskano, prskano, ubije me u pojam. Sljedeći komad je o Urošu i Stoletu, ne nasjedajte na Stojanovu spiku, guto je sličice. Pa nije znao odakle je, niti đe gura, išao ravnicom, mislio da je uzdbrdo, kad bi niz, sjede na guzicu od straha. Krcam se na glavnom kolodvoru, jedva čekam da sretnem Ramu, skonta iz te svoje crne rupe, valjda sam poduže bio bolestan, da – je Ramo car – car je. Botićev Trg, sedam, pa poslije me u Vlaškoj nađoše, preduvo se, nisam znao odakle sam, niti ko sam, sjetih se neki dan, pa mi se vrati film gdje sam zapeo, odo dole, sad sam ozdravio, multi spermušo, nabi mi se na malog, odi da te nakaram nakaram, pa da i kad mi možeš nješta, ne mereš ništa, kištra i dalje puna pive, 'oćemo još po jednu, čisto da se spomene hhhh m melj' - inače, nikad nisam volio alkohol, neg' prije se nisi imo čim drugo opal't', a ja se uvijek volio, volio, kad sam došao do kanabisa, umalo nije bilo kasno, on me ispravi iz dubioze, uzeo sam kupe u kojem smijem otvor't' prozor, i isssśćikat komad, čisto da ne bude zagušljivo drugima, sve što bude saputnika, biće naduvano, il' barem, da mu ne smeta, ne smeta, ne smeta, stadion kraj kuće, navijamo za početnike bitangije, samo skinli partizanske odore, navukli nacionalne, pa je to sad isto brale, da barem ovi drugi pobijediše, neg i njih pokvari dojam, sam od sebe, dovitljivi šljam ljudski. Ne sluti se je l da – nastavak? Niko nam nije ravan, sad kad vidim koliko je moj pas razumniji od mene, iako znam da nema psa, imao, pa razdužio, kad je umro, umalo nisam ja, prije toga sam skontao, da sam obolio, više nije bilo zeza, znao sam, samo ćutio, onda kad se sjetih, da imam kćerku i sina, nisam ih vidio pet godina, jer nisam to želio, htio sam ih ko fol tako odgojiti, pa kad se sretnemo, ajmo na cugu, ni sa njima više, od dvije bone, more trava more more sine, a i kćeri, ajmo se sad godinu, ako ste slobodni, družiti, da se pravo upoznamo, a ne preko poruka, poruka, daj od sebe nauci guzice, bolje nekad ne daj, šta misliš da sam ganjo fizike i te spike, dosad ne bi napisao ništa, bio bi top na tom polju, pa et, vako sam đe treba, znači, i njemu sam pomogao, mislim da sam ja skont'o, kad se on ukrco u Nišu, kako je mali istu bolest pobr'o, samo što je stariji od mene, dvije godine, preporod doživjeo Balkan, a nije ni dvijeiljadedvajesttreća, ne dočekasmo ulazak u eU, osnovasmo svoju, sad on' oće kod nas, kažu, dosta im je zapada, dosta nam je istoka, prava vjera će se pokazati, kad ponestane vode. H2O vole, imaš li izgleda za nju, ako posiječeš šume? - i zbog toga smo ovdje na puškarnici, prije festivala nema pucanja, ni za vrijeme otvaranja, jervo se istog – plaše životinje, e sad da li je ispravno da i tude tučemo, vid"" ćemo sa predddsjednikom mjesne

160

zajednice, idem da se čujem sa njime na viber, dok nije kasno, sad mi dunu u glavu, biće za zecove – previše galame, ajmo se barem pomjeriti – na njivu Dakića. Kod Rođaka Džina, da kolo vodimo, stig'o i Tale iz Slovenije, njega nisam sreo, otkad sam pobejg'o, trbuvom za kruvom. Što preko Save, što preko Drine, a i tam nije ništa bolje, sirotinjski, samo imaš šta jesti, pa se naklopiš na salamcu, pa na banancu, al' čokoladnu, nju krava iskija kroz mlijeko, nije bež njeg miLka, pa je jebi, natakar na čunu... Munu se javi odma, kaže, ipak ćemo kod Džina, on je otiš'o nešto de Njemačke, imamo sve po volji, čista njiva, pa postavljaj šta ti volja, u komadu trijest sedam duluma, to se nekad davalo da dobiješ papire EU, sad za njih daju čast i obraz, al' da se zaboravi kako su ih imali, nikad izdali djedovinu. Nije to izdaj, i gore su ljudi, dole je zaista, šutam račiole, prevladala propast, moralo se zasukati rukave, da sam ja znao da Rami fali samo kila dobre maRe, ja bi' to davno, 'aj znaj, kad je većina sudbine u božijim rukama, vidim ga jes lijep, nije muškić, niti lijepa, nego srednjeg roda, vrat ko u slona, takva mu i surla, tako izgleda Bog kojeg slavimo klanjem prasića. Škrguće, kad će post, da dušom ohane, masne rane mu preko glave, jer sve što mi turimo u gujcu, on osjeti, pa će nas jedan takav gospodin i dočekati, samo što nije gospođa. Ne kontam, šta bi ja to imao protiv što se istopolci vole maziti? ja se više ne bavim tim mislima, prevaziš'o sam strast, sad i kad sam poznat, ništa mi ne znači, ne ulazim nenajavljen, ni najdaljem strancu, kuc kuc, neće se naplaćivati ulaz, to dj -a što ima samo u Rastuši, dovoljno, dovoljno, ukorep'na ponovo nikla, pase Žujka otkos, drugi čuva teletu Šarenki, sve ime do imena, a kad je vimena strpat u kore, ma kakve pite, neg' burečne, on je i sa sirom, to nikad ne zaboravite, da se ne moramo više raspravljati oko toga, škripnu prva krivina do Siska, opet on, tamo maše Buba, izdo novu knjigu, i dalje duva, jako oćoravio, ne popušta, ko i ja, svi smo mi bola golema, samo ne vidimo. Tek kad shvatimo kako smo došli ovamo da ozdravimo, onda dolazi pravo buđenje, grabiš svaki dan – kao lijek, trijezan bit, nije lako, pa ja to rasturim sa duvanjem, ne znam jesam li pošo, il' doš'o, koštao me špajz polica - sto eura, nema kakve nisam, naredo kiseline, posijo bašte i lozu vina, samo se puca, pola sata iz kubure, opali pet najželjniji' momaka, svraka ako prne, zaustavljaj paljbu, od Krapine do Zg, stigao sam svojom Mazdom, zbavio je i ja sebi, bila sa manom, popravio ju Tom, iz istog mjesta - ni on više nije purgerski, sve sami Bosanci i Hercegovci, Beograd više Srbi, kobojagi, svaki svome jatu leti, isto kao on' to mogu podijeliti ljudsku sortu od mrava, il' mravojeda, pa ti sad vid - da za ručak klopamo stavorove, il' ispod kočke jaje, tek ugrijano, tad kajgana smrdi spermom, germom diži ljeb u žive, peci pogaču, peci pogaču, oćemo ja i Breda pit' vodu, sa sTubnja, na red se čeka, ko za svetu, preslužena izvire, ne trebaš ić' dat' popu dvjesta marona, da te krsti, prsti naši svagdašnji, jesmo čisti, al' u kurcu. Tako se kaže, u to naše misto, Ramo dole ost'o, izaš'o ko pobjednik, sjedinio na ciganski način, sve respubljike, pa se sijala trava nemilica, na svakoj bašti, roMska zastava, više se ne smijemo pajdi kad uđe u kafić, evoluirali smo u to što smo i trebali, svako je talenT, al' tek shvati, kad mu to više ništa ne znači, izgradio sam ponuđeno, slijedim tvorca, on zna šta ću napisati, ništa od njega ne mogu skrit', piti moreš kol'ko 'oćeš, zaborav' zabranjeno voće, sad je svako razveden, više niko nije u braku, barem - ne onakvom ko prije, stave se burme, pa ne mere jedno od drugog otić' pišat', samo se smaču, skaču jedno sa drugog, pa jedno na drugo.

Kako mi je bivša odozdola? – udala se, ima troje djece, uskoro će četvrto, ima stan, ima auto, samo ne ono – što imade sa mnom, aha, baš tako, legla pod drugog - treći mjesec poslije mene, dva ipo bila trudna, znači, zvekanje je počelo, dok je stasala sa mnom u vezi, ja je nisam smio pitati, da dadne vagine, rek'o šta ću sa njom, a joj istina je to bila golema, da nije ni čupavo oko jaja, ja belaja i srama, nije da nisam smio, neg' se stidio – zvala se Škorpija, umjesti sisa imala makaze, čim bi ja da laznem bradavicu, ona štric. Jezik potkrati, svrati svrati, biću i ja dole, zovemo ga od milja – viljuŠka, voli se nadrogirat', mislim volio, sad je više za smir't' jednog boba. Otić' na after trijezan, vidjeo da to nije za njega, već - da je to bez potrebe, imaš ostale dane za duvke, kud ćeš bolje, on nije volio ni pušenje trave, pa je odustao od opijata, liječio se kolačima bez thc a, poiedeš, al' te ne blebne, pripremile žene Gavranov'ća i Nunića, pita dulum, sve od tikve, nikle takve spike, da ćemo morat' do Kućerne, malo da se razgovorimo, pa polazimo... čeka me Zoki sa jugom, u Dragalovcima, znaš đe Konca, ma to je ni blizu kuda ćemo proći, idemo preko Markovića, samo prolazimo kroz Simake, ne smije se kolima pored pećine, tamo spavaju mišovi istine, imaju krila, vataju komarce, da rezimiramo rad čega smo vođe, pa da kad žur počne, mogu ispružiti ruke, ako crknem od prekoviše blebe, e jebem ga, nek crknem... samo krenu uz Šabajkovac, prokliza lamela, reko gon u Kragujevac na spaljivanje, da ostade Švabo, vozala bi se e klasa, mada – najbolje da se nikaj nije vozalo, nego kariole, nismo mi za volana rakete sa neba na Glib, još, fali nam gužvanje na nekoj stisci, sise same nalijeću na usne, pritisnu me pritisnu me, neka žemska, lijepa ko cvijet u podne, kad presahne, pa nađe vlage iz korijena, da li da se parimo, da, i da se parimo, ujedno upoznajem djecu, da vidim dokle su dokle su..., do tada, samo maZda, čisto što imam za nju dobra majstora, razmišljam sanjam, pa se sjetih za prave, ja sam svoje od'ranio - mogu vlastitim rukama, to što neće, zaboli me, i ja se borim za komad kuruze, bolestan bolestan, obadvoje otišli u Kanadu, svidjela se jednom zima tamo, i odoše. Kćer se nikad nije udala, živi inače u vanbračnoj zajednici sa drugar'com, imaju zajedničkog cuku, za seks ih ne pitam, ne valja se, sin se oženio, pa razveo, vidio je da je isti tajo, samo bi prekasno, već stekli bebu, doće i oni, unuk, zove se Rade, reko de da ga samo vidim, ja letjeti avionom, nikad neću smjeti. Koga šiša, nek prokliza, namakešmo preko Dubrave, pješke.

Djecu ne viđoh ni te prIlike, valjda kad smo se sreli, mene steže bola, pa se susreta ne sjećam, sve je veća rupa, i na oku. Mogu li ozdraviti, nisam se zanim'o – prenijelo me poslije zadnje ture sa maRom, kad sam sreo Ramu, raznio se pravo, nisam ništa drugo radio, do duvao i pisao, ovo je moj roman, Ramo mi je samo – pomogo, pomogo, dabogda i njega Gospod, sad ćemo vid't radi čega, ovoga ako se ne sjetim dijela, kojeg sam naumio zderat do kraja, onda jebiga, na mene zaboravite. Poče čestita strina od Rame, zove se Ranka, iz Pitula inače, tamo više ne žive Bule i Srpkinje, nego žene, de vi meni recite, ima li razlike? - nema brate sa kojom ja ne bi, pa da je ne znam iz kog legla, il' ne mogu nijednu očima gledati. Predati se očaju, ma to je papanski, ljudski je pasti, ustajte, gura u Bred Pita, stigao je spasioc, ja znam da sam poznat u tom nekom svijetu – nego šta sam spasio? - nisam bio u životu, otkad voz škripnu sa kolodvora u Sl Brodu, čim odmače, zaveza me još jedna bijela preko mozga, nasta tajac, ne sjećam se odonda, do sada – ničega, čitaću i ja poslije, šta sam napis'o sa Ramom. Ko da sam Stojan, pa se nalipo slike. Krisnu Pita, vrisnu Mitra, spanđo se sa nekom u selu, napustio Anđu, ova bi izgrada, ja kol'ki je Hong Kong, tamo ne živi Bog, neg' na Begovnama, srPska zemlja, oteta, isto tako onda preoteta, pa oteta, e jebiga više – da je i musliManska, dosta mi je omeđavanja, čije je šta. Planeta je svih nas, spas kako sam donijeooo – veli da će iskriskat Ramo, poče tama da se spušta, pa je i noć i dan ista fotka, samo što po noći, ne vidim sunce, nego zvijezde, bravo bakice, tako se to radi, mala ga razvali, mala ga razvali, nastavi djevojka za miksetom, prelijepa, kad rekoše da je moja kćerka, kleknuo sam na paperje, nanijeli da ne gazimo zemlju – slame, sije se 'šenica, sije se zob, nema šta se ne sije, zeleni se trava, Ramo je to nekako legalizovao, kako nemam pojma, al' je sad, u Rastuši raj, sama gran'ca sa Donjom i Gornjom Radnjom, tromeđa, gore šljivik, od djeda Ljudovita kuća, ista ko kod štruMpfova, al' ista ko kod štrumPfova, de reko lani na naški, mali plavci, nabijem ih na onu stvar, zapetljaše mi

163

jezika, ajd ti njega sad odmrsi, dodah polu, dodah polu, inače ne uzimam te droge, kad kćer rola, mora se mora se, više ništa, više ništa, de mi smotaj da progledam, sin ti je na letu, voza avion, sad će se javiti, pa se na nebu zasja lik mladog gospodina, zaista isti – na mene ne liči, pogledam se, jbt jest, ima ben na vratu, kao i ja, na istom mjestu, niđe unuka, treba do njega – još barem jedan, napisati đedo. Drž' se stari, mi ti se radujemo tvom ozdravljenju, a i čika Ramo je našao spas – pomoćiće ti, bitno je da si ti došao sebi, nastavi rolati Mirela Varelu, sin ga okrenu napako...

Reko Miško, otvaraj oči, nikad neću moći Miloše, pogledati te drugačije – nego ko i Murata. Oko vrata trista dukata, džaba, supruge se udale za drugoga, ozbiljno uvijek – shvaćale brak, pa et, a i meni se skrivalo od njih – da sam bolestan, sad kad se skontalo da jesam, svi znaju, pa neka sam, ozdraviću, tačnije, ne moram, osjećam se vrh, da sam bolan – ne znam od čega.

Draga Spomenka i Irena, da vam vimena ne spominjem, zvaću vas tako, nisam mogao saopštiti - da neću vas moći zadovoljiti, nego sam otišao - da spoznam polje _ na kom ćete se nabiti na drugu ćunu. A i meni nije bilo do te ljubavi, ako se ne meremo seksati, ajmo se razići. Onda mora da smo se zbog toga i našli, nikad se nismo kontali, naročito to – što duvam, sad vidite da nisam ništa loše mislio, nego mi se nije dalo objašnjavati na konto toga, ja sam bolestan, nisam htio ničije – sažaljevanje. Tako da, volim ja tebe, samo sebe ne, eto sad imate sretan brak, uživajte u njemu, mene pustite da umrem na polju tijela, 'oć' da rokam romane, nemam inače za brak vrijeme, niti me te teme zanimaju – ozbiljno zborim. Najbolje su one što se krste za oltarom, čim zamaknu, de pizdu nabi na šta stigneš, i to ne bi bilo strašno da je tako iskreno, nego stidećno, kao jbt, udari se u cjevalku. Škripnu druga mikesta, Lea, as još nije otišla u penziju? - inače sam volio kad ona gazi, ostavljao slavu – na pola, ne gasite svijeću, dok se ne vratim. Tačnije, ne palite je, da seee - ne moram.

Obasja svjetlost malo nebo, onda zacrni tama, samo osta muzika, muzika, slijep sam, al' sve vidim, ne očima, nego noktima, što ih manje siječem, sve sam jasniji sam sebi, dva puta, ne znači isto, pa ti to skontaj, pa ti to skontaj. Navukla se tama zato što je đuskanje još po mraku, opusti se Isuse, ovdje te neće niko, razapeti, iako su svi drogirani. Zapravo, čuvaj se onih iz crkve, neć' reć' džamije, ne vidim ikonu sa zvekom. Al' vidim klimu na Islamskom vjerskom objektu – upaljenu, upaljenu. Ma kakav si ti to zaslužio lad ljudski insanu - ma koje marke bio, dok ti se u rerni – peče odojak? Već odavno to tako nije, tačnije, ima čet'ri godine, čim je Ramo oprobo robu, znao je da je

164

za kolača, iako ih nikad nije sprem'o, okušo se, kandidovao se za predddsjednika, sad BiH, vodi brat Rom, kao malog ga na svijet donio istrošen kondom, sredio situaciju –Sejdić - Finci, cinci linci, sve pošten do poštenoga, pa to više ne bi šega, zaulari Ramo spasom iz dubine, dozvoli da se šora kanabis, i u sarmu, izvadi se meso, dodaj prekrupe prekrupe, kljucaj kljucaj stvore od ljudine, dobro je da te i to snašlo. Mislim da to kako je Ramo namolio Boga da nas ne sprži – ke fenomenalno, kao mislio je, to je ono naše – kad se smijemo ako u trgovinu uđe obojen, il' bijel, namjesto da ne primjetimo drugačije, osim stigla je druga osoba, a kao doba roba je prošlo, sa zadnjim svezanim lancima. Moš ti misliti kad smo bili tako prelađeni, a moš zamislit BiH, prije raMinog preuzimanja, to sve bilo na vlasti školovano, al' sa diplomom, iz Široka Brijega, tamo sam volio osjest', dok sam radio dostavu na prag, ma gdje bio. Svaka čast Ramo, znao sam jedino od svega prepoznat' čovjeka sa istom bolešću, ostalo je do Boga, u njega ne vjerujem, nego pokazujem sa ovom pričom, još jedan dokument, za kog će reći, pisala ga budala, kad crče ludak, posta poznat na nekom piru, sad je vrh, al' ga nema..

Mislim da je to ono pravo što je i trebalo da se desi, našli smo spas Budimire, kako god hoćeš, više te nećemo razapeti, i ti si Hrist, sad je svako, ustao si iz Isusa, i na foru malenu iskoristio zvuk tišine, vidi šta si napisao. Jana više ne pije, da znaš, i to da te ne muči, samo kreši do kraja, valja poderat nastavak - ja ću ti reći kako ćeš ozdraviti. Cimaj dj tri, cimaj za njim četvrti, sve poleti sve poleti, jutru, u zagrljaj. After je počeo, šta čekate na završetku testamenta, i početku vrTače, ajmo, cimaj – voljelo se dvoje mladih, a što ne bi – stariji, il' na primjer troje, četvero, petero, šestero sedmero, osmero, u jbte, ja koliko je ljudi, ograničen broj na dvije tisuće, raširi se na dvadeset, svi u bijelom, da se bolje vidimo – u mraku _ Ej ba, ma zašto Ramona?

Kad pred mene banu mala, e vala ćeš se sada Budo probuditi, ja ikad, pa da si anĐeo trista puta, i da ti je putovanja jugom preko glave, ićeš s' njime za njom – preko svijeta. Ja sam Ramona, isti onaj Ramo iz voza, vlaka, nadij mu imena kako hoćeš, cimala te i tražila poslije te vožnje, dok ne otvori rusak, jbt, kad tamo kila, odma sam naprav'la kolača i ulja, obistini mi se sudbina. Pa da roman ne propa'ne, promijenim se ja u ženu, i sad sam roba, tražena, mislim ko pička, ako bi se ti natico sa mnom, bi l' dalje bili drugari? - pa kad nas opet na nekom frontu zaveja oluja, da me samo fotkaš - De Ramona, ja ne mogu vjerovati da ti nemaš kurac, sad kad si mi to rekla, volim te ko nekad, al' ako mi se svidiš, pa te naskočim, nemoj ćerat inat. Nisam se javio, jer me safatalo. A i neka si napravila tako, mene se ne plaši, ja sam sa energijom igranja spolovilima, završio, samo cedim ulje, i nećeš vjerovati, dobro prolazim, počeo sam se sjećati prošlih života. Ne zamjerim Ramona, nek si ti meni živa i zdrava, nego, kojim povodom je fešta? Znam da se ti ne bi promjenom sssspola – falila... Imam ljubavnika, poslije razlaza sa tobom nadomak Hr Broda, upoznala sam takvog muškračinu, zažalila što sam Ramo ikad bila, ja kako bi me taj derno, kad sam namakela role za kolače i ulje, pade mi na pamet, da ne čekam na tebe i tvoje derle od bivše, neg' da ista postanem, razvalim sranje na Balkanu, napravim BU, modernu državu, u kojoj se za rape ne zna, nego se samo sije kanabis, od njega nam kirija, i za struju i vodu – dažbine - U početku bi svima vještica, danas kad sam dovela na tlo đedov'ne Breda Pita, i ti doleti, e i ne bi ti dala, iako si željan uske, u mene, jedva da zaviriš, pa neka si bolestan, ja i ti se znamo iz mnogo života, tako da bi to bio – incest. A i hitamo, Uroša da spasimo – ja sam dobro inače, Stole kreten, pojeo cijelu, odjednom, poslije sere - kako se preduvo. Bolest moj Isuse – ne bira, a kad bi ti Ramona popušila? De reko, Mila, znam te kad si i takva bila, ja oženjen, pa ti nije smetalo, da ti smeta kad sam sad Anđeo, e tako te mogu, diže Ramona nogu k'o Mila. Nasta dernek, jebeš after. Ma de, pa nismo dovle doćerali, da se sad prepustimo strasti, za to je noć, pa sirotnja kad nema šta brojat, popravi đecu, odatle smo ja i Ramona, iz doba kurtona – probušenih. Tačnije, jeba sam sebe.

Poljanom prošeta naš zajednički otac po nečemu - Pero, vodi na povodcu Peru psećeg soja, iza njega krmče guriče, da je gladno, opasla Bjelanka ovca, svu baščču, samo grokće, nabijem je nabijem. I tako se ovaj dio filma dovede do kraja, osta trava zabranjena, i gonjena čak, krivično, krivično. De Dačo reci kako su te zbog džointa držali u zatvoru na stanici, naletjeh pred to teke penzije, navatale budale Arsova, dobro je i on, sad sam se čuo, kaže da je bio deset godina na Tajlandu, dole skontao – kako je gay, al' će se ponovo krstiti, jer sad tek pozna Hrista. MeđutiM, vi bi se sad sa mnom natezali oko toga, ja ne dam, lektori i korektori – biće mi najbliži drugari, jedan od njih, napraviće mi korice... Kraj, pali svjetla, do sljedećeg susreta, idem da se odmaram – od svegaaaaaaaa. OdO na moreeee, al neć' dalje ove godne - od Herecg - Novog, ono je svuđeeee – slano. Poenta je u tome da se zezamo, i ponešto novo – saznamo, saznamooooo _ _ _Tesaloniki – poslije završena nastavka, javiću se otud!!!
Nastaviće se – ubrzo... to što pišem knjige, ne znači da nešta znam, zezam se sa --- jaranima. E sad je ovaj komad - zaista gotov, sljedeći za šest mjeseci. Neja svaki vikend – partijati. Uroš je tako – zglajzo...

Mislili smo da je i Stojan, međutim, mrcina, ne slušajte ga, jeo hoFmana. Ko karamelu, strpo cijelu odjednom, nije došao sebi – prije psihijatrije... biće još, jašta ćeeeee...

ŽELJKO TOPREK

TRAVARIJEV TESTAMENT

Za izdavača: Željko Toprek

Glavni i odgovorni urednik: Nikola Šipetić Tomahawk

Tehnički urednik: Vladimir R. Z. Protić

Dizajn korica: Nikola Šipetić Tomahawk

Urednik proznih izdanja: Jelena Stojković Mirić